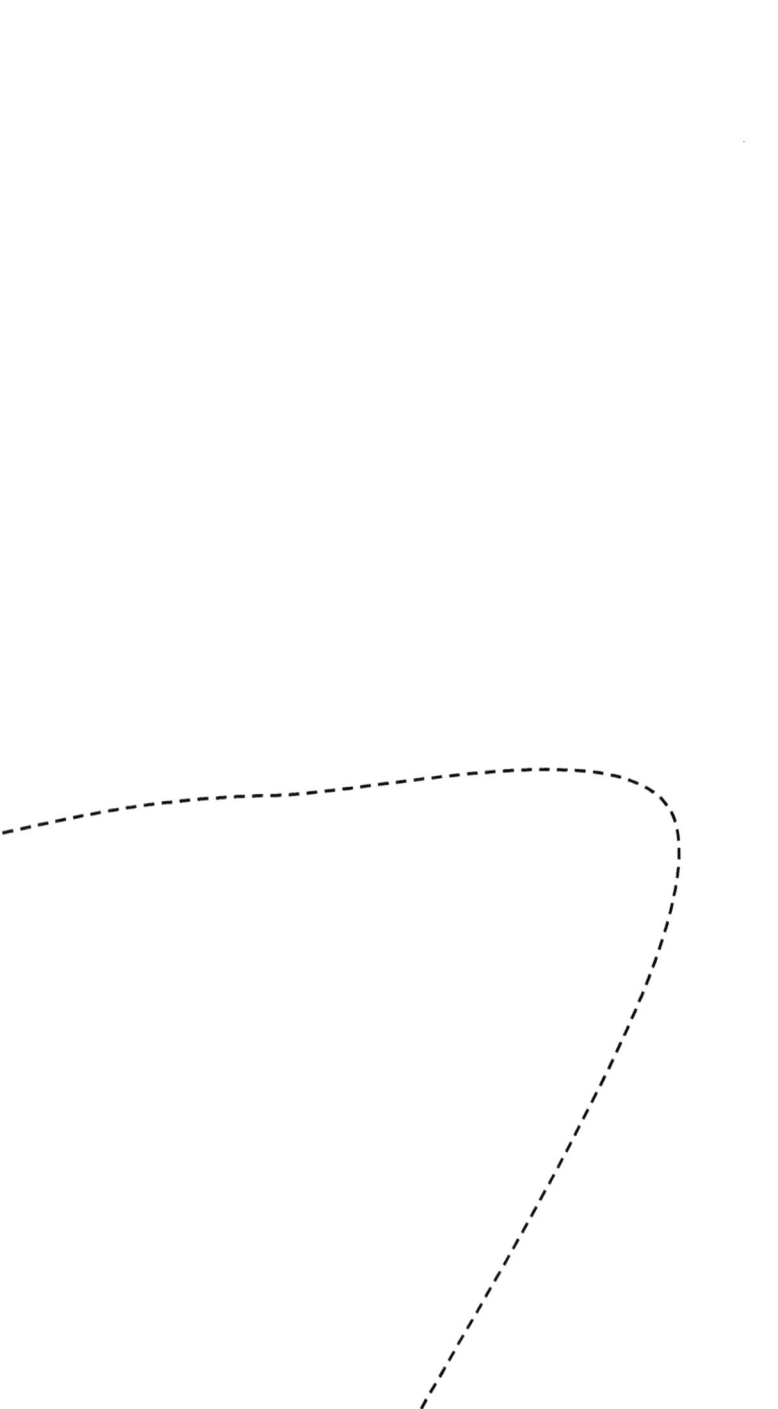

Über das Buch: Däne werden oder nicht? – Schäferpoet Colin Olt-
mann hat sich gerade in die Voreifel zurückgezogen, da wird die
Provinzidylle von Krisen erschüttert. Seine besten Freunde werden bedroht und wollen auswandern, ins hygge Sehnsuchtsland
Dänemark. Colin aber zweifelt noch: Ist das die Erlösung? Wie
vieles im Leben kann auch hier alles gehörig schiefgehen. Die
Zeit drängt. Und die Suche nach dem Glück gebiert immer neue
Fragen nach Liebe, Tod, dem Wolf und Behördengängen. Ein
satirischer Roman. Ähnlichkeiten mit lebenden oder toten Perso-
nen rein zufällig.

Sandro Petersen, geb. 1979, ist Schriftsteller und lebt unter einem
anderen Pseudonym im Rheinischen. 2020 erschien *Trashy White
Submarine. Ein Spionagegroschenheftchen.*

MARKUS HEIDL

Bitte laufen Sie rechts ran!

Träume eines Läuferlebens

Impressum

Bibliografische Information der Deutschen Nationalbibliothek:
Die Deutsche Nationalbibliothek verzeichnet diese Publikation in der Deutschen Nationalbibliografie; detaillierte bibliografische Daten sind im Internet über http://dnb.dnb.de abrufbar.

© 2021 Markus Heidl

Coverdesign: Lars Höfer, BLINKFEUER mediendesign

Lektorat/Korrektorat: Corinna & Johannes Licht, Sabrina Höfer, Regina & Roland Heidl

Herstellung und Verlag: BoD – Books on Demand, Norderstedt

ISBN: 978-3-7534-2417-0

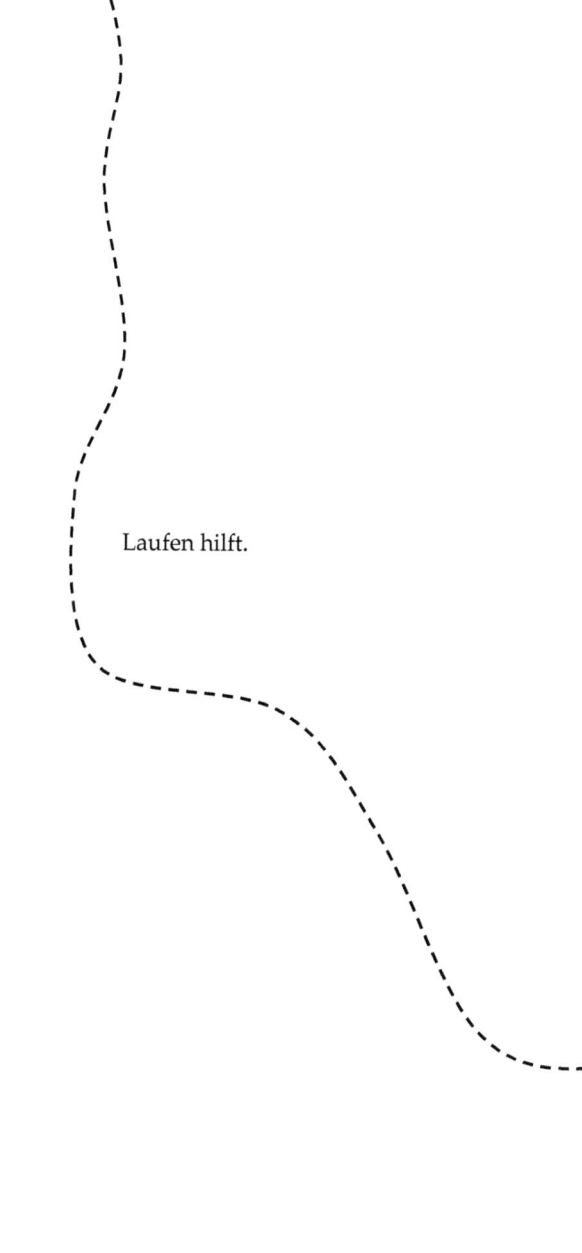

Laufen hilft.

ÜBER DEN AUTOR

Dr.-Ing. Markus Jürgen Heidl studierte Maschinenbau an der TU Darmstadt und der École Polytechnique Fédérale de Lausanne am malerischen Lac Léman in der Schweiz. Während dieser Zeit sowie der anschließenden Promotion entdeckte er nicht nur das Laufen für sich, sondern außerdem das Schreiben, woraus in Kombination der Blog „laufen hilft!" (www.laufenhilft.de) entstand, auf dem er weiterhin fleißig Beiträge veröffentlicht.

Später kamen Laufberichterstattungen für das Internetportal LaufReport hinzu, für das er auch die Kolumne „Pro & Kontra" schreibt. Während Markus läuferisch trotz einiger Fehlversuche noch immer von einem schnellen Marathon träumt, ist das noch längst nicht seine größte Träumerei. Aber lest selbst, in 31 bunten Geschichten auf mehr als 300 spannenden Seiten.

Markus wohnt mit seiner Frau Svenja in Südhessen. Im Hause Heidl sind stets Kekse, Laufschuhe, Obst und Gemüse, Bücher sowie gute Laune im Überfluss vorhanden.

GROSSE UND KLEINE TRÄUME

VORWORT VON FRAU SCHMITT

„Jedes Buch, das nicht geschrieben wird, ist ein gutes Buch", sagt der Kabarettist und Ex-Buchhändler Jochen Malmsheimer mit einem kritischen Blick auf die Flut der Neuerscheinungen. Glücklicherweise gilt der Umkehrschluss nicht und es gibt Bücher, die gut sind, obwohl sie geschrieben worden sind. Das beruhigt.

Der geneigte Läufer (m/w/d) kann heute aus einem wahren Berg von Laufliteratur wählen. Man kann spektakulären Lebensläufen folgen und sich am „Schneller, höher, weiter" von Menschen erbauen, die absolut Übermenschliches leisten. Oder man kann nach Geschichten suchen, die das Läuferherz allein dadurch erfreuen, dass sie nah dran sind. Am eigenen Erleben, an den eigenen Gedanken und am Tellerrand, um einfach mal drüber zu schauen. Üblicherweise sind es eher die Dumdideldum-Läufer, die Genusstraber, die sich in diesem Sinne die Zeit nehmen, beim Laufen nach rechts und links zu schauen, um darüber zu berichten. Leistungsorientierte Läufer sind einfach zu schnell dafür.

Hier ist das anders. Markus Heidl ist pfeilschnell und denkt dabei trotzdem in ganzen Sätzen – etwas, was mir selbst nie gelungen ist. In diesem Buch kommen dann auch große Leistungen vor, allerdings ganz ohne den stolzen Unterton, der Heldenhaftes ins beleuchtete Schaufenster stellt. Markus schreibt persönlich, ideenreich und mit warmem Herzen, schaut neugierig und freundlich auf Mitläufer und reflektiert den eigenen Laufweg. Das klingt unspektakulär, ist aber genau das, was in diesen Zeiten wohl tut, den Laufleser in einen positiven Flow bringt und motiviert. Ich fasse also kurz zusammen: Guter Läufer, gutes Buch, gute Wahl. Viel Freude beim Lesen und Laufen.

Heidi Schmitt
laufen-mit-frauschmitt.de

VORWORT DES AUTORS

Wer läuft, muss Ziele haben. Denn ohne Ziele lässt sich beim Laufen wenig erreichen. Gleich, ob man in Form kommen möchte, ob man für den örtlichen Volkslauf trainiert, ob man vor Liebeskummer flüchtet, ob man seinen ersten Marathon schaffen will oder schlicht aus Langeweile läuft. Ohne Ziele sind die Ansätze schnell beendet und Ausreden leicht gefunden. Mal ist es zu kalt, mal zu warm, mal ist man müde und mal die Zeit zu knapp. Der Schweinehund ist hartnäckig.

Denn das Loslaufen, das ist das Schwerste. Für den ersten Schritt, mit dem bekanntlich auch eine Reise von 1.000 Meilen beginnt, braucht es ein Ziel, einen festen Vorsatz. Dann geht es hinein in die Laufschuhe und hinaus aus der Tür, auch wenn das Wetter schlecht oder der Tag eigentlich schon voll ist.

Ist man einmal losgelaufen, dann hat man es geschafft. Und wenn man wieder nach Hause kommt, ist immer alles besser als vor dem Lauf. Auch das kann ein Ziel sein.

Träume sind dann das, was über die Ziele hinausgeht. Der Vorteil daran ist, dass Träume – im Gegensatz zu Zielen, die sowohl ein Datum, als auch ein klar messbares Ergebnis brauchen – nicht fest definiert sein müssen.

Träume lenken vom Hier und Jetzt ab. Wenn der Dauerlauf beispielsweise durch einen unangenehmen Wolkenbruch führt oder sich die Intervalle härter anfühlen, als sie sollten. Dann hilft das imaginäre Publikum durch das lautstarke Anfeuern, oder es läuft sich einfach am sonnigen Sandstrand viel angenehmer als auf dem kalten, tristen Seitenstreifen.

Auch können Träume über die Jahre reifen. Jahrelang hatte ich beispielsweise den Traum, einmal ein Buch zu schreiben. Bevor es zum Ziel werden konnte brauchte ich erst die Idee. Da mussten viele Geschichten und Handlungsstränge verworfen werden, bis endlich der richtige Ansatz gefunden war.

Im gleichen Maß müssen beim Laufen oft viele Kilometer zurückgelegt werden, bevor aus einem Traum ein Ziel werden kann. Und ob wir das Ziel erreichen, steht dann noch einmal auf einem anderen Blatt.

Man muss sich aber trauen und einfach einmal anfangen. Deshalb möchte ich, auch durch dieses Buch, dazu ermuntern, groß zu träumen. Nicht jeder Traum muss realistisch sein oder irgendwann zu einem Ziel werden. Dennoch können sie uns helfen.

Joseph Conrad sagte einst: „Wir leben wie wir träumen – allein." Auch beim Laufen sind wir häufig allein, doch wir lernen damit umzugehen. Träume sind es, die uns beflügeln und möglich machen, was undenkbar schien. So können wir gemeinsam Momente erleben, die wir ohne unsere Träume nie erlebt hätten.

Ja, ich bin ein Träumer. Ich träume von einer besseren Welt, von Hilfe ohne Hintergedanken, von Humanität, von Tier-

und Umweltschutz, von fairer Mobilität, von einem harmonischen Miteinander. Und ich träume von einem schnellen Marathon.

Meine Träume sind nicht immer realistisch. Manche Träume bleiben Utopie. Manche Träume werden aber zu Zielen. Dann werden manche Träume noch Wirklichkeit und manche, die sind es schon!

In diesem Sinne: viel Spaß beim Laufen, viel Spaß beim Träumen. Und natürlich: viel Spaß beim Lesen!

Euer Markus

EINS, ZWEI, POLIZEI!

Mittwochs ist bei mir Tempodauerlauf-Tag. Es wird also zwar nicht richtig schnell, aber flott allemal. Was mache ich also im Winter, bei garstigen Witterungsbedingungen, mit Schnee und vor allem Eis?

Zügig im Wald laufen funktioniert nicht, das ist einfach zu rutschig, da habe ich keine Chance. Für die Grundlagen-Dauerläufe ist das kein Problem, da gibt es vielleicht sogar noch eine Extraportion Kraftausdauer gratis dazu, aber für ein qualitatives Training muss etwas anderes gefunden werden.

Nun wird doch in den Städten immer Salz gestreut. Umwelttechnisch gesehen ist das fragwürdig, fürs Laufen aber wegen der Bodenhaftung durchaus von Vorteil. Mein Laufkumpel Manuel hatte mir vor einigen Wochen seine innerstädtische Laufrunde gezeigt, die nun entsprechend als rutschfreie Temporunde herhalten musste. Soweit der Plan.

In der Theorie war die Idee aber leider viel besser als in der Praxis, vor Ort waren die Gehwege nämlich nur selten geräumt. Und bei halbaufgeweichtem Schneematsch ist das Laufen noch mühsamer als auf festgetretenem Schnee im Wald.

Die letzte Alternative, die blieb, war also das Laufen auf den Straßen, was zwar teilweise noch rutschig, meist aber sehr gut war. Vom Grip her zumindest.

Da gab es nur leider das nächste Problem, die Kraftfahrzeuge. Die hatten zwar für freie Straßen gesorgt, wollten diese aber nervigerweise zur gleichen Zeit benutzen wie ich.

Zum Glück verläuft die Runde eher auf Nebenstraßen im Industriegebiet, die klein genug sind, sodass nicht allzu viel los ist, aber gleichzeitig groß genug, um größtenteils schneefrei zu sein. Bei den wenigen Autos hatte ich keinerlei Überholprobleme – und diese andersherum auch nicht.

Doch dann – plötzlich – fährt eines recht langsam von hinten heran und langsam neben mir her. So ein Mist: Polizei!

„Fühlen Sie sich wie ein Fahrrad oder warum laufen Sie auf der Straße?", will der Polizist auf dem Beifahrersitz durch das heruntergelassene Seitenfenster wissen. „Entschuldigung, Herr Wachtmeister", antworte ich, etwas außer Atem, „aber auf den Bürgersteigen ist schnelles Laufen unmöglich, und weil nicht so viel los ist, dachte ich, als Ausnahme einmal auf der Straße laufen zu dürfen. Ausfallen lassen kann ich die Einheit nicht. Mit Blick auf Rio 2016 bin ich schon etwas in Verzug!" – „Hm", meint der Polizist nachdenklich, „das ist ein gutes Argument. Was im Trainingsplan steht, sollte auch eingehalten werden. Aber dass Sie hier einfach so auf der Straße laufen, ist zu gefährlich. Nachher übersieht Sie ein Autofahrer, und dann können Sie Olympia abhaken. Aber ich habe eine Idee, wir müssen nämlich noch den neuen Warnblaulichtblinkmodus testen. Laufen Sie einfach weiter, wir kommen gleich nach."

Ich laufe also weiter. Etwas anderes blieb mir auch nicht übrig. Aber ich sollte keinesfalls bestraft werden. Viel eher belohnt, denn von nun an hatte ich Begleitschutz. In kurzem Abstand folgte mir die Polizei und sorgte dafür, dass ich ohne Verkehrsbehinderungen meinen Tempodauerlauf durchziehen konnte.

Nicht nur die gelegentlichen Tempodurchsagen von hinten oder die vielen ungläubigen Blicke der beachtlichen Anzahl von Passanten motivierten mich, sondern vor allem das helle Xenon-Licht, wodurch ich perfekte Sicht auf die immer dunkler werdenden Straßen hatte, die nur für mich freigehalten wurden. Die Durchgangszeiten wurden deutlich schneller. Es wurde ein richtig gutes Training.

Und nachdem die 15 km in weniger als 55 Minuten geschafft waren, bedankte ich mich mit ausgestrecktem Daumen nach oben und lief rechts ran. Noch beim Auslaufen musste ich über dieses außergewöhnliche Training schmunzeln.

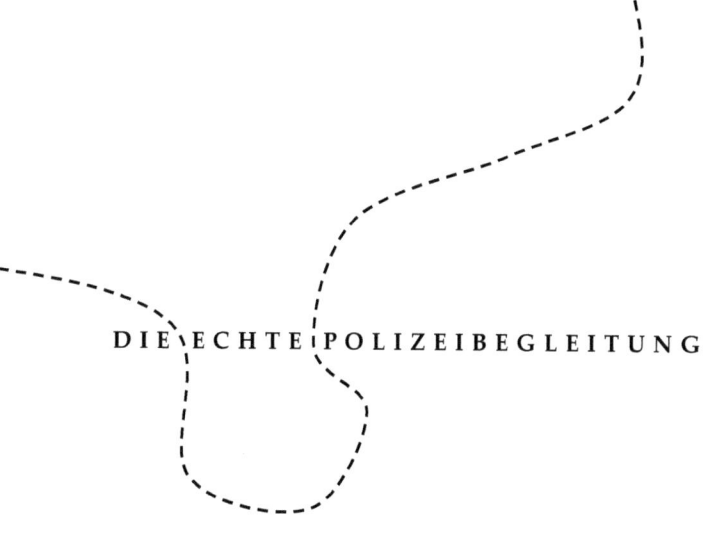

DIE ECHTE POLIZEIBEGLEITUNG

Im Gegensatz zur letzten Geschichte handelt es sich bei dieser um eine wahre Erzählung. Zum Jahreswechsel von 2013 auf 2014 durften nämlich meine Frau und ich Freunde in ihrer geräumigen und gemütlichen Ferienwohnung nahe Barcelona besuchen. Neben dieser schönen Stadt lernten wir so außerdem den Nationalpark Garraf sowie das Kloster Montserrat kennen.

Gelaufen wurde natürlich auch! An gleich zwei Cursas dels Nassos beteiligten wir uns. Der erste Silvesterlauf fand schon am Sonntag vor dem Jahreswechsel in Sant Sadurni d'Anoia statt, das größere Ereignis stand dann zu Beginn der Silvesternacht in Barcelona an.

Unsere erste spanische Rennerfahrung durften wir im beschaulichen Sant Sadurni d'Anoia sammeln, einem feinen, kleinen Städtchen in den Hügeln und Bergen, die sich direkt nach der Küste im Landesinnern erheben. Die Veranstaltung ähnelte einem deutschen Volkslauf sehr. Es gab zwei angebotene Streckenlängen über 10,1 km und 6,4 km, die durch unterschiedliche Farben der Startnummern gekennzeichnet wurden. Weil zwei Tage später bereits das nächste Rennen anstehen würde, hatten wir uns für die kürzere Strecke gemeldet und bekamen blaue Startnummern. Bei schönstem Sonnenschein erfolgte dann pünktlich der Start vom Rathausplatz, auf dem sich alles, von der Startnummernausgabe über Start und Ziel bis zur Siegerehrung, abspielen sollte.

Gleich zu Beginn ging es im Galopp eine Gasse hinauf. Weil ich nicht ganz vorne, in der ersten Startreihe, stand und gleich zu Beginn jemand stürzte, verlor ich schon auf den ersten Metern an Boden auf die Führenden, die lossprinteten, als wären sie beim Crosslauf. Ich bemühte mich, aufzuschließen und rückte rasch an die vierte Position vor. Die ersten beiden waren schon weit enteilt. Durch ihre Startnummern, die ich am Start gesehen hatte, wusste ich aber, dass sie die längere Strecke zu absolvieren hatten. Der vor mir Laufende kam besonders bei den Steigungen Stück für Stück näher. Bei km 2 konnte ich aufschließen und überholen.

Dann waren auch endlich die Asphaltpassagen geschafft. Es begannen die Lehmpfade, auf denen viele Steine lagen und die von Wasserrinnen zerklüftet waren. Laufspaß pur. Rundherum konnte man die spanische Berglandschaft mit einigen standhaften Bäumen bewundern, sobald man nicht gerade auf seine Füße aufzupassen hatte. Nach einer letzten Bachüberquerung leitete dann eine ordentliche Steigung das Ende der Runde ein und das Ortsschild tauchte auf.

Und vor diesem bewussten Ortsschild erwarteten mich zwei Polizeiwagen. So schnell werden Spinnereien zur Wirklichkeit, denn der eine der beiden Wagen bahnte mir als Führenden mit Blaulicht den Weg zurück zum Ziel und vollendete dort das Lauferlebnis. Nach 22:52 min durfte ich durch ein

Banner laufen und meinen ersten internationalen Sieg beju-
beln. Was ein Abschluss dieses landschaftlich so reizvollen
Laufs!

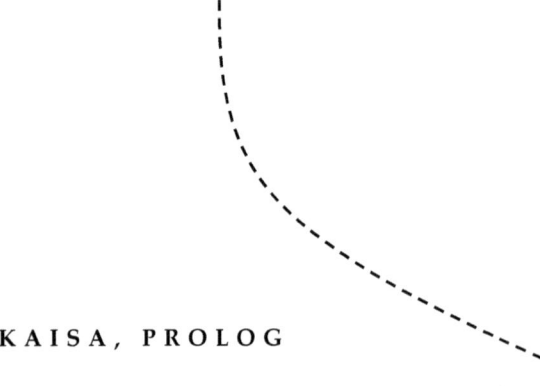

KAISA, PROLOG

Manchmal bin ich gerne ganz für mich allein. Ich stehe dann einfach mitten im Wald und genieße die Ruhe. Ich höre mein Herz schlagen, ich spüre meinen Atem. Ich bin ganz ich selbst.

Es gibt nichts Schöneres, Entspannenderes, Wohltuenderes, als ganz bei sich selbst zu sein. Ein Moment reicht. Mir zumindest. Danach laufe ich weiter.

Einen solchen Moment der Einsamkeit gönnte er sich auch heute. Einatmen und ausatmen. Ganz bewusst. Heute, am Tag, der sein Leben verändern sollte. Denn als er so dastand, mitten im Wald, und ganz bei sich selbst war, mit geschlossenen Augen und sonnenbeschienenem Gesicht, und er nur seinen eigenen Atem hörte, da wurde er unterbrochen.

„Na, kannst du schon nicht mehr?"

Etwas erschrocken drehte er sich um. Diese Stimme kannte er nicht. Aber als er sich umdrehte, um dieser rüden Hundebesitzerin oder wem auch immer, die es gewagt hatte, sich anzuschleichen und ihn dann in seinem so kostbaren Moment so frech zu stören, die Meinung zu geigen, blieb ihm nur der Mund offen stehen.

Ein Engel! Oder das, was der menschlichen Verkörperung am nächsten kommt. Vor ihm stand die hübscheste junge Frau, die er jemals gesehen hatte. Schlank und durchtrainiert, geradezu zierlich und dennoch eine außerordentliche Kraft ausstrahlend, mit blondem, fast weißen, im Sonnenlicht strahlenden Haar. Und Augen, die geradezu funkelten.

Augen, die ihn fragend anschauten. Moment, da war noch was. Gerade noch rechtzeitig, bevor es merkwürdig wurde, erinnerte er sich an die Frage, die ihn erst erzürnt hatte und jetzt froh machte. Denn Worte, die waren sonst nicht seine Stärke. Wie hätte er sie je ansprechen sollen? Jetzt musste er nur antworten:

„Natürlich nicht. Ich zeige es dir!"

So einfach konnte es sein, mit der schönsten Frau der Welt zu plaudern: man musste einfach nur locker mit ihr laufen gehen. Wobei sie für einen lockeren Lauf ziemlich zügig unterwegs war.

Die beiden unterhielten sich – natürlich – über das Laufen. Sie verbanden große Ziele und Träume von schnellen Zeiten. Gerade hatte sie erzählt, dass sie Kaisa hieße und zum Studium nach Deutschland gekommen sei, um Ingenieurin zu werden, als sie auch schon abbiegen musste, während sein Weg weiter geradeaus führte.

Nach ihrem letzten Satz, „lass uns gerne nochmal zusammenlaufen, ich kenne hier ja noch niemanden!", und sie so leichtfüßig geradezu davonschwebte, schlug sein Herz schneller als normal.

Kaisa! Er hatte sich verliebt.

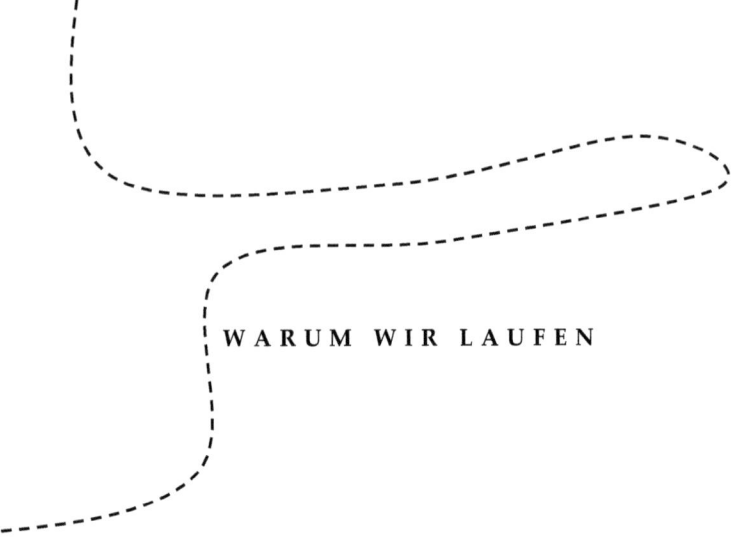

WARUM WIR LAUFEN

Wir, die wir regelmäßig laufen, haben es geschafft. Denn wir schaffen es immer wieder, loszulaufen, uns aufzuraffen. Aus meiner Sicht ist dies das größte Hindernis: der erste Schritt, mit dem auch die längste Reise irgendwann einmal beginnt. Wir Läufer schaffen es, immer wieder loszulaufen, Tag für Tag, Woche für Woche, Monat für Monat, Jahr für Jahr. So bleiben wir in Form, im inneren Gleichgewicht und vor allem gesund!

Aber warum gibt es so viele, die es nicht schaffen, es uns gleichzutun, obwohl es den meisten so guttäte? Die zu wenig frische Luft schnappen, zu dick sind und immer kränker werden? Die es mit sich selbst nicht aushalten und immer nach Ablenkung suchen?

Bei manchen scheitert es daran, überhaupt auf die Idee zu kommen. Andere scheitern daran, den Entschluss zu fassen. Manche scheitern daran, sich aufzuraffen und Sportkleidung anzuziehen, wieder andere, aus der Haustür zu gehen. An jeder Ecke lauert scheinbar der innere Schweinehund.

Es ist ganz einfach und doch so schwer. Wir, die wir regelmäßig laufen, haben eine Motivation gefunden, ein Ziel, das uns
immer wieder die Schuhe schnüren und den ersten Schritt tun
lässt. Der zweite ist schon so viel einfacher. Wir schaffen es,
unsere Ziele in Handlungen umzusetzen, was man als Volition
bezeichnet. Aber wie machen wir das?

Unterschieden wird zwischen intrinsischer und extrinsi-
scher Motivation. Wenn man etwas nur einfach so zum Selbst-
zweck tut, weil es Spaß macht und weil wir es beim Tun genießen, wird von intrinsischer Motivation gesprochen. Alle
Läufer, die aus intrinsischer Motivation laufen, haben es am
besten, denn wir müssen unsere Psyche nicht austricksen, um
endlich loszukommen. Wir lieben das Laufen und genießen
(fast) jeden Schritt.

Bei extrinsisch motivierten Läuferinnen und Läufern ist es
nämlich schon schwieriger. Dort geht es darum, ein Ziel zu erreichen. Dann ist Laufen nur ein Mittel zum Zweck, wie beispielsweise zum Abnehmen, für die Gesundheit usw. – Laufen
als notwendiges Übel. Dabei ist extrinsische Motivation nichts
Schlechtes, nur wird die Handlung an sich ungern ausgeführt
und somit ist es schwieriger, überhaupt loszukommen. Erst
hinterher ist man dann froh, es geschafft zu haben.

Oft ist es so, dass Menschen genau das am meisten wollen, was
sie nicht haben können. Das beginnt schon im Kindesalter. Ein
Spielzeug kann stundenlang unbeachtet in der Ecke liegen,
wenn es dann von einem anderen Kind entdeckt wird, gibt es
nichts von größerem Interesse. Und auch wir Erwachsenen
merken oft erst, wie wichtig uns etwas ist, wenn es fehlt. Allzu
oft fällt es uns schwer, uns zum Laufen zu motivieren, sind wir
aber einmal krank oder verletzt, würden wir nichts lieber tun.
Entsprechend passend finde ich das Motto einer großen Spen-
denveranstaltung, wenn für die gelaufen wird, die es nicht

mehr können. Dann sammeln wir nicht nur Gelder für wichtige Forschung, sondern führen uns aktiv vor Augen, was wir für ein Glück haben, laufen zu können. Auch dann, wenn es gerade schwerfällt.

Auch das Jahr 2020 hielt uns in Bezug auf unsere Einstellung zum Laufen den Spiegel vor. Durch die weltweite Pandemie, die nicht nur unsere heile Laufwelt auf den Kopf stellte, mussten über eine lange Zeit sämtliche Veranstaltungen abgesagt werden. Dadurch fehlten konkrete Ziele, sodass einige – sonst bis in die Zehennägel motiviert – in ein Loch fielen und sich die Sinnfrage stellten: warum laufen wir?

Mir ging es ähnlich. Auch ich stellte mir die Frage, warum ich eigentlich laufe. Zum Glück fand ich die Antwort sehr schnell, nämlich beim nächsten Dauerlauf: ich laufe, weil Laufen mein Ausgleich ist. Durch Laufen kann ich mich beruhigen, genauso kann ich aber auch erst in Fahrt kommen. Beim Laufen werde ich kreativ und finde Lösungen für meine Probleme. Und in Zeiten wie der Pandemie des Jahres 2020 hilft mir das Laufen, nicht verrückt zu werden. Wieder bekamen wir vor Augen geführt, was Laufen doch für ein toller Sport ist: Schuhe an und los. Wir brauchen keine Hallen oder Mitspieler, nicht einmal Utensilien. Das alles wäre problematisch gewesen.

Auch hat mir das Laufen so viel gegeben: wunderbare Freundschaften, unvergessliche Abenteuer, bewegende Geschichten, unendliche Geduld und ausdauernden Biss. Durch das Laufen habe ich mich selbst gefunden, denn ohne diesen Sport wäre ich ein anderer. Ich wüsste deutlich weniger über meine Grenzen. Meine Verbundenheit zur Natur wurde durch die Lauferei verstärkt. Und schließlich kann ich mir meinen gesunden Appetit nur durch das Laufen leisten.

Entsprechend rückten die abgesagten Wettkämpfe in den Hintergrund. Das Wichtigste war, dass ich laufen konnte und

durfte. Dennoch blieb es nicht nur beim gemütlichen Dahin-
traben, alsbald trainierte ich wieder zielgerichtet, mit einem
ausgewogenen Wechsel von Be- und Entlastung. Denn genauso, wie ich mir darüber klar wurde, dass das Laufen zu mir
gehört, merkte ich schnell, dass ich nicht nur die Bewegung
brauchte, sondern dabei auch Spaß haben wollte. Und am
meisten Spaß macht mir das Laufen, wenn es wie von selbst
läuft. Wenn ich mich stark fühle und in gewisser Weise denke,
unverwundbar zu sein.

Diesen Status wiederum erreiche ich nur, wenn ich wirklich
fit bin. Auch wenn ich meine Form im finalen Marathon oft
nicht zeigen konnte, war es in den Wochen davor immer ge-
nial, die gute Verfassung körperlich zu spüren. Wenn man im
Training richtig Gas geben kann und dennoch erst einmal
nicht müde wird. Wenn man nach kürzester Zeit schon wieder
erholt ist. Und wenn es eben immer öfter diese Momente beim
Laufen gibt, wenn man „im Flow", „in the zone", im „runner's
high" oder wie auch sonst man es nennen möchte, ist. Wenn
man gefühlt mühelos durch den Wald rennen kann.

Um diesen Zustand aber zu erreichen, ist Fleiß notwendig.
Das stets aufs neue Loslaufen, immer wieder den ersten Schritt
tun. Denn selbst dann, wenn ich in Topform bin, fällt es mir
nicht immer leicht, loszulaufen. Es ist beruhigend zu wissen,
dass es uns allen so geht.

Was uns beim Loslaufen und Dranbleiben sehr gut hilft und
was uns Menschen laut heutiger Forschung von Tieren unterscheidet: wir können Erlebnisse antizipieren, wir können uns
Träume ausmalen. Wir können uns das große Ziel vorstellen
und vorab erleben, den Zieleinlauf vor dem inneren Auge sehen, die Medaille in Händen halten. Und daraus Motivation
schöpfen. Genauso, wie wir schon vorher wissen, dass es uns

– ganz gleich, wie wir uns währenddessen fühlen werden –
nach dem Laufen besser gehen wird als davor.

Deshalb bleibt, ganz gleich, was euch antreibt, am Ball. Die Regelmäßigkeit zählt im Ausdauersport mehr als einzelne Höhenflüge. Eine passende Anekdote ist von Trainer-Urgestein Peter Greif zu lesen: Mit der Form sei es wie mit einem Berg. Jedes Training bringt uns ein Stück bergauf, aber mit jedem verpassten Training kommt die Form erst zum Stillstand, dann rutschen wir wieder bergab. Und das immer schneller.

Deshalb: den Schweinehund überwinden und den ersten Schritt tun – laufen hilft!

DIE HEIDL CHRONIKEN,
ABSCHNITT 13, I

Es trug sich zu, im Jahre des Herrn 2004, dass ein Junge aus-
zog, um die Welt zu entdecken. Zurück ließ er seine Lieben in
der gewohnten Umgebung, um in einem großen stählernen
Vogel zu neuen Ufern aufzubrechen. Für den sechzehnjähri-
gen Jüngling ging es in ein Land der unbegrenzten Möglichkeiten. Der Abschied fiel nicht leicht, doch er wusste, dass es
die richtige Entscheidung war. Persönlich, sprachlich und
auch sportlich kam er dort in der Fremde seinem späteren Ich
ein großes Stück näher.

Freundlich wurde er empfangen, in diesen fremden Landen,
in welchen die Ebenen weit, die Menschen offen und die Straßen so ungeheuerlich breit sind. Gesprochen wird in fremden
Zungen und gegessen wird aufbauend auf anderem Brauch-
tum. So ist es dort üblich, übersetzt man den Wortlaut sprich-
wörtlich, schnell zu essen. Doch diese Übersetzung schien angemessen, wurde er doch nicht nur von seinem künftigen

Gastvater empfangen, sondern ebenso von seinen anempfohlenen Kameraden, mit denen er in den kommenden Wochen fast täglich durch die angrenzenden Grünflächen eilen würde.

So trug es sich zu, dass sich der heranwachsende Jüngling schnell an seine neue Heimat auf Zeit gewöhnte. An Tagen, an denen das Volk zu arbeiten pflegte, besuchte er von morgens bis in die Stunden des Nachmittags die örtliche Lehranstalt, in der sein Kursplan sich täglich wiederholte.

Im direkten Anschluss traf er sich mit seinen anempfohlenen Kameraden, mit denen er zu nahegelegenen Grünflächen aufbrach, um dort in verschiedenen Konstellationen und Geschwindigkeiten um die Wette zu laufen. Ziel war stets der sechste Tag der Woche.

An diesem sechsten Tag der Woche war es üblich, sich bereits in den frühen Morgenstunden erneut an der bewussten Lehranstalt zu treffen, um in der Folge in die nähere oder fernere Umgebung aufzubrechen, um dort mit vielen anderen erneut um die Wette zu laufen. Dabei entstand ein Band zwischen den Jünglingen und ihrem Mentor, das nicht nur auf der Rennstrecke florierte, sondern ebenso beim gemeinsamen schnellen Mahl.

Der siebte Tag der Woche wiederum gehörte Gott. Am Tage des Herrn wurde gemeinsam mit der Familie das Gotteshaus aufgesucht, um dort mit vielen anderen gemeinsam zu beten, zu singen, zu speisen und auch alte Schriften zu studieren. Obwohl die Zungen fremd sprachen, blieb doch die Botschaft die gleiche wie in der Heimat.

Bereits im Sommer des bewussten Jahres hatte es sich zugetragen, dass sich der Jüngling der Erzählung auf das Zurücklegen von längeren Strecken im schnellen Schritte vorbereitet hatte. Zuvor hatte der Jüngling zwar hin und wieder fußläufig Ausflüge unternommen, sich dennoch aber vornehmlich ganzkörperlich ertüchtigt. Fürwahr hatte er sich im Werfen von Kugeln, Scheiben und Spießen, gar im Springen in die Weite und in die Höhe geübt. Die Bewegung auf schnellem Fuße hatte nur nebensächlich Beachtung gefunden.

Mit der sich ankündigenden Reise wiederum hatten sich die Prioritäten geändert. Fast täglich war er durch die nahen Waldflächen geeilt, die er in der Folge immer besser kennenlernte, um die anempfohlenen Kameraden aus Übersee bei der gemeinschaftlichen Hetze unterstützen zu können. In den Wochen seiner Vorbereitung wurden bereits merkliche Veränderungen spürbar.

Es trug sich zu, im Jahre des Herrn 2004, dass die gemeinschaftliche körperliche Ertüchtigung im Land der unbegrenzten Möglichkeiten in der Gemeinschaft etwa gleichaltriger Jünglinge vielseitig war. Nach dem täglichen Verlassen der örtlichen Lehranstalt brach man gemeinsam zu den Grünflächen des nahegelegenen John Bryan State Parks auf, um dort zu Fuße über Pfade und Wege zu traben. Allzu oft variierte das Tempo, in dem man sich fortbewegte. Mal neigte die ganze Gruppe zu hoher Konzentration, mal suchte man Zerstreuung und sprang gar unter Wasserfälle. An Quellen, die man händisch aktivieren konnte, labte man sich am hervorsprudelnden Nass. Auch veranstaltete man spielerische Verfolgungsjagden. Dem Meister, der den Kameraden vorstand, schien es nie an Ideen zu mangeln, um seine Jünglinge auf die sich stets aufs Neue am sechsten Tage anstehenden Wettläufe vorzubereiten. Mit der Zeit wurden die Beine kräftiger und die Lungen stärker. Auch des Jünglings Ausdauer wuchs.

So vielseitig die gemeinsamen ertüchtigenden Nachmittage waren, so abwechslungsreich gestalteten sich in gleicher Weise die Wettläufe. Gemeinsam mit einem Heer von Jünglingen anderer Lehranstalten ging es über Stock und Stein, durch Bäche, über Wiesen, Äcker und geschlungene Pfade sowie über Hindernisse natürlicher Art wie Baumstämme oder Strohballen. Es hätten einfachere Strecken gewählt werden können, hätte man es denn gewollt.

Weil für diese Wettläufe andere Gruppen von nah und fern ebenso anreisten, und man aufgrund der kompetitiven Vergleichbarkeit zuordnen wollte, wer in welcher Reihenfolge das Ende der abgesteckten Route überschritt, hatte jeder teilnehmende Jüngling sich eine Nummer an die Brust zu heften. So wurde allwöchentlich bis über 200 durchgezählt.

Gleichwohl ein jeder Jüngling in gewisser Weise für seine Schritte selbst Verantwortung zu tragen hatte, war der Sport des schnellen Fußes doch eine Sache der Gemeinschaft. So zählte im Wettlauf nicht die Leistung des Einzelnen, sondern die Summe der besten Sieben einer Lehranstalt. Entsprechend stand die Gemeinschaft im Mittelpunkt, die durch die gegenseitige Unterstützung, gemeinsame Schlachtrufe und einheitliche Gewänder zelebriert wurde.

Diese Gemeinschaft sowie auch die Masse an Gleichgesinnten, die sich wöchentlich an unterschiedlicher Lokalität für den gemeinsamen Wettlauf versammelte, begeisterte den Jüngling, und weil er körperliche Fortschritte machte, konnte er alsbald am Ende der Wettläufe kleine drei- oder viereckige Stoffe erbeuten, auf die der Jüngling stolz war.

Gekrönt wurde die gemeinschaftliche Leistung des Jünglings mit seinen anempfohlenen Kameraden schließlich mit dem Erringen eines großen Goldkelchs. Um daraus zu trinken stellte dieser sich als ungeeignet heraus, dennoch jubelte man. Das gemeinsame gen-Himmel-Strecken desselbigen Kelchs war die Belohnung für die Strapazen, die man täglich gemeinsam gemeistert hatte.

So trug es sich zu, dass der Jüngling immer mehr zu einem stattlichen Mann heranreifte, der regelmäßig fußläufig in einem zwar friedlichen, aber quadratisch aufgebauten und vornehmlich mit motorgetriebenen Vehikeln besiedelten Gebiet heimisch wurde. Für die Zurücklegung von Strecken waren längst technische Hilfsmittel vorhanden, sodass sich der Zweibeiner der bewussten Zeit längst nicht mehr aus eigener Muskelkraft fortbewegen musste. Doch an der körperlichen Anstrengung erfreute sich der Jüngling, es machte ihm Spaß, nur von der eigenen Beine Kraft abhängig zu sein. Das Laufen, wie er es nannte, wurde für den Jüngling ein Teil seines Lebens.

So trug es sich zu, dass der Jüngling, auch nach Rückkehr in seine alte Heimat, Gefallen an der fußläufigen Fortbewegung fand.

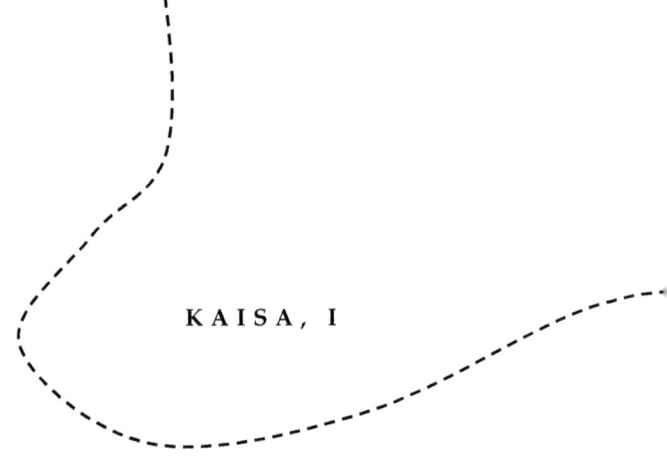

KAISA, I

Wie hatte er sie nur einfach so davonlaufen lassen können? Er wusste fast nichts über sie – nur das, was sie ihm in den knapp fünfzehn Minuten gemeinsamen (und wundervollen!) Dauerlaufs erzählt hatte: dass sie für ihr Studium nach Deutschland gekommen war und perfekt unsere Sprache beherrschte, weil ihr Großvater aus Deutschland kam und sie als Kind viel Zeit mit ihm verbrachte.

Außerdem natürlich, dass sie leidenschaftliche Läuferin war und alles dafür tat, um schneller zu werden. Aber wo sie wohnte, wie sie mit Nachnamen hieß, gar ihre Telefonnummer? Natürlich nichts. Die so leichthin in Aussicht gestellte Verabredung zum gemeinsamen Lauf, die sein Herz so viel schneller hatte schlagen und vor Glück überschäumen lassen, war alles, an das er sich festklammerte. Es war zum Verrücktwerden!

Verrückt wurde er wirklich! Der erste Gedanke am nächsten Morgen galt nur ihr. Er wollte sie beim Laufen wiedertreffen. Er musste sofort hinaus in den Wald, auf die Felder, um sie wiederzusehen. In der kommenden Woche lief er so oft wie noch nie. Seine Runden wurden dabei immer länger und kreisten immer um den „gemeinsamen" Fleck – jenen Fleck, bei dem er kurz den Moment genossen hatte und anschließend von ihr angesprochen worden war.

Aber er sah sie einfach nicht. Wie lange er auch lief, wie sehr er sich auch ihre Silhouette am Horizont erhoffte, wie oft er auch den gemeinsamen Fleck umkreiste und alles andere um sich herum vergaß, sie tauchte einfach nicht auf. Beim Aufstehen dachte er nur daran, dass er laufen müsse, um ihr endlich wieder zu begegnen; wenn er dann wiederkam, plagten ihn bereits Zweifel, ob er sie nicht genau jetzt verpasste. Teilweise lief er sogar morgens und abends. Und drehte mittags noch eine Runde mit dem Rad.

Wenn ihr nun etwas passiert war? In der Zeitung las man immer wieder von jungen Frauen, die auf ihrer Joggingrunde verschwanden. Bisher hatte er diese Artikel ignoriert, weil er zum einen hoffte, als Mann sicher zu sein und zum anderen „solche Dinge" nicht zu nah an sich heranlassen wollte. Aber jetzt? Was war nur mit Kaisa? Hatte sie gar ihre Zelte komplett abgebrochen? Alles drehte sich nur um sie.

Dann aber wurde er zum Glück erlöst. Kurz bevor er völlig durchdrehte. Wie das Leben so spielt, fand er Kaisa aber nicht im Wald, wo er quasi ständig nach ihr Ausschau hielt, sondern im Supermarkt.

Schließlich war es Samstagnachmittag geworden und er hatte nichts mehr zu essen in der Wohnung. Normalerweise ging er immer mittwochs direkt nach der Uni einkaufen, weil er den ganzen Nachmittag frei hatte. Vergangenen Mittwoch aber hatte er nur eines im Kopf: auf in den Wald. Oder präziser ausgedrückt: Kaisa!

Zweieinhalb Tage ohne Nachschub hatten sich ganz gut überstehen lassen. Da waren verschollene Konserven aufgetaucht, auch im Tiefkühlfach hatte er noch Essbares entdecken können. Eine alte Packung Salzstangen war noch erstaunlich knackig gewesen.

Samstagmittag hatte er dann aber so überhaupt keinen Appetit auf die alten, harten Gummibärchen, die er hinten im Schrank gefunden hatte. Er hatte ernsthaft einen Lieferdienst in Erwägung gezogen, Fast Food war aber eigentlich so gar nicht sein Ding. Außerdem würde er morgen nicht einkaufen können. Und seine Beine waren müde. Wirklich müde! Eine zweite Runde würde er heute nicht schaffen und seine Hoffnungen, Kaisa wiederzusehen, schwanden. Also fuhr er mit dem Fahrrad und seinem größten Rucksack in den Supermarkt.

Während er schließlich dort sorgfältig seine Äpfel auswählte – sie müssen aus der Region sein, sie dürfen keine Dellen haben und sollten aller Wahrscheinlichkeit nach in Berührung mit möglichst wenigen anderen Händen gekommen sein – schwebte sie herein. Einfach so. Durch die Eingangstür auf dem direkten Weg zum Suppengrün.

Ihm muss wieder der Mund offen gestanden haben. Denn die ältere Dame, die ihm gegenüberstand und die Tomaten studierte, dann aber seinem Blick gefolgt war, meinte lächelnd: „Na los!". Und obwohl er hauptsächlich seinen Herzschlag in den Ohren hatte, vernahm er ihre Worte.

Und die musste sie ihm nicht zweimal sagen!

Die beiden hatten sich an diesem Sonntagmorgen für neun Uhr an ihrem Fleck verabredet. Den ganzen gestrigen Abend war er gleichermaßen aufgeregt wie erleichtert gewesen: er hatte sie wiedergesehen und würde es gleich morgen wieder tun. Vor Freude laut singend war er auf dem Fahrrad nach Hause gefahren!

Andererseits: natürlich würden sie gemeinsam laufen! Zwar würde er sie also höchstwahrscheinlich für sich allein haben, nach dieser Woche aber möglicherweise nicht mehr in der Lage sein, bei ihr mitzuhalten. Denn zum Abschied hatte sie noch gelächelt und gemeint: „Lass uns morgen etwas schneller laufen als beim letzten Mal!" – entsprechend hatte er nicht nur zusätzlich Nudeln, sondern auch Eis zum Nachtisch eingekauft, um die Energiespeicher wieder aufzufüllen.

Zum Glück war er nach diesem Imbiss, der die neuen Einkäufe gleich wieder beträchtlich reduzierte, direkt ins Bett gefallen und dadurch heute Morgen frisch und erholt. Nach einem schnellen Frühstück und zwei Gläsern Wasser war er etwas zu früh, gegen zehn vor neun Uhr, am Treffpunkt.

Und sah sie schon kommen. So locker, so leicht. Spielerisch. Schwebend. Völlig unangestrengt begrüßte sie ihn mit einem „Hallo!" und dem schönsten Lächeln, sodass er sich wieder einmal zusammenreißen musste.

Für ihren Lauf schlug sie ein „spielerisches Fahrtspiel" vor: in ihren Dauerlauf würden sie fünf Fluchten einbauen: zuerst würde sie vor ihm „flüchten", mit zehn Sekunden Vorsprung, dann er vor ihr, immer abwechselnd und insgesamt fünf Mal.

Beide waren sie ziemlich motiviert, sodass es trotz allem Spaß, den es machte, doch sehr anstrengend wurde. Beim Auslaufen waren sie dann bester Laune, teils wegen der Endorphine, die durch das schnelle Laufen freigesetzt worden waren, teils, weil sie die gegenseitige Gesellschaft genossen.

Beim fünften Lauf, als er sie zum dritten Mal eingefangen hatte, klatschte er sie nicht nur ab, sondern hielt sie ganz spontan einfach fest. Was ihr zu gefallen schien, trotz aller Verschwitztheit. Und weil sie im Anschluss sogar über seine schlechtesten Witze lachte, nahm er seinen ganzen Mut zusammen: „Würdest Du heute Abend mit mir Essen gehen?"

Nach ihrem „Gerne!" schlug sein Herz wieder genauso schnell wie beim letzten Schlussspurt.

Sie waren also zu ihrem ersten Date verabredet. Kaisa war etwas ganz Besonderes, soviel war ihm klar. Sie könnte die Eine für ihn sein, also musste auch ihre erste Verabredung außergewöhnlich sein. Er wollte sie genauso fesseln, wie sie umgekehrt sein Herz im Sturm erobert hatte. Mühelos.

Viel wusste er noch nicht über sie, sicher war er sich aber, dass sie gerne draußen an der frischen Luft war. Ein enges, schummriges Restaurant mit Essen in stickiger Luft, was andere für romantisch halten mögen, schloss er also aus.

Was ein Glück, dass er Miro kannte. Zusammen waren sie viele Jahre zur Schule gegangen, jetzt jobbte sein alter Kumpel nebenbei bei seinem Lieblingsitaliener als Kellner. Bei einem kurzen Anruf bestätigte er ihm, dass er auch an diesem Abend eingeteilt war und versprach, einen Tisch im Garten etwas abseits für die beiden herzurichten.

Seinen Anfängerfehler hatte er nicht wiederholt. Er wusste zum einen, wo er sie abholen sollte, außerdem hatten sie für Eventualitäten Handynummern ausgetauscht. Den ganzen Rückweg hatte er ihre Nummer im Kopf wiederholt, um sie ja nicht zu vergessen, und gleich daheim auf einem Zettel notiert. Die Schätze unserer Zeit.

Als er sie abholen kam – natürlich mit dem Fahrrad – konnte er sein Glück kaum fassen. Sie wartete auf ihn und würde wirklich mit ihm ausgehen. In ihrem Kleid und den offenen, langen, blonden Haaren war sie sogar noch hübscher als in Laufklamotten.

So verbrachten sie den lauen Frühsommerabend erst bei leckerem italienischem Essen, dann überredete er sie noch zu einem Eis zum Mitnehmen. Zum Abschluss des wundervollen Abends schlenderten sie eisschleckend in den Sonnenuntergang.

Er nahm erst all seinen Mut zusammen und dann ihre Hand in seine. Sein Herz überschlug sich zum ersten Mal, als sie ihre Hand nicht zurückzog, sondern wie selbstverständlich in seiner blieb. Fast stehen blieb es dann nicht viel später beim ersten Kuss. Sie waren ein Paar und er der glücklichste Mann der Welt.

Der folgende, wundervolle Sommer war die schönste Zeit seines Lebens. Die beiden sahen sich fast täglich, sei es nur für einen kurzen Lauf am frühen Morgen, sei es von früh bis spät bei langen Ausflügen oder auch einfach nur beim Nichtstun.

Es war ein Sommer voller Glück. Sie waren zusammen laufen, picknicken, schaukeln, Eis essen, fahrradfahren, Enten füttern, Sternschnuppen schauen, Karten spielen. Er lernte jonglieren, Vogelstimmen auseinanderzuhalten und Einradfahren, sie Basketballspielen, eine richtige Arschbombe und das Balancieren auf einer Slackline. Von so manchem – Ausflüge zum Badesee, Tischtennis im Freien, Besuch von Flohmärkten oder Ausstellungen – war er vorher nie ein Fan, mit Kaisa aber konnte er sich nichts Besseres vorstellen.

Erstaunlicherweise wurde er gleichzeitig auch in der Uni besser. Man hätte denken können, er sei abgelenkt und zu keinem klaren Gedanken mehr fähig. Von ihr geliebt zu werden gab ihm aber ein solches Selbstvertrauen, dass er sich auch an Problemstellungen heranwagte, die er zuvor abwinkend als zu schwer abgetan hätte. Sie tat ihm einfach unglaublich gut.

Auch sprachen sie über die Zukunft. Als hätten sie sich abgesprochen, war beiden immer klar, dass sie einmal ein kitschiges Vorstadtleben würden führen wollen. Zuvor aber mussten sie natürlich fertig studieren und insbesondere Kaisa wollte ihre sportlichen Grenzen ausloten. Obwohl sie regional eigentlich jeden Lauf gewinnen konnte, wollte sie noch schneller laufen.

Und dafür reichte er ihr als Trainingspartner nicht. Sie wollte eine starke Gruppe und einen erfahrenen Trainer – zumindest zeitweise. Im Internet war sie auf ein Trainingscamp in den luftigen Höhen der Pyrenäen gestoßen. Sie erzählte ihm von traumhaften Aussichten bei lockeren Trailläufen, von schnellen Asphaltgeraden und einem Sportzentrum mit nagelneuer Tartanbahn, Kraftraum und Eistonnen. Er wusste noch nicht, dass sich sein Leben dadurch allzu bald auf den Kopf stellen würde. Mehr genießen können hätte er die Zeit mit Kaisa aber keine einzige Sekunde. Mit ihr lebte er auf. Durch sie lernte er das erste Mal, was Glück war. Nirgends sonst konnte er so sehr er selbst sein wie mit ihr. Lachen, lieben, laufen, leben!

Sie waren füreinander geschaffen.

Und dann war sie plötzlich weg.

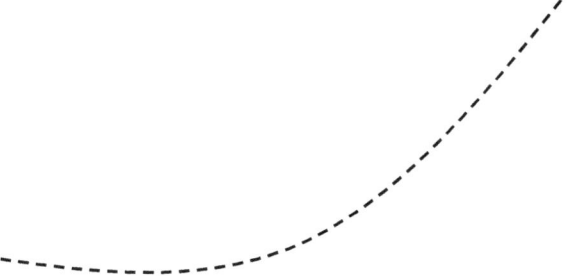

DAS LAUFEN IST MEIN STECKENPFERD

Das Laufen ist mein Steckenpferd,
auf dem ich täglich reite.
Ich hoffe dabei auf den Gerd,
auf dass er mich begleite.

Der Gerd, der ist ein schneller Mann,
und das auf leisen Pfoten!
Denn wenn ich schnauf', gleich nebenan,
erzählt er Anekdoten.

Ich laufe spät, ich laufe früh,
bin immer nur am Flitzen,
und geb' mir dabei alle Müh!
Gerd muss noch nicht mal schwitzen.

Da renne ich, so schnell ich kann,
und drück mich ab bei jedem Schritt,
der Gerd, der ist ein schneller Mann,
bis jetzt hielt er noch immer mit.

Wie kann das geh'n, das will ich wissen.
Auf Straße, Waldweg oder Pfad,
die Antwort, die ist leicht umrissen,
denn ich lauf – und Gerd fährt Rad.

DIE INNERE (UN)RUHE

Als Zivilisationskrankheiten werden unter anderem Karies, Herz- und Gefäßkrankheiten, Essstörungen und Adipositas bezeichnet[1]. Die Ursachen dafür seien vielschichtig, die Summe verschiedener Faktoren wie Zucker, Fehlernährung, Bewegungsmangel oder auch Stress.

Eine wird dabei aber stets vergessen, wie ich finde: In der Liste der Zivilisationskrankheiten fehlt die innere Unruhe. In einer Zeit, in der stets alles schnell gehen muss, jeder immer und überall erreichbar ist und von Ruhe zwar viel gesprochen wird, diese aber nie vorhanden ist, wird uns viel zu schnell langweilig.

Stellt euch eine Almhütte in den Bergen vor, auf einer grünen Wiese, mit zwei Tannen und drei weißen Berggipfeln im Hintergrund, mit warmen Sonnenstrahlen beschienen. Immer mit dabei, in diesem gedanklichen Bild: Eine Frau oder ein Mann, der oder die auf der Bank davor sitzt und nichts tut. Einfach

---

[1] (Gesundheitsberichterstattung des Bundes, 2021)

so, und in sich ruht. Den Gedanken nachhängend, träumend, in die Gegend schauend. Für jüngere Generationen einfach unvorstellbar – es wäre langweilig.

Nichts scheint schlimmer zu sein, als nichts zu tun zu haben, ohne Ablenkung zu sein, mit seinen Gedanken alleine. Stets wird das Smartphone gezückt, etwas gelesen. Sich durchgängig abgelenkt. Auch von sich selbst.

Deswegen wird das Laufen auch teilweise als langweilig bezeichnet. Denn wer läuft, und dabei etwa Kopfhörer etc. weglässt, ist zwangsläufig mit seinen Gedanken alleine.

Wertvolle Zeit! Die wir uns sonst kaum mehr gönnen – und gönnen wollen.

So zeigte etwa eine US-Studie im Jahr 2014[1], dass sich Menschen lieber selbst Stromstöße verpassen, als mit ihren Gedanken allein sein zu müssen. Der „Zustand des inneren Sinnierens" scheint für viele unbekannt. Allein sechs bis 15 Minuten ohne Ablenkung – pures „Gedankennachhängen" – konnte von freiwilligen Probanden nicht genossen werden.

Doch davon nicht genug! In einem Folgeexperiment konnten sich die Probanden, wenn ihnen die 15-minütige Denkzeit zu lang wurde, selbst einen Elektroschock verpassen, der vorher durchweg als unangenehm empfunden wurde. Zwölf von 18 Männern und sechs von 24 Frauen griffen zum Schocker! Selbst unangenehme Aktivitäten scheinen – für manche – lieber zu sein als gar keine.

Muss das Träumen und Fantasieren, das uns eventuell von anderen Lebensarten unterscheidet, heutzutage erst durch Meditation erlernt werden? Laut einer anderen Studie von

---

[1] (Wilson, et al., 2014)

2013[1] zeigen sich durch regelmäßige Meditation deutliche Veränderungen in der Hirnstruktur. So wird die graue Substanz an der Amygdala (Verarbeitung von Stress und Angst) weniger, dafür im Hippocampus (Selbstwahrnehmung und Mitgefühl) dichter. Außerdem sind die Forscher aus Gießen und den Vereinigten Staaten überzeugt, dass Meditation das Altern des Gehirns verlangsame.

Fasst man diese Überlegungen zusammen, ist das Laufen auch aus dieser Sicht ein guter Lehrmeister. Denn beim Laufen lernt man zwei Dinge, die in unserer heutigen Zeit immer rarer werden. 1.) Läuft man in der Gruppe, lernt man zu kommunizieren, ohne ständig digital abgelenkt zu werden. Und 2.) läuft man alleine, lernt man mit den eigenen Gedanken umzugehen, mit sich selbst allein zu sein. Tugenden, die viele längst verlernt haben.

Vielleicht sind ja die Menschen, die vor unserer imaginären Almhütte sitzen, auch Läufer. Es würde passen.

---

[1] (Hölzel, et al., 2011)

AKTIVISTEN, PETER

Zum Fahrradfahren war Peter gekommen wie die Jungfrau zum Kinde. Natürlich konnte er per se schon immer Fahrrad fahren, nur war er viele Jahre lang gar nicht erst auf die Idee gekommen. Zu Studienzeiten war er in die Stadt gezogen und hatte mit drei anderen in einer WG gewohnt. Von dort aus war es zum einen Teil des Campus nur ein Katzensprung, sodass er zu Fuß ging, zum anderen bot sich die Straßenbahn an. Damals hatte er nicht mal ein Fahrrad besessen!

Im Anschluss hatte er glücklicherweise schnell einen Job gefunden – nur war seine Arbeitsstätte satte 70 Kilometer von der gemeinsamen Wohnung, in die er erst kürzlich mit seiner Freundin gezogen war, entfernt. Zudem lag sein Arbeitsort so abgelegen, dass ihm kurzfristig keine andere Wahl blieb, als sich ein Auto zuzulegen. In der Folge war pendeln angesagt.

Teilweise hatte er dem Autofahren sogar etwas abgewinnen können. Wenn er sich erst einmal auf die Autobahn gekämpft hatte und die Fahrbahn frei war, konnte er sich gemütlich zurücklehnen, entspannt seinem Lieblingspodcast lauschen und die Landschaft an sich vorbeiziehen lassen. Im Winter war es

Dank der Heizung angenehm warm, im Sommer kühlte die Klimaanlage.

Meist war dieser tägliche Arbeitsweg aber ein Graus. Schon innerhalb der ersten zwanzig Minuten bis zur Autobahn war er völlig genervt, weil gefühlt jede Ampel nur für ihn auf Rot schaltete. Dann diese Enge im Fahrersitz: kaum Platz, um sich zumindest ab und an einmal zu strecken, vom vielen Sitzen tat ihm immer wieder die Hüfte weh. Außerdem die Autobahn, wo bei der Baustelle, durch die er täglich musste, scheinbar nichts voranging und wo ständig jemand eine Panne hatte, wodurch er immer wieder im Stau stand. Einmal verbrachte er den ganzen Vormittag auf der Autobahn – stehend, wegen einer Vollsperrung.

Und natürlich: die ganzen anderen Idioten. Zumindest war ihm bewusst, dass er für andere auch hin und wieder ein Idiot war. Wenn aber wieder einmal jemand drängelte und viel zu dicht auffuhr, wenn jemand viel zu knapp einscherte und andere zum plötzlichen Bremsen zwang, wenn andere Autos übersehen oder schlicht und einfach nicht mitgedacht wurde oder wenn bei einer grünen Ampel nicht losgefahren wurde – Peter war stets kurz davor, ins Lenkrad zu beißen. Mit Flüchen und Schimpfwörtern wurde er immer kreativer.

Was ein Verlust an Lebenszeit!

Zu seinem großen Glück bekam er nach gut anderthalb Jahren dieser geistigen und körperlichen Qualen ein neues Jobangebot: sein ehemaliger Professor wollte ihn für ein Projekt, das sehr nah an seiner Abschlussarbeit war, wieder ins Institut holen. Dafür brauchte er keine lange Bedenkzeit, er hielt den Arbeitsweg einfach nicht mehr aus.

Aus reiner Gewohnheit setzte er sich zunächst weiterhin ins Auto, um zur Uni zu fahren. Zum Umdenken brauchte es einen sehr unerfreulichen Vormittag.

Der Tag, der sein Leben verändern sollte, hatte zunächst begonnen wie jeder andere. Gedankenverloren war er nach seiner Morgenroutine wie jeden Tag mit seinem Thermo-Kaffeebecher in der Hand zu seinem Auto geschlurft und hatte sich in selbiges hineinfallen lassen. Dann jedoch war der Wagen einfach nicht angesprungen. Schnell war er zu dem Schluss gekommen, nichts ausrichten zu können und kurzfristig auf die öffentlichen Verkehrsmittel auszuweichen. Das war zwar umständlich und vergleichsweise teuer, dennoch wohl der schnellste Weg, um an diesem Morgen auf die Arbeit zu kommen.

Dann jedoch fiel sein Blick auf das Rad seiner Freundin, die am bewussten Tag von zu Hause aus arbeitete. Schicksal? Kurz entschlossen wich er nämlich doch nicht auf die Öffentlichen aus, sondern schwang sich aufs Rad – und brauchte, trotz ungeeigneter Kleidung sowie einem zu kleinen Fahrradrahmen inklusive tiefem Sattel, für die knapp acht Kilometer Arbeitsweg nur unwesentlich länger als mit dem Auto. Dabei fühlte sich Peter aber so viel freier! Er war es nicht gewohnt, bereits auf dem Arbeitsweg frische Luft zu atmen – im kommenden Winter genoss er sogar die kalten Windböen, die ihm ins Gesicht schlugen –, Platz für Bewegung zu haben, durch eine geschickte Routenwahl nicht mehr ständig von Ampeln ausgebremst zu werden und durch die eigene Muskelkraft bestimmen zu können, wie schnell er sein Ziel erreichte.

Schnell lernte er dieses Gefühl lieben und wollte es nicht mehr missen.

So wurde aus der Not eine Tugend. Es brauchte nur einen Besuch im örtlichen Fahrradladen, schon war er perfekt ausgestattet. Durch sein eigenes, besser geeignetes Fahrrad war er schneller am Institut als mit dem Auto, durch die neue Kleidung fuhr er bei jedem Wetter – bei Sonne und bei Regen, an warmen Sommertagen wie im kalten Winter. Motorradhandschuhe konnte er für kälteempfindliche Akademikerfinger empfehlen!

Vor lauter Begeisterung hätte er fast sogar sein Auto in der Werkstatt vergessen. Er fuhr es auch gar nicht erst abholen, sondern räumte nur die wenigen persönlichen Gegenstände aus und ließ es direkt vom Werkstattbesitzer weiterverkaufen. So war nicht nur sein tolles, neues Rad sofort bezahlt, allein durch die gesparten Benzinkosten hatte er wöchentlich mehr Geld auf dem Konto. Hinzu kamen noch die gesparten Steuern sowie die Versicherungs- und Instandhaltungskosten[1], die in den letzten Jahren gehörig ins Gewicht gefallen waren.

Aber nicht nur finanziell hatte sich das Fahrradfahren bezahlt gemacht – von den Umweltfolgen einmal abgesehen[2]. Er fühlte sich wie ein neuer Mensch. Peter wurde nicht nur fitter, auch verhalf ihm das Radeln zu einem anderen Weltbild: Autos sah er nach und nach in einem immer schlechteren Licht.

Letztens erst fuhr er gemeinsam mit drei Kollegen nach einem langen Arbeitstag erst spät zurück nach Hause. Dabei nutzten sie den wenigen Verkehr der späten Abendstunden – im etwas abseits gelegenen Industriegebiet ist dann eigentlich nichts mehr los – um auf einer ganz normalen Straße zu viert nebeneinander zu fahren. Und dieses freie Fahren, das war ein tolles Gefühl! Peter fragte sich daraufhin, ob wohl so die Zukunft aussehen würde?

Denn glücklicherweise gab es bereits erste Diskussionen um die Vormachtstellung des Automobils. Bis zu seinem Umstieg aufs Fahrrad war ihm das nie wirklich klar gewesen, aber zu seiner Zeit war Autofahren viel zu angenehm und günstig.

---

[1] (Randelhoff, 2020)
[2] (Umwelt Bundesamt, 2020)

Peter war bereits auf funktionierende Projekte aus anderen Städten gestoßen, die zeigen konnten, wie viel attraktiver Städte werden, wenn dort nicht Auto gefahren wird – aus zugeparkten Straßen wurden freie Plätze zum Spielen mit der ganzen Familie, aus großen, stinkenden Kreuzungen wurden grüne Inseln, wo Restaurants große Außenbereiche haben und Menschen in Ruhe und ohne Abgase zusammenkommen können. Die autofreie Innenstadt war längst keine Utopie mehr, sondern realistischer Traum[1].

Grundsätzlich war aber ganz Deutschland (und Europa?) auf das Auto ausgelegt. Während vieler Stunden auf seinem Rad fragte sich Peter, ob diese Normalität aber überhaupt annehmbar war. Warum müssen Kinder, wenn sie über die Straße laufen, nach Autos schauen – und nicht umgekehrt? Auch der Flächenverbrauch eines Autos ist absurd, die Städte sind stets so voll, dass autofreie Straßen und freie Parkplätze ganz ungewohnt erscheinen. Erst wenn einmal durch besondere Ereignisse wie beispielsweise Nachbarschaftsfeste ganze Straßen einmal für Autos gesperrt wurden, merkte Peter, wie viel Platz und einhergehend wie viel Lebensqualität hier verschenkt wurde.

Statt mit Autos einfach wegzufahren, um „in die Natur" zu flüchten, wollte Peter seinen städtischen Lebensraum verteidigen. Besser wäre es doch, wenn man gar nicht erst wegfahren müsste, um es schön zu haben.

Nun konnte er auf der einen Seite den Einzelhandel verstehen, der darauf gedrängt hatte, dass genügend Parkplätze für die Kunden vorhanden sind, woraufhin sämtliche Freiflächen als Abstellort gekennzeichnet und ganze Parkhäuser (allein dieser

---

[1] (Mößbauer, 2019)

Name klang in Peters Ohren absurd) gebaut wurden. Auf der anderen Seite – und dafür brauchte es wieder Sperrungen von Straßen für Autos – fand Peter, dass er sich viel lieber in der Innenstadt aufhielte, wenn keine Autos störten. Schlendern ist dann angenehm, was wiederum dem Einzelhandel gut tut. Überhaupt ist Einkaufen sehr gut zu Fuß, mit dem normalen Fahrrad oder mit den immer häufiger aufkommenden Lastenrädern möglich, meinte er. Wer gar nicht erst daran denkt, für kleine Wege das Auto zu nutzen, bleibt allein durch den Alltag länger fit.

Natürlich dachte er auch an die Ausnahmen, die es immer geben muss. Geschäfte müssen schließlich beliefert und Menschen, die nicht mehr mobil sein können, versorgt werden. Hierfür stellte sich Peter Liefer- und Pflegedienste auf Elektrobasis vor, die im Regelfall sogar mit beschränkten Zufahrtszeiten auskommen würden.

Wenn Peter dann wieder einmal eine längere Runde drehte, fragte er sich des Öfteren, wie seine autofreie Vision auch auf dem Land funktionieren könne. Denn dann denkt zunächst jeder erst einmal, dass es ohne öffentliche Verkehrsmittel keine Alternative zum Auto gibt. Gerade aber durch die höheren Geschwindigkeiten, so erklärte es sich Peter, werden nur die Wege länger, die investierte Zeit bleibt gleich. Es werden weite Strecken gefahren, um dieselben Dinge einzukaufen, die es auch im kleinen Laden um die Ecke gab. So zerstört das Auto die kleinen Strukturen und verändert die Wirtschaftsstruktur, die Stadtstruktur und die sozialen Beziehungen. Ziel sollte es sein, fand Peter, kleine Geschäfte zu fördern.

Selbst erlebt hatte Peter sein Umdenken auf dem Arbeitsweg, weshalb er sich wünschte, dass es ihm möglichst viele gleich taten. Geradezu Wundererzählungen hatte er aus Städten wie

Kopenhagen und Amsterdam gehört, die er aber leider noch nicht mit eigenen Augen hatte sehen dürfen: von mehrspurigen Fahrradstraßen wurde erzählt und von einer Selbstverständlichkeit, das Zweirad zu nutzen, während die ihm bekannte Realität immer noch standardmäßig das Auto nutzte. Wie viele schädliche Klimagase sich dadurch sparen ließen![1]

Klar war ihm, dass sich für diesen Umstieg auch die Infrastruktur würde ändern müssen, weshalb er der Meinung war, dass man zum einen das Autofahren immer unattraktiver und zum anderen sonstige Fortbewegungsarten (sei es zu Fuß, mit dem Fahrrad oder mit den öffentlichen Verkehrsmitteln) immer attraktiver machen müsste. Denn Autos zerstören die Natur, die Landschaft, unsere Städte wie auch die Wirtschaft - und entziehen zusätzlich nachhaltigen Verkehrsmitteln den Boden.

Eine Vision Peters war, um zügiges Radfahren zu fördern, Induktionsschleifen auf Fahrradwegen vor vielbefahrenen Straßen zu installieren, die den Autoverkehr automatisch für die Durchfahrt stoppen. So müsste keine Unterführung oder Brücke gebaut werden, während gleichzeitig das Autofahren unattraktiver wird.

Sehr angetan war Peter außerdem nicht nur von einem sehr niedrigen Tempolimit auf den Autobahnen, sondern außerdem von einer generellen Geschwindigkeitsbegrenzung von 30 km/h in Städten. Die Städte würden dadurch für andere Verkehrsteilnehmer bedeutend sicherer.

Peter wusste um die Kraft seiner Beine und die Ausdauerfähigkeit des menschlichen Körpers. Er wusste mittlerweile, wie unfassbar weit man mit einem Fahrrad kommen kann. Das Gehen wie auch das Radfahren sollte seiner Meinung nach als

---

[1] (Europäisches Parlament, 2019)

Fortbewegungsart die oberste Priorität haben, denn beides ist gesund, ökologisch sowie sozial und ökonomisch verträglich. Aus seiner Sicht müssten sämtliche Autos weg.

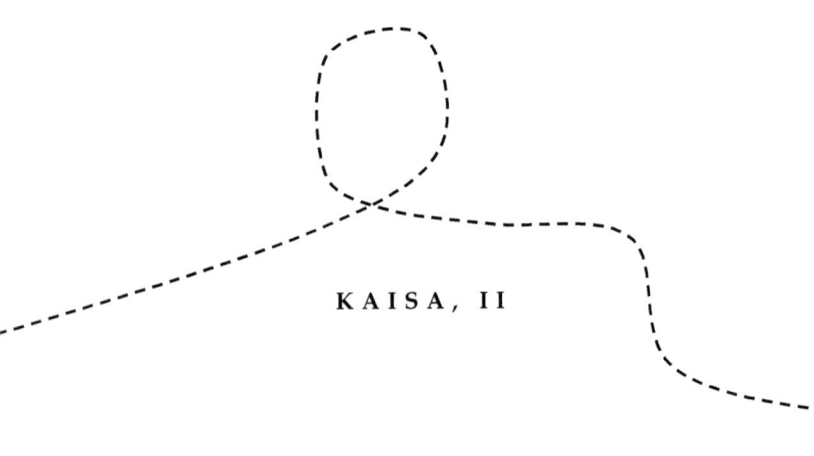

KAISA, II

Was war das nur für eine wundervolle Zeit! So viel und so gut wie hier hatte sie noch nie trainiert. Gleich morgens früh ging es los. Noch bevor die Sonne aufging wurden sie alle gemeinsam geweckt, dann wurde ohne viel Grummeln aufgestanden. Viel geredet wurde zwar noch nicht, weil alle allein damit beschäftigt waren, sich nur kurz anzuziehen, um direkt laufbereit zu sein. Ein Glas Wasser reichte als erstes Frühstück.

Dann ging es los auf die erste kurze Runde des Tages. 20 Minuten etwa wurde locker gejoggt, dann folgten ein paar Dehnungs- und Lockerungsübungen, bevor es zum Frühstück ging. Und was waren das für 20 Minuten, wenn gerade die Sonne aufging! Selten hatte sich Kaisa so wohl gefühlt, wie gemeinsam laufend den Beginn eines neuen Tages mitzuerleben.

Am späten Vormittag stand dann die nächste Einheit auf dem Programm. Jetzt konnte es auch schneller werden, bei diesem Training wechselten sich lockere Läufe mit Intervallen oder auch längeren Tempoläufen ab. Dafür hatten sie ihren Trainingsplan.

Schon war es dann Zeit fürs Mittagessen und im Anschluss – ganz wichtig! – den Mittagsschlaf. Der konnte bis zu zwei Stunden dauern. Eigentlich war Kaisa nur mit drei unterschiedlichen Dingen beschäftigt: schlafen, essen oder trainieren. Wegen der hohen körperlichen Belastung gab es nur selten ein Abendprogramm. Meist wurde zwischen 20:30 und 21 Uhr bereits das Licht gelöscht.

Denn das Programm war auch im Anschluss an die Mittagspause noch nicht vorbei, am Nachmittag stand die dritte Einheit des Tages an. Wieder waren hier der Kreativität des Trainers keine Grenzen gesetzt, da konnte es locker oder hart werden. Auch Alternativeinheiten wie Radfahren oder Schwimmen waren möglich. Dann aber war das Tagespensum geschafft.

Vor dem Abendessen war abschließend noch Zeit für regenerative Maßnahmen wie die Eistonne, Sauna oder Massage. Am liebsten aber machte Kaisa zum Tagesabschluss etwas Yoga, das ihre Muskulatur so schön lockerte. Jetzt wäre auch Zeit gewesen, sich zu Hause zu melden. Kurznachrichten zu schreiben oder mit ihrem Freund zu telefonieren. Handys waren im Camp aber strikt verboten, Kaisa hatte ihr mobiles Endgerät gleich zu Beginn abgeben müssen, denn laut ihrem Trainer war nicht nur der volle Fokus auf das Training wichtig, auch kam es auf die richtigen Gedanken an. Eine positive Stimmung beflügelte eine Gruppe, eine negative bremste alle. Und weil im Internet und in den sozialen Medien zu viel Neid, Missgunst und Eifersucht herrschten, waren elektronische Geräte schlicht verboten.

Eigentlich hätte Kaisa diese Abgeschiedenheit schwerfallen müssen, hatte sie doch früher auf Klassenfahrten beispielsweise stets Heimweh gehabt. Auch vermisste sie ihren Freund nach diesem wundervollen Sommer. Viel Zeit dafür blieb ihr aber schlicht und einfach nicht. Und mit den anderen Mädels im Camp – sie trainierte in einer rein weiblichen Trainingsgruppe – verstand sie sich bestens. Immerhin hatten sie alle die gleichen Interessen!

Nur sonntags wurde vom altbewährten Tagesrhythmus abgewichen. Lediglich morgens in der Frühe wurde eine Stunde gelaufen, danach war der Tag frei. Vielleicht hätte Kaisa sonst auch komplett die zeitliche Orientierung verloren. Klar tat eine Auszeit gut, auch, um am nächsten Tag wieder voller Energie, Elan und Motivation in die nächsten Einheiten zu starten. Sie hatte aber auch viel mehr Zeit als sonst, um nachzudenken. Insbesondere in diesen Stunden vermisste Kaisa ihre neue Heimat, dann wurde das dumpfe Ziehen, das sie sonst nur im Hintergrund begleitete, zu starker Sehnsucht. Da half die Gesellschaft ihrer neuen Freundinnen. Außerdem würde sie ihren Freund ja bald wiedersehen.

Würde sie?

Zum ersten Mal überhaupt, seit er studierte, hatte er nach seiner letzten Klausur drei herrliche Wochen komplett frei. Während der letzten sogenannten Semesterferien war stets im Abstand von zwei bis drei Wochen eine Prüfung auf die nächste gefolgt, sodass er durchgängig am Lernen war, bis dann das neue Semester startete. Umso mehr freute er sich auf richtige Ferien, die er natürlich am liebsten mit Kaisa verbracht hätte, sie aber natürlich darin unterstützte, ins Trainingscamp nach Font Romeu zu reisen. So lange hatte sie davon geträumt, auch würde sie der Abstand sicher noch enger zusammenschweißen.

Deshalb hatte er die Möglichkeit genutzt, endlich mal wieder seine Oma auf dem Bauernhof zu besuchen. Als Kind war er jeden Sommer dort gewesen und hatte entsprechend viele schöne Erinnerungen. Weil Kaisa im Camp nicht erreichbar sein würde, hatte er sein Handy absichtlich daheim gelassen, um mal wieder ganz im Hier und Jetzt zu sein. So hatte er wunderbare Ferien gehabt, hatte einfach mal auf einer Wiese gelegen und nichts getan, hatte in der Sonne auf einer Bank sitzend gelesen, war ohne Ziel Fahrrad gefahren und hatte mit seiner Oma, die durch ihr aktives Leben auf dem Hof noch ziemlich fit war, Heidelbeeren gepflückt und Kuchen gebacken, Brettspiele gespielt und auf dem Hof ausgeholfen. Der war nach wie vor in sehr gutem Zustand, aber alles konnte seine Oma nicht reparieren: deshalb hatte er das Hoftor gestrichen, den Holzzaun repariert und Holz gehackt. Und natürlich war er gelaufen, jeden Tag. Am See entlang, auf schmalen Pfaden durch den Wald und auf Wegen durch die Felder.

Viel zu schnell – wie immer – hatte diese schöne Zeit ein Ende gehabt. Nach einem gemeinsam zubereiteten Festtagsschmaus war er zurück in Richtung Alltag aufgebrochen. Auf der einen Seite traurig, weil er abreisen musste, auf der anderen Seite glücklich in Vorfreude auf das Wiedersehen mit Kaisa.

Schon auf der Rückreise mit dem Zug hatte er dann allerdings ein ungutes Gefühl in der Magengegend. Logisch konnte er sich dieses undefinierbare Unbehagen nicht erklären, mit der Ankunft zu Hause verstärkte es sich aber, als er sein Handy einschaltete: es erreichte ihn nämlich keine einzige Nachricht von Kaisa. Nach drei Wochen Trainingslager hätte auch sie an diesem Wochenende zurückkommen müssen oder zumindest schon auf dem Weg sein. Schließlich startete bereits am nächsten Morgen das neue Semester.

Zunächst beruhigte er sich mit dem Gedanken, dass sich Kaisa, obwohl sie sonst sehr gewissenhaft studierte, die Option auf eine vierte Woche Trainingslager offen gelassen hatte. Vielleicht hatte sie der dortige Trainer zu einer Verlängerung überredet, um den Effekt des Höhentrainings noch zu verstärken. Dennoch war es untypisch für sie.

So startete er die erste Woche des neuen Semesters in Sorge. Abgelenkt fand er nur schwer wieder ins Lernen und verzettelte sich immer wieder beim Suchen der Vorlesungs- und Übungsräume. Hoffentlich meldete sie sich am Wochenende! Was würde er sonst tun?

Nach drei Wochen hartem Training war für Kaisa doch schnell ein Ende des Camps in Sicht, denn schon stand der Wettkampf zum Abschluss an. Darauf freute sie sich, sie wollte trotz aller Müdigkeit noch einmal alles geben und zeigen, wie sehr sie sich verbessert hatte. Die gemeinsamen Intervall- und Tempotrainings hatten eine gewisse Hierarchie in der Gruppe ergeben, dennoch können manche Athleten im Wettkampf mehr an ihre Grenzen gehen als im Training. Kaisa zählte sich dazu.

Es sollte auch nicht nur ein Wettkampf zum Spaß werden, vom Trainer aus gab es einen finanziell sehr reizvollen Preis: die schnellsten drei der fünfzehn teilnehmenden Mädels würden eine weitere Trainingswoche inklusive Kost und Logis gewinnen. Kaisa wollte zwar ihr Bestes geben, dachte aber nicht weiter darüber nach, weil sie sich zum einen nur eine Platzierung zwischen den Rängen sechs und zehn zutraute, zum anderen das neue Semester wieder starten würde und sie die erste Woche nicht gleich verpassen wollte.

Nur Letzte wollte sie keinesfalls werden, sowohl aus Prinzip als auch weil der Trainer – wohl um noch weiter zu motivieren – von einer Bestrafung für die letzten beiden des Rennens gesprochen hatte. Auf Scherze wie Toiletten putzen, hunderte Liegestütz oder Strafrunden hatte sie keine Lust.

Etwas anderes konnte sie sich nicht vorstellen.

Dann war es schließlich so weit: der mutmaßlich letzte Morgen im Camp brach an. Für ihren Abschlusswettkampf hatten sie sich scheinbar den heißesten Tag des Jahres ausgesucht. Sogar im Schatten wurden fast 40 °C gemessen, und Schatten gab es nicht einmal. Acht Mal würden sie einen Rundkurs auf freiem Feld durchlaufen, der circa einen Kilometer lang war. Ab und zu würde es über festgetretene Erde gehen, ganz selten über Gras. Größtenteils aber ging der Parcours über Sand. Feinen, heißen Sand, auf dem man es barfuß nicht aushielt, weil er sich so aufgeheizt hatte. Nicht nur die Hitze würde ihnen also einiges abverlangen, auch der kraftraubende Laufuntergrund.

Sie hatten sich alle gemeinsam warm gemacht, waren nach einem kleinen Mittagssnack und einer kurzen Pause gemeinsam eingelaufen, hatten Schwunggymnastik und Lauf-ABC absolviert und noch ein paar Steigerungsläufe angehängt. Genau so, wie sie sich auch für ihre Tempotrainings erwärmt hatten. Erst kurz vor dem Start waren sie dann leichtfüßig zur Startlinie getrabt, um nur so kurz wie möglich von der Sonne aufgeheizt zu werden. Kaisa hatte sich unmittelbar davor noch einmal mit dem Gartenschlauch, der außen am Athletenhaus hing und eigentlich dazu diente, matschige Laufschuhe direkt nach einer Einheit zu säubern, abgespritzt, das eiskalte Wasser ließ sie jetzt sogar in der Hitze noch leicht frösteln. Bald schon aber würde ihr zu warm sein, das wusste sie, weshalb sie die Kälte genoss.

Sie alle trugen so wenig Kleidung wie möglich. Alle standen sie lediglich mit Kappe, Sport-BH und kurzer Hose an der Startlinie. Kaisa hatte noch Socken an, um dem Sand in ihren Laufschuhen weniger Scheuerfläche direkt auf der Haut zu bieten. Sie wollte das Rennen defensiv angehen, sowohl wegen der Hitze als auch dem schweren Untergrund. Lange konnte sie sich aber keine Gedanken mehr machen, schon ging es los:

der Cheftrainer persönlich kam mit der Startpistole heranmarschiert.

Alle Läuferinnen waren hochkonzentriert, niemand redete ein Wort. Gleich würde es um alles gehen. Man sah es in ihren Augen. Sie alle schauten, in der Erwartung des Startschusses, voll fokussiert auf den Sand vor ihren Füßen. Die Anspannung war fast körperlich zu spüren. Die Entscheidung nahte, wer belohnt und wer bestraft würde.

BUMM!

Der Startschuss! Im vollen Sprint ging es los. 30 muskulöse Beine wurden zum Schnellstmöglichen getrieben, was sie hergaben. Bis zur ersten Rechtskurve hatte sich das Feld sortiert, noch waren alle zusammen, die Ruhe vor dem Sturm!

Während es erst leicht bergab ging, kam bald die erste 180° Linkskurve und damit die erste Steigung. Drei Läuferinnen versuchten dort direkt wegzukommen, wurden aber nicht gelassen. Dadurch zog sich das Feld in die Länge. Mit der großen Sandpassage wurde das Tempo aber wieder deutlich langsamer und der Pulk rückte wieder zusammen.

Auch Kaisa war losgesprintet, um mitten im Geschehen zu sein und nicht sofort hinterherzuhecheln, hielt sich mit Zwischensprints und Rangeleien aber zurück. Sie lief möglichst energiesparend, nahm manchmal auch kleine Umwege in Kauf, um nicht durch tiefen Sand laufen zu müssen, sondern wählte stets die möglichst feste Alternative. Bergan musste sie allerdings auch an ihre Grenze gehen, um in der Gruppe zu bleiben, versuchte sich aber danach möglichst schnell wieder zu erholen und lief zunächst einfach nur mit. In der Anstrengung entspannen lautete die Devise.

Für den geübten Zuschauer am Rand war dieses Spektakel Kunst. Der Rhythmus, in dem sich Arme und Beine bewegten, hatte etwas Faszinierendes. 15 Individuen, die doch zu einem werden, wenn sie sich dynamisch wie ein Vogelschwarm mit einem gemeinsamen Ziel bewegen. Dazu strahlten die Läuferinnen trotz immenser Anstrengung eine unbeschreibliche Ruhe aus. In den geradezu zierlichen Körpern pochten die Herzen, liefen die Systeme auf Hochtouren – außen aber sah man nichts davon, die Gesichter waren locker und entspannt. Lediglich die Anzahl der für den Zuschauer unsichtbaren Schweißtropfen unterschieden sich.

Das Rennen wurde ab der zweiten Runde taktischer und damit äußerst unrhythmisch. Mal schienen gleich mehrere Läuferinnen bereits abgehängt, dann waren alle ganz plötzlich wieder zusammen. Der Kenner konnte verschiedene Läufertypen unterscheiden: da gab es die typische Langstrecklerin, die das Tempo gerne konstant hochhalten würde, um Sprintentscheidungen am Ende zu vermeiden. Und dann gab es natürlich die Mittelstrecklerinnen, die es gerne auf genau diesen Schlussspurt ankommen lassen würden und deshalb während der ersten Runden versuchten, das Rennen möglichst langsam zu gestalten, sich sonst aber nur im Windschatten aufhielten.

Auch Kaisa dachte zu Beginn der vierten Runde, bereits abgehängt worden zu sein. Zwei Ränge vor ihr war nach einer engen Rechtskurve plötzlich eine Lücke von mehreren Metern gewesen, die sich schnell vergrößert hatte. Vorne waren sie wohl wieder einmal angetreten. Sie hatte sich mehrmals in Erinnerung rufen müssen, ruhig zu bleiben und hatte nur nach und nach das Tempo angezogen – die andern sechs Läuferinnen in ihrem Schlepptau – als vorne die Laufgeschwindigkeit wieder so deutlich reduziert wurde, dass sie förmlich heranflog.

Schon waren beide Gruppen wieder zusammen und Kaisa nutzte ihren Geschwindigkeitsüberschuss, um an den anderen vorbeizuschießen. Jetzt lag sie sogar in Front und behielt den Schwung bei. Dadurch zwang sie die eben noch führende Gruppe zur nächsten Beschleunigung, die sicher schon in den Oberschenkeln brannte. Kaisa zumindest war um jeden Schritt froh, den sie nicht im tiefen Sand laufen musste.

Doch diesen geschenkten Vorteil wollte sie nicht einfach wieder verfallen lassen: ihre Führung ausnutzend lehnte sie den Oberkörper nach der nächsten Wende nach vorne, da mussten die Beine beschleunigen. Wie zuvor entstand so die nächste Lücke, gleich mehrere Läuferinnen wurden abgehängt, mit dem einzigen Unterschied, dass Kaisa diesmal vorne mit dabei war. Jetzt machte es ihr auch nichts aus, wieder überholt zu werden, begrüßte es sogar, nicht weiter für das Tempo sorgen zu müssen und konzentrierte sich wieder darauf, mitzuschwimmen und Energie zu sparen.

Schließlich, nach bereits mehreren Attacken auf dem schweren Geläuf, als nicht mehr alle Gesichter locker waren, sondern sich die Anstrengung auch immer mehr äußerlich manifestierte, gelang es einer blonden Läuferin mit einem beherzten Antritt nach einer Kehrtwende, das Feld nachhaltig zu spalten. Acht Läuferinnen gelang es so, sich in der zweiten Rennhälfte abzusetzen. Die vielen Ecken des verwinkelten Kurses wie auch die leichten Anstiege machten es den Verfolgerinnen sehr schwer, wieder näher zu kommen, das Grundtempo hatte sich nämlich deutlich erhöht, Stehversuche gab es nicht mehr.

Aus einem Rennen waren somit nach einer weiteren Runde, in der sich der Abstand zwischen den beiden Gruppen vergrößerte, zwei geworden: vorne ging es um den Sieg, hinten darum, nicht Letzte zu werden.

Bei Intervallen fielen Kaisa immer die Wiederholungen am schwersten, die kurz vor Programmende gelaufen wurden.

Standen beispielsweise zehn Wiederholungen auf dem Plan, musste sie besonders bei Nummer sieben, acht und neun die Zähne zusammenbeißen. Der letzte Durchgang ging dann irgendwie immer.

In Rennen war es ähnlich. Entsprechend war ihr schon im Vorfeld des Rennens klar gewesen, dass sie bei acht Runden etwa ab der fünften alles würde geben müssen. Durch ihre erfolgreiche Attacke und den anschließenden Endorphinschub war die bewusste fünfte Runde in diesem Rennen kein Problem gewesen, die nächsten beiden wurden dafür umso härter. Auch um sich herum hörte Kaisa heftiges Schnaufen, woraufhin sie sich innerlich damit aufbaute, dass auch ihre Mitläuferinnen alles geben mussten. Weit war es jetzt aber nicht mehr, sie musste es nur bis in die letzte Runde schaffen. Dann konnte sie sich auf ihre mentale Stärke verlassen, die jede körperliche Schwäche überwog.

Für den Zuschauer wurden die beiden Rennen innerhalb des einen Wettlaufs immer packender. Doch wer sich zu sehr auf eine der beiden Gruppen konzentrierte, verpasste etwas: wer nach hinten schaute, sah nicht, dass sich ganz vorne zwei Läuferinnen von der Gruppe lösen konnten und die letzte Runde in einem langgezogenen Schlusssprint beendeten. Wer sich wiederum nur auf diese Entscheidung konzentrierte, verpasste den Sturz in der Verfolgergruppe, woraufhin jede bis ins Ziel für sich alleine kämpfte, aufgereiht wie an einer Perlenschnur. Der gestürzten Läuferin gelang es immerhin noch, zwei andere zu überholen und doch nicht Letzte zu werden.

Für Kaisa war bei der Attacke sofort klar, dass sie nicht um den Sieg mitlaufen würde. Dem Antritt mitten in der vorletzten Runde hatte sie nichts entgegenzusetzen, nicht einmal zucken konnte sie. Hätten die anderen mitgezogen, sie hätte eine Lücke reißen lassen müssen, so aber lief sie weiterhin in der Gruppe, in der es um Rang drei gehen würde. Zu keiner Zeit ließ sie den Kopf hängen, auch wenn die ersten beiden Plätze schon vergeben waren, war sie immer noch besser unterwegs, als im Vorfeld erwartet. Rang sechs bis zehn hatte sie erwartet, jetzt ging es um Rang drei bis acht – und zwei andere Läuferinnen hingen schon leicht zurück. Sie musste einfach nur dranbleiben und hätte ihr Ziel erreicht.

Wie gewohnt schaltete ihr Hirn in der Schlussrunde aber auf den Überlebensmodus um: jetzt war die Zeit, um alles, was sie hatte, in die Waagschale zu werfen, Rang sechs reichte ihr in der jetzigen Position nicht mehr.

Auch die anderen mobilisierten aber ein weiteres Mal ihre Kräfte, mit Beginn der letzten Runde zogen sie das Tempo an. Die beiden bereits schwächelnden Läuferinnen mussten sofort abreißen lassen, eine weitere konnte nur gerade so den Kontakt halten. Für Kaisa aber zählten nur die anderen beiden, mit denen sie gleichauf Schritt um Schritt dem Ziel entgegen stürmte.

Mit nur noch einer halben Runde zu laufen erwischte Kaisa die Innenkurve perfekt und wollte selbst diesen kleinen Vorteil dafür nutzen, sich einen Hauch von den anderen beiden abzusetzen, knickte aber direkt in einem etwas tieferen Sandloch um. Allein der Strauchler reichte aus, um vom Angriff in die Verteidigung gedrängt zu werden, schon lief sie hinterher und musste den anderen nachsetzen. Noch konnte sie folgen, weit war es nicht mehr!

Kurz darauf nämlich ging es schon um die letzte Kurve. Kaisa schaffte es, ganz innen zu laufen und sich mit Schulterkontakt an ihren Konkurrentinnen vorbeizuschieben. Das war erneut der kleine Vorteil, den sie für den Schlusssprint brauchte. Denn ab dieser letzten Spitzkehre wurde gesprintet, was die Beine hergaben und dass der Sand nur so in alle Richtungen spritzte. Kaisa war voll im Tunnel, spürte ihre Arme nicht mehr, hörte nichts mehr, sah nur noch die Ziellinie, der sie immer näher kam. Wie im Reflex warf sie dann noch den Oberkörper bei der Ziellinie nach vorne. Einer Sprinterin gleich, die noch jede Hundertstelsekunde herausholen will. Doch es lohnte sich. Die Konkurrentin, die in der Spitzkehre den größten Radius genommen hatte, war mit einer höheren Endgeschwindigkeit gespurtet und kam nur ganz knapp nicht mehr an Kaisa vorbei. Sie war doch glatt Dritte geworden! Der perfekte Abschluss des Trainingslagers. Oder etwa nicht?

ICH BIN EIN ULTRA

Da bin ich also wieder. Wie im letzten Jahr stehe ich erneut am letzten Samstag im Januar in Rodgau-Dudenhofen am Start, um 50 km zu laufen. Oder auch: 10 x 5 km, denn im Rodgau werden Runden gelaufen. Komischerweise wird der Lauf dennoch nie langweilig. Außerdem trug die Tatsache, dass man jederzeit aussteigen kann und dann nicht erst zurück zum Start muss, überhaupt dazu bei, dass ich mich dazu entschloss, an einer solch irrwitzigen Veranstaltung teilzunehmen.

Wie kommt man auf die Idee, 50 Kilometer laufen zu wollen? Ich bin mit diesem Vorhaben nicht alleine. Um mich herum steht ein Haufen anderer Verrückter, alle mit einer Startnummer auf dem Bauch. Wobei „Haufen" keineswegs despektierlich gemeint ist. Das Feld ist sage und schreibe über 1.000 Köpfe groß. Und das im Januar. Was um die Jahrtausendwende in sehr kleinem Rahmen begann, ist heute zu einer Institution geworden.

Auf die Idee kam ich durch unsere Sportabzeichengruppe: gemeinsam mit meiner Frau Svenja trainiere ich immer montagabends eine gänzlich andere Schar. Dort wird sich im Winter mit Skigymnastik fit gehalten und im Sommer für das Sportabzeichen trainiert.

Durch einen großen Anteil von Kräftigungsübungen für Rumpf und Beine sowie viel Koordination ist das Ganze auch für Läufer hervorragend geeignet. So schlossen sich einige wenige Mitglieder des RLT Rodgau unserer Gruppe an, welche mich schon in den Jahren davor zu überzeugen versuchten, beim 50er zumindest mal an den Start zu gehen. Man könne ja jede Runde aussteigen, haben sie gesagt!

Nachdem es dann bei meiner Premiere so gut lief, brauchte es im Folgejahr nicht viel, mich zu einer Wiederholungstat zu überreden. Und wieder wollte ich mir keinen Druck aufbauen, das Rennen aus dem Training heraus bestreiten und mir immer offenlassen, einfach zwischendrin aufzuhören. So wie im letzten Jahr, als es mir so viel Spaß machte. Als ich zwar schließlich froh war, angekommen zu sein, aber nie ans vorzeitige Aufhören dachte. Dennoch: die Erwartungen waren gestiegen. Ich wusste jetzt ja, dass die Distanz machbar ist. Und wieviel Zeit ich beim ersten Versuch gebraucht hatte. Meine 3h23′57 entsprachen einem Schnitt von 4′05/km.

Nun habe ich eine deutlich bessere Marathonzeit stehen und 6.000 Trainingskilometer mehr in den Beinen. Etwas schneller müsste es doch also schon gehen. Oder etwa nicht? Machen es meine eigenen gestiegenen Erwartungen schwieriger? Oder hilft die Erfahrung? Zumindest versuchen wollte ich es. Und mit 4′00/km anlaufen. Das ist leicht zu rechnen. Mal sehen, wie lange das gehen würde und was dabei herauskäme.

Nachdem ich im letzten Jahr Sechster geworden war, bekam ich entsprechend eine niedrige Startnummer zugeteilt: die fünf. Und weil vor einem Sechsten nicht allzu viele schneller laufen, ordnete ich mich in diesem Jahr auch beim Start vorne ein. Das ist, wie bei vielen Ultras üblich, auch im Rodgau sehr entspannt möglich.

Dann, pünktlich um 10 Uhr, ging es endlich los. Vorbei die Zeit der Vorbereitung, jetzt musste nur gelaufen werden. Gleichmäßig, energiesparend, im eigenen Rhythmus. Abschalten, nur laufen. Für die nächsten zwei, zweieinhalb Stunden. Dann darf angefangen werden, nachzudenken.

Und während deutsche Tennis- und Handballgeschichte geschrieben wurde, geschah auch in Rodgau Historisches. Es wurde ein Rekordlauf! Nicht nur ganz vorne, auch bei mir ging es gut los. Vom Start weg freie Bahn. Nach der ersten engen Kurve am Verpflegungsstand vorbei und auf die Felder. Der erste Kilometer: zu schnell, ca. 3'45. Also die anderen laufen lassen, es etwas gemütlicher angehen. Am Start hatten noch einige andere von einem vierer Schnitt gesprochen, die waren jetzt aber schon weit enteilt! Aber das Rennen ist lang, einige würde ich später wieder stellen.

Bis zum Ende der ersten Runde hatte ich mit Bernhard einen guten Laufpartner gefunden. Bernhard hatte im Jahr zuvor die 100 km in Biel in beeindruckter Manier gewonnen und schon seit dem letzten Jahr folgen wir uns gegenseitig auf Strava. Jetzt konnten wir uns endlich auch mal persönlich austauschen, was wir in Folge vielleicht etwas zu intensiv taten, verbummelten wir die zweite Runde mit 20:40 min doch gehörig. In der Folge konzentrierten wir uns wieder mehr und waren nach 15 km und 1h00'01 wieder perfekt auf Kurs.

Wie schon vorausgesehen war wieder die dritte Runde die schlimmste, weil alle, die wir überrunden mussten, noch in sehr großen Gruppen zusammenliefen. Mit etwa 1.000 Startern ist immer viel los, sodass der Laufrhythmus nicht nur von Verpflegungs- und Wendepunkt unterbrochen wurde. Bei der Verpflegung in der fünften Runde war es auch, dass Bernhard das Tempo nochmals erhöhte und eine Lücke entstand. Zuerst dachte ich noch, ich käme wieder heran, ließ nach einer Runde in schnellen 19'07 aber wieder von diesem Vorhaben ab. Ich musste mein eigenes Tempo finden.

Wie immer gab es viel zu sehen, sodass keine Langeweile aufkam. Außerdem hatte ich mir – wie im dienstäglichen Vereinstraining – für verschiedene Streckenabschnitte verschiedene Aufgaben gestellt: auf der langen Geraden mit Start und Ziel möglichst viel Energie sparen, weil es bergab geht; bei der Verpflegung möglichst unbeschadet einen Becher Tee greifen und von demselben möglichst wenig verschütten, anschließend mit dem Becher in einen Behälter treffen (Trefferquote: 7/8); bis zum Wendepunkt die Ideallinie finden und zwischen km 3 und 4 möglichst klein machen, um dem teils heftigen Gegenwind zu entgehen.

So verging die Zeit wie im Fluge und schon waren 30 km gelaufen. Zwar hatte ich zwischenzeitlich ein Stück Müsliriegel gegessen, was mich aber nur außer Atem brachte und mir energetisch nicht half. Ich dachte, dass ich mich mit meinen langen, nüchternen Trainingsläufen dafür gut vorbereitet hatte.

Ich wunderte mich: zum einen, dass es so prächtig lief. Ich war deutlich unter einem 4er Schnitt unterwegs und vom Gefühl her könnte es noch ewig so weitergehen. Auf der anderen Seite blieb die Konkurrenz aber außer Sichtweite. Lediglich Robert und Thomas würde ich noch einholen.

Ich lief mittlerweile sehr konstant, immer ca. 19'30 für die 5-km-Abschnitte. Vorher hätte ich nicht gedacht, dass das so einfach möglich wäre. Wie gesagt lässt sich mit einem 4er Schnitt sehr leicht rechnen. Ich entfernte mich aber immer weiter davon – in die schnellere Richtung! Waren Bernhard und ich zunächst auf eine Zielzeit von 3h20 losgelaufen, hielt ich bald 3h18 für möglich. Dann 3h17. Und am Ende blieb ich sogar noch darunter!

Nach der siebten Runde kam die Marathonmarke in Sicht. Erreicht hatte ich sie schließlich nach 2h45'57: mein, wenn auch knapp, bis dahin zweitschnellster Marathon!

Unglaublich, was sich mit der entspannten Herangehensweise eines Ultralaufes alles erreichen lässt! Und dann ging ich schon auf die letzte Runde. Wieder hatte ich nie ans Aussteigen gedacht.

Es würde eine unglaubliche Zeit werden! Denn obwohl die letzten drei Kilometer wieder anstrengend wurden, lief ich nach 3h16'25 ins Ziel. Ganze siebeneinhalb Minuten schneller als im vergangenen Jahr, dabei weniger erschöpft. Auch im Ziel griff ich nur zu Getränken, zog mich schnell um und spazierte zum Auto, um schnellstmöglich unter die warme Dusche zu kommen. Eine Wohltat!

Manchmal denke ich ja, dass die größte Belohnung für einen tollen Lauf die warme Dusche ist.

KEINE MACHT DEN DROGEN

Jürgen Reul ist Mediziner, gleichzeitig aber ambitionierter Radsportler. Als sich Anfang der 2000er die Dopingfälle mit Erythropoetin (EPO) immer mehr häuften, wollte er es wissen. Die Auswirkungen selbst erfahren, trotz aller Risiken. Er startete einen Selbstversuch[1] auf der legendären Tour-de-France-Etappe nach L'Alpe d'Huez. Zwei Mal fuhr er im Sommer 2007 die 21 Serpentinen, so schnell er konnte. Beim ersten Mal radelte er aus eigener Kraft. Er war fit und schaffte die Strecke bei guten Bedingungen in 70 Minuten.

Für die nächsten zwei Wochen hatte er sich selbst EPO verschrieben, wodurch sein Hämatokritwert von 48 auf 53 anstieg. Und obwohl es bei seinem zweiten Versuch keine sonnigen 22 °C hatte und es nicht wolkenlos und windstill war, sondern es gar regnete, mit Böen und Gegenwind, bei nur drei

---

[1] (EPO-Doping im Selbstversuch - "Das kann tödlich sein", 2007)

Grad Celsius, schaffte er die Strecke dieses Mal in nur 66 Minuten. Ganze vier Minuten schneller. Eine fünfprozentige Steigerung durch Doping.

Erythropoetin (EPO) ist ein Hormon, das die Bildung roter Blutkörperchen unterstützt. Diese wiederum transportieren den Sauerstoff im Körper. Nur mit Sauerstoff kann Nahrung in Energie umgewandelt werden, nur mit Sauerstoff funktionieren unsere Muskeln. Der Nobelpreis der Medizin/Physiologie 2019 unterstreicht die Wichtigkeit: der Preis wurde für Erkenntnisse verliehen, mit denen wir besser verstehen, wie sich unsere Zellen an Veränderungen des Sauerstoffgehalts anpassen. Dadurch gibt es vielversprechende Ansätze zur Bekämpfung von Anämie, Krebs und vielen anderen Krankheiten.

Ebenso wird durch eine bessere Fähigkeit, Sauerstoff im Blut zu transportieren, die sportliche Leistungsfähigkeit gesteigert. Um mehr rote Blutkörperchen zu produzieren, fahren ehrliche Sportler ins Höhentrainingslager. Durch den weniger verfügbaren Sauerstoff in der Luft produziert der Körper mehr rote Blutkörperchen, wodurch dann zurück im Flachen eine bessere Leistung gebracht werden kann. Die Abkürzung auf diesem Weg ist EPO.

Manche sprechen dadurch von einer Verbesserung von 7-15 %. Jürgen Reul war im Selbstversuch trotz schlechten Bedingungen 6 % schneller. Dabei ist im Leistungssport allein 1 % enorm.

Mit einer zehnprozentigen Leistungssteigerung läuft ein 3:10 Stunden-Marathoni plötzlich unter die magische 3-h-Marke, ein 2-h-Halbmarathoni braucht nur mehr 1h48 und ich liefe die 10 km unter 30 Minuten. Der absolute Knaller!

Auch die Wesensveränderungen spielen eine Rolle. Der Kopf spielt bekanntermaßen im Ausdauersport eine große

Rolle, sei es im Training, wenn es Überwindung kostet überhaupt loszulaufen oder die siebte von zehn Wiederholungen auf einem hohen Niveau durchzubringen. Jürgen Reul berichtet von „keinerlei Hemmschwellen mehr". Er habe das Gefühl gehabt, unendlich und ununterbrochen Gas geben zu können, ohne im Anschluss völlig ausgepowert zu sein. Auch die Kampfmoral sei höher gewesen, was insbesondere im Wettkampf den Unterschied machen kann.

Das scheinbare „Wundermittel" EPO ist aber keineswegs ungefährlich, sondern ein erheblicher gesundheitlicher Eingriff. Gefahren wie Herzinfarkt, Schlaganfall oder Lungenembolie können tödlich sein. Seit 1990 schon steht EPO auf der Dopingliste. Gerade in den 90er Jahren verseuchte es jedoch sämtliche Ausdauersportwettbewerbe, erst seit dem Jahr 2000 ist es möglich, körpereigenes und –fremdes EPO zu unterscheiden. In der Folge können Dopingsünder zwar durch Urinproben überführt werden, die nötigen Marker sind jedoch nur innerhalb der ersten vier Tage nach Verabreichung nachweisbar, wobei die leistungssteigernde Wirkung bis zu 17 Tage lang anhält.

Was also tun, wenn die wenigen Prozent, die doch einen himmelweiten Unterschied machen, genau die Lücke schließen, die bei einem bedeutenden City-Marathon darüber entscheiden, ob es Ansehen und ein dickes Preisgeld gibt, das die Zukunft sichert, oder es gar keine Belohnung gibt? Wie soll man sich entscheiden, wenn die Heim-WM, auf die man sich sein ganzes Leben lang vorbereitet hat und die seit vielen Jahren im Fokus jedes einzelnen Trainings liegt, ansteht und es dort um den Unterschied zwischen einem unbedeutenden 15. Platz und dem Podest geht? Was tun, wenn man sich sicher ist, dass der ungeliebte, gemeine Konkurrent genau dieselben Mittel nimmt und nur deshalb die Nase vorn und entsprechend die mediale Aufmerksamkeit hat?

Ich sage: Nein!

Keine Macht den Drogen. Es gilt, Moral zu zeigen. Ein richtiger Sportler ist sportlich fair und hält sich an die Regeln. Noch wichtiger aber – und das will einiges heißen – wäre es mir, Herr meiner selbst zu bleiben. Hat man einmal die Regeln überschritten, kann man es nie wieder rückgängig machen. Man weiß nie, was man wirklich hätte leisten können, die Grenze zwischen der eigenen Leistungsfähigkeit und der betrogenen Extraleistung verschwimmt. Lohnt es sich dann überhaupt noch, hart zu trainieren und im Training alles zu geben?

Und es geht noch weiter. Sind die Regeln einmal gebrochen, kann man niemandem mehr vertrauen. Wie muss es sein, in einer Welt zu leben, in der man jedem anderen ebenso unterstellt, keine Moral zu haben? Diese Moral ist mir, gleich welcher Ruhm, Preis oder Reichtum im Gegenzug locken mag, ein viel zu hoher Preis.

Weiterhin muss man alle belügen: den eigenen Partner und die Familie, den Trainer, langjährige Freunde und Trainingskameraden. Sie alle freuen sich ehrlich über die verbesserte sportliche Leistung, wollen gemeinsame Erfolge feiern. Und nur man selbst weiß, was wirklich dahintersteckt. Wo bleibt dabei die sportliche Größe, wo bleibt dabei die Vorbildfunktion? Und wie groß muss die Enttäuschung bei all den Betrogenen sein, wenn irgendwann alles auffliegt?

Dennoch gibt es immer wieder Menschen, die ohne Moral sämtliche Mittel zur Leistungssteigerung einsetzen. Nicht nur im Radsport oder in der Leichtathletik, auch im Fußball, beim Boxen, beim Gewichtheben, Schwimmen oder im Pferdesport.

Mit diesen Menschen möchte ich nichts zu tun haben.

WAS IST DAS?

Was ist das, wenn die ersten Sonnenstrahlen des Tages durch das Blätterdach scheinen? Wenn der Tau noch die Gräser bedeckt, aber die Vögel schon zwitschern? Wenn der Tag langsam erwacht und alles noch so friedlich und still ist?

Was ist das, wenn ich schon aufstehe, ohne wach zu sein und die Schuhe plötzlich geschnürt sind? Wenn die ersten zwei Kilometer schon gelaufen sind, bevor ich überhaupt darüber nachdenke, was ich tue – und warum? Und wenn das auch gar nicht wichtig ist?

Was ist das, wenn der Kreislauf langsam in Schwung kommt und die Schritte immer geschmeidiger werden? Wenn irgendwann alles wie von allein geht, sogar die Füße den Weg kennen, ohne dass der Kopf lenken muss?

Was ist das, wenn ich mich an den simpelsten Dingen erfreuen kann? Am herrlichen Grün der Blätter, der beruhigenden Stille, dem abwechslungsreichen Lied der Vögel oder dem verschmitzten Gesicht des Eichhörnchens? Wenn ich das Licht und die Wärme genieße, wenn die Sonne scheint oder die Nässe, wenn es regnet?

Was ist das, wenn ich mich einfach nur wohl fühle? Wenn ich gleichzeitig in mir ruhe, mich entspanne und doch in Bewegung bin? Wenn ich ganz im eigenen Rhythmus bin und unabhängig von allen Vorgaben und Konventionen? Wenn ich mich selbst voll und ganz wahrnehme und weiß, dass ich an Ort und Stelle genau richtig bin? Wenn ich mir ganz sicher bin, wo ich hin gehöre: ins Hier und Jetzt?

Was ist das, wenn die Gedanken frei sind? Wenn ich gleichzeitig nichts denke und dennoch immer wieder neue Ideen generiere? Wenn ich denken kann ohne denken zu müssen?

Und was ist das, wenn auch eine kleine Runde ausreicht, um mit einem Lächeln zurückzukommen? Wenn der Körper Glückshormone ausschüttet und trotz Anstrengung erfrischt und belebt ist? Wenn ich mich auf den anstehenden Tag freue?

Das ist der perfekte Morgen, der perfekte Lauf, der perfekte Start in den Tag!

DREI HUNDE

Der erste Hund.

Es war ein Bild für die Götter. Oft schon hatte ich die vielen Hügel um Stuttgart verflucht und offen zugegeben, dass ich lieber im Flachen laufe. Aber sonst hätte sich nie dieses Bild ergeben: auf einer Kuppe sitzt ein kleiner, weißer Hund. Ein Westie, also freundlich und nicht furchteinflößend aussehend. Das passt mir gut, so traue ich mich weiterzulaufen, statt im Zweifelsfall gar umzudrehen und meine Route zu ändern.

Rechts und links ist nur Wald, kein Herrchen in Sicht. Ich wünschte, ich hätte eine Kamera dabei gehabt. Interessiert hat es ihn übrigens nicht, den kleinen, weißen Hund, als ich vorbei lief. Und das Herrchen kam erst 50 m weiter herangeschnauft.

Obwohl ich es lieber habe, wenn Hundebesitzer ihre vierbeinigen Begleiter unter Kontrolle haben, mag ich solche Hunde. Wenn wir uns gegenseitig ignorieren ist es am angenehmsten.

Ich will doch nur laufen.

„Wuff, ich bin Bello. Ich habe weißes Fell und im Vergleich zu meinen Artgenossen eher kurze Beine. Deshalb sehe ich meine Stärken auch mehr in der Gemütlichkeit statt im aufgeregten Aktivismus.

Zwei Mal täglich darf ich raus, um mir die Beine zu vertreten. Besser gesagt muss mein Herrchen raus, wegen des Blutdrucks. Schon auf unserer kleinen Morgenrunde kommt er mächtig ins Schnaufen. Aber er muss sich beeilen, um pünktlich auf der Arbeit zu sein. Ergo die kurze Runde, ergo das Schnaufen.

Abends nehmen wir uns mehr Zeit. Zum einen, um mein Frauchen zu besänftigen, die sich mehr Fitness für mein Herrchen wünscht. Da macht es einen guten Eindruck, wenn die Runde länger dauert. Manchmal sitzen wir zwar auch recht lange auf einer Bank – er darauf und ich daneben – und schauen einfach in die Gegend. Aber ich merke deutliche Fortschritte. Mittlerweile glaube ich manchmal sogar, er geht abends gerne mit mir raus. Ergo die größere Runde.

Dennoch habe ich trotz meiner kurzen Beine bisher nie Probleme mit der Kondition. Obwohl auch ich, wie bereits erwähnt, eher der gemütliche Typ bin. Liegen kann ich gut! Ab und zu trabe ich zwar, aber sprinten liegt mir fern. Diese Hektik, ich verstehe sie nicht. Also bleibe ich im Falle der ganz gemütlichen Option auch lieber neben der Bank sitzen als zwanghaft Stöcken oder Bällen hinterher zu jagen. Das war noch nie mein Fall.

Bergauf habe ich dennoch den größten Vorteil. Bei Anstiegen tut sich mein Herrchen einfach unendlich schwer und braucht entsprechend für jeden Meter gefühlte Ewigkeiten. Ergo warte ich ab und zu, wenn ich genug geschnüffelt habe, einfach auf dem Weg sitzend.

Zum Glück passiert dann immer etwas. Im Wald habe ich nie Langeweile. Jetzt zum Beispiel kommt ein anderer Zweibeiner vorbei. Vor was er wohl flüchtet? Zumindest scheint er vor etwas davonzulaufen, er ist viel schneller als mein Herrchen. Und er freut sich, mich zu sehen. Wahrscheinlich wähnt er sich durch meine beruhigende Anwesenheit in Sicherheit. Immerhin bin ich ein Hund und sorge für Schutz. Ergo schaue ich beruhigend zurück.

Er kommt schnell näher, direkt auf mich zu. Ob er spielen will? Hoffentlich nicht, auch mit Fangen-Spielen kann ich nichts anfangen. Ergo belle ich lieber nicht, nicht dass Herrchen auch noch rufen muss. Er schnauft ja schon genug.

Schon ist er vorbei. Er wollte gar nicht spielen. Glück gehabt! Dann schauen wir doch mal, wo mein Herrchen bleibt."

Der zweite Hund.

Während unserer Hochzeitsreise in Marokko lief ich oft morgens am Strand. Mal mit Schuhen, mal barfuß. Mal schnell, mal langsam. Aber immer nur in die eine Richtung, denn auf der anderen Seite war der Strand schon nach wenigen hundert Metern gesperrt, dieser Teil des Strands gehörte zum Königspalast, weshalb das Betreten verboten war. Im Fall der Nichtbeachtung wurde erst mit einer Trillerpfeife gepfiffen, dann gar mit dem Quad verfolgt. Also lieber in die andere Richtung.

Obwohl es tagsüber stets sehr voll wurde – zum Teil mit Badeurlaubern, zum Teil mit großen Gruppen, die sich zum Kicken trafen, aber bis zu dieser Uhrzeit war es zum Laufen bereits zu heiß – war der Strand in den Morgenstunden fast verlassen. Ab und zu walkte oder lief jemand, vereinzelt wurde auch Gymnastik gemacht. In Summe konnte man die anderen aber an den Fingern einer Hand abzählen.

Ab und zu bekam ich dennoch beim Laufen Gesellschaft – Begleitung, bei der mir insbesondere bei unserer ersten Begegnung mulmig wurde. Ich weiß auch bis heute nicht, wie ich hätte anders reagieren können, immerhin gab es nichts, wohinter ich mich hätte in Sicherheit bringen können.

So hatte ich am bewussten Tag gerade einen der schnelleren Abschnitte meines Fahrtspiels begonnen und jagte den Strand entlang, als von der Landseite drei Hunde angerannt kamen. Insbesondere der Leithund, wenn man ihn so nennen kann, zumindest lief er vor den anderen, ist mir in Erinnerung geblieben: ein dünner, grauer, fast hüfthoher Windhund lief spielerisch leicht auf mich zu.

Nach einer Schrecksekunde, in der ich nicht gewusst hätte, wohin ich flüchten sollte und ob es besser wäre stehen zu bleiben, war zum Glück klar, dass mich die Hunde nicht attackieren würden. Sie drehten bei und begleiteten mich mit ein paar Metern Abstand. Mal leicht versetzt vor mir, mal leicht versetzt hinter mir. Wohl war mir nicht dabei.

Immerhin: sie kamen mir nicht näher als drei Meter und waren irgendwann wieder verschwunden. Glück gehabt.

Ich will doch nur laufen!

„Wau! Ich bin Ismael. Ich habe graues Fell, das schon einmal bessere Tage gesehen hat, aber man kommt ja zu nichts,

- wau, schau!, ein Rest Fisch! -

da bleiben nicht unbedingt lebenswichtige Aufgaben wie putzen und pflegen öfter auf der Strecke. Ich bin gut im Training, weil wir den ganzen Tag auf Achse sind. Wir, das sind meine beiden Freunde Amine und Ramine und ich. Wir

- schnuff, riech! Hier war heut schon wer! -

sind eigentlich immer zu dritt unterwegs. Und wir haben immer Hunger.

Weil sich kein Zweibeiner um uns kümmert, verbringen wir unsere Zeit von morgens bis abends fast ausschließlich mit der Suche nach Essbarem. Manchmal ruhen wir uns abwechselnd aus, dabei müssen wir aber immer wachsam sein. Nicht nur deshalb sind wir zu dritt besser dran als jeder für sich allein. Wir können gegenseitig auf uns

- wuff, Achtung! Eine Krabbe! -

aufpassen, haben bessere Chancen auf Nahrung (drei Nasen riechen mehr als eine) und haben entsprechend eine bessere Chance zu überleben. So wirklich wissen wir beim

- jaul, pfui! Das stinkt erbärmlich! -

Aufwachen nie, ob wir den Sonnenuntergang noch einmal erleben. Wir mussten schon einige andere Hunde kommen und gehen sehen.

In der Frühe versuchen wir unser Glück zuerst am Strand. Morgens sind dort nur wenige Zweibeiner, die einen schlagen oder harte Dinge nach einem werfen. Die sind schon eine Plage, die einem nur das Leben schwer machen! Schön wäre, sie würden uns einfach ignorieren, oder noch besser: uns etwas zu beißen abgeben! Aber solche Glücksfälle erleben wir nur ganz selten.

Weil der Strand so groß ist, lohnt sich der Besuch immer. Wir laufen zwar stets eine ganze Menge, dafür decken wir

- wau, schau! Ein Stück Wurst! -

einen sehr großen Radius ab. Und weil wir zu dritt unterwegs sind, entgeht uns nichts. Am liebsten esse ich, so abstrus das auch klingen mag, Weißbrot. Und was hatten wir heute Morgen in dieser Hinsicht für ein Glück! Einen ganzen Beutel voller Brot, das zusätzlich noch mit irgendeinem Fleischsud getränkt war, lag frei zugänglich herum. Das hat auch nach einigen Stunden noch himmlisch geschmeckt!

Entsprechend gut waren wir drauf! Amine, Ramine und

- uff, schnuff! Nur kurz schnuppern! -

Ismael, das jubilierende Dreigespann! Es gibt Momente, da kann uns nichts aufhalten.

Dann sehen wir diesen Zweibeiner, der ganz anders riecht als ich das sonst kenne. Er bewegt sich auch ganz anders. Irgendwie flott. Da können wir zur Abwechslung mal etwas längere Sätze machen, statt immer nur dahinzutraben und dennoch stets am schnellsten unterwegs zu sein.

Hat dieser ungewöhnliche Zweibeiner uns gar unser Festmahl beschert?

Kurzentschlossen schauen wir den mal genauer an. Natürlich mit Sicherheitsabstand. Was man auf der Straße lernt, das vergisst man nicht. Wir sind immer auf Gewalt

- wuff, Achtung! Wir bleiben zusammen. -

gefasst.

Der Zweibeiner hat zwar mal kurz geschaut, uns sonst aber komplett ignoriert. Ist das jetzt gut oder schlecht? Diese Spezies ist so schwer einzuschätzen. Hat er noch etwas zu essen für uns? Essen können wir immer.

Irgendwie werden wir nicht beachtet. Na ja, immerhin tut er uns nichts. Auch gut, wir hatten durchaus schon genug Glück für einen Tag. Wir suchen dann mal hier weiter, die Ecke da vorne ist immer vielversprechend.

Wuff!"

Der dritte Hund.

Der dritte Hund war ein ganz besonderer seiner Art. Laut und starrsinnig, könnte man sagen. Mit einer Warnweste ausgestattet. Und doch irgendwie sympathisch, weil er uns komplett ignorierte.

Wir, das sind Johannes und ich. Wir mussten unser Training heute spontan komplett umwerfen, weil meine Crossrunde am Ebertsberg, auf der wir gerne vier lange Intervalle gelaufen wären, nicht nur durch Waldarbeiter, sondern außerdem durch eine Treibjagd gesperrt war.

Also liefen wir anders. Aus vier Runden, die wir von der Anstrengung her gut hätten abschätzen können, wurden zwölf – im Nachhinein legendäre – Bergintervalle. Immer vorne hinauf auf den Berg, dann hinten locker wieder hinunter. Johannes hätte nach den ersten acht Bergläufen gerne auf eine Gesamtzahl von zehn reduziert, aber von nichts kommt ja bekanntlich nichts. Wir rannten wirklich zwölf Mal auf den Gipfel.

Lange waren wir gefühlt nur zu zweit im großen Wald. Kaum ein Spaziergänger, der sich in die kalte Wildnis wagte, nur ab und an ein dick eingepackter Fahrradfahrer. Von den Waldarbeiten sowie von der Jagd bekamen wir nichts mit.

Bis wir schließlich dem Hund begegneten.

Ein Dackel lief recht gemütlich und dauerhaft bellend stoisch geradeaus durchs Unterholz. Durch die Warnweste sollte wohl verhindert werden, dass er nicht selbst Opfer der Jagd wurde, wobei er hier, deutlich außerhalb des Jagdbereichs, sowieso weit abseits des Geschehens unterwegs war. Ob Absicht oder nicht, er machte sein eigenes Ding. Einfach bellen und geradeaus weiter. Er interessierte sich weder für uns noch sonst für seine Umwelt. Um Pfade oder Wege kümmerte er sich genauso wenig wie um eventuell suchende Herrchen oder Frauchen.

Erst zwei Intervalle später entdeckten wir schließlich die offensichtliche Besitzerin, die nach ihrem bellenden Gefährten suchte. Dadurch, dass er ständig bellte, wird er ihre zaghaften Rufe wohl aber kaum gehört haben. Ob die Jagd generell ebenso erfolglos war? Wir drückten da eher den Tieren die Daumen, und das nicht nur, weil unsere Artgenossen den Wald blockiert haben.

Ich will doch nur laufen!

„Wau, wau, wau!

Ich bin Seppl, Meister der Jagd. Dass ich klug bin, steht außer Frage, das steht nämlich im Internet. Ich weiß auch ganz genau, was ich zu tun habe, das habe ich schließlich in meiner Ausbildung gelernt. Als Teckel bin ich für die Jagd gemacht, es liegt in meinen Genen.

Wau, wau, wau!

Was wollt ihr also alle von mir? Steckt mich erst in dieses lächerliche Reflexionsding und sagt mir dann ständig, was ich zu tun und zu lassen habe. Ich darf nicht schneller gehen als das ungeschickte, zweibeinige Fußvolk und keine Fährten aufnehmen. Soll immer nur bei Fuß laufen.

Wau, wau, wau!

So bringt das doch aber nichts. Diese Zweibeiner sind einfach zu langsam und zu ungeschickt. Dadurch ist die ganze Mühe umsonst. Und macht außerdem überhaupt keinen Spaß! Da ist die triste Stadtrunde ja noch angenehmer, da kommt man wenigstens nicht auf verlockende Ideen.

Wau, wau, wau!

Ich belle hier, ich belle da, vor lauter Bellen höre ich schon fast nichts mehr. Immer nur bellen und langsam durch den Wald stelzen. Langweilig!

Wau, wau, wau!

Wie gerne würde ich euch alle hinter mir lassen und endlich eine der vielen Fährten aufnehmen. Schnüffeln und taktisch klug vorgehen, statt immer nur zu bellen. Hier gibt es so viele Möglichkeiten! Allein an drei Baueingängen sind wir bisher schon blind vorbeimarschiert.

Wau, wau, wau!

Ihr solltet zur Abwechslung mal auf mich hören. Ich weiß im Gegensatz zu euch schließlich, wie man jagt. Lasst mich alleine los, meine eigenen, auf die Situation angepassten Entscheidungen treffen. Vor mir flüchtet Wild nicht panisch, sondern wird nur aufgeschreckt. Auch in einen Dachs- oder Fuchsbau komme ich hinein. Wenn ihr mich endlich lasst!

Wau, wau, wau!

Nun lasst euer langweiliges Spazieren doch endlich sein, ihr schnaufenden Amateure. Lasst mich machen, ich bin Profi!

Wau, wau, wau!

Ganz ehrlich, mir wird das zu blöd. Ständig nur gesagt zu bekommen, was ich zu tun und zu lassen habe, das ist nicht meine Jagd. Noch dazu von diesen nichtsriechenden Zweibeinern, die selbst nicht wissen, was sie tun. Da bin ich raus.

Wau, wau, wau!

Ich gehe jetzt einfach. Drehung um 90°, ansonsten alles wie bisher: trotten und bellen. Immer im gleichen Rhythmus.

Wau, wau, wau!

Lustigerweise hat niemand gemerkt, dass ich fehle. Jetzt habe ich also endlich meine Ruhe und kann mich umschauen, was es hier so Interessantes gibt. Einfach mal den Instinkten freien Lauf lassen und in der eigenen Geschwindigkeit bewegen. Was tut das gut!

Aber dann: doch wieder zwei Zweibeiner. Was wollen die denn hier mitten im Wald?

Wau, wau, wau!

Da belle ich doch gleich mal wieder und tue so, als sei ich noch bei der Jagd. Ich spiele lieber den bellenden Verwirrten, als dass sich noch um mich gekümmert wird. Dafür war meine Auszeit bisher einfach viel zu kurz. Ich brauche noch meinen Moment, bis ich mich wieder zurückwage und mich umsorgen lasse. Da lasse ich mich lieber als verrückt einstufen:

Wau, wau, wau!"

Wir wollen doch gar nicht spielen!

OLYMPIA OHNE FAIR PLAY: WAS NICHT VERLOREN GEHEN DARF

Manchmal, wenn ich mal wieder allein bin mit meinen Gedanken, begleitet nur vom stetigen Rhythmus meiner eigenen Schritte, frage ich mich, was ich am Sport so sehr schätze. Natürlich freue ich mich über schnelle Zeiten, über eine gute Form. Oder dass man nach einem langen Lauf ohne schlechtes Gewissen am Buffet so richtig zulangen kann. Aber das betrifft nur mich persönlich, außerdem nur das Laufen. Der Sport im Allgemeinen ist mehr als nur das.

Denn der Sport ist eine Schule fürs Leben. Gerade das Laufen gibt einem beispielsweise Durchhaltevermögen mit auf den Weg, viel wertvoller sind aber noch Lektionen für die innere Haltung. Im Sport hat man Respekt voreinander. Man schätzt sich gegenseitig für die erbrachte Leistung wert. Nicht nur im Wettkampf, sondern gerade auch für all den Fleiß, der im Training steckt.

Dadurch lernt man auch zu verlieren. Wenn jemand schneller war, dann ist das wohl verdient. Bei der Siegerehrung freut man sich mit und gratuliert zur erbrachten Leistung. Natürlich kann ich unzufrieden mit mir selbst sein, nicht aber mit den anderen. Beim Laufen galt das schon immer: über eine Bestzeit kann man sich immer freuen, ganz gleich ob man Dritter, 52. oder Vorletzter geworden ist. Und im Teamsport verliert man gemeinsam genauso wie man als Mannschaft gewinnt. Die Schuld für eine Niederlage liegt nicht an der gegnerischen Leistung oder der schlechten Schiedsrichterin, sondern daran, dass man selbst nicht gut genug war. Sowohl als Individuum, als auch als Team.

Auch das lernt man im Spiel oder im Wettlauf: wenn andere gegen die Regeln verstoßen – absichtlich oder auch ungewollt –, übt man nicht Selbstjustiz, sondern vertraut auf das Schiedsgericht. Ein gefoulter Basketballspieler schlägt nicht selbst zurück, sondern wartet auf den Pfiff und verwandelt dann die Freiwürfe. Wer im Slalom ein Tor verpasst, wird disqualifiziert und erteilt damit nicht den anderen die Freigabe, es gleichzutun. Muss man beim Boxen einen Schlag unter die Gürtellinie einstecken, retourniert man diesen nicht, sondern wartet auf die objektive Bewertung.

Beispiele gibt es genug. In diesem Sinn ist der Sport eine Schule fürs Leben und spiegelt die Olympische Idee wider: Über alle Sportarten hinweg waren es die hohen Ideale, die die großen Spiele zu so etwas Besonderem machten. Doch diese Ideale bröckeln. Stets muss man sich nämlich darauf verlassen können, dass die fairen Regeln durchgesetzt werden.

Jetzt kommen aber die Betrüger ins Spiel. Es muss nicht immer Doping sein, der Kreativität bei Schummeleien scheint keine Grenze gesetzt. Die Leistung durch verbotene Substanzen zu steigern, ist allerdings ein besonders perfides Beispiel des Betrugs. Denn solange man unentdeckt bleibt, nimmt man ehrlichen Sportlerinnen und Sportlern die Erlebnisse und damit die

Belohnung für ihre Mühen. Natürlich ist es immer noch eine Medaille, die man nach der Disqualifikation zweier Konkurrenten Jahre später überreicht bekommt. Der Jubel im Ziel und das Erlebnis, bei der Siegerehrung auf dem Podest zu stehen, ist aber dahin. Ähnlich geht es beispielsweise derjenigen, die es im Halbfinale nicht unter die ersten Fünf geschafft und deshalb das Finale verpasst hat. Dass später Konkurrentinnen überführt und disqualifiziert werden, bringt die Finalteilnahme mit allen noch so kleinen Möglichkeiten und Chancen nicht zurück.

Gleichzeitig ist das Thema, hatte man einmal damit zu tun, ein Tanz auf der Rasierklinge, sich selbst davor zu bewahren, einen Generalverdacht zu stellen. Ob es nun EPO oder ein unerlaubtes Schmerzmittel ist, Betrug ist Betrug. Die Ideale fairer Athletinnen und Athleten sind hoch!

Kehrt dann jemand nachweislich überführt nach abgesessener Sperre in den Wettkampfsport zurück, scheint Auspfeifen und –buhen nicht nur angemessen, sondern gar noch untertrieben.

Doch erinnern wir uns an unsere hohen Ideale, an die Olympische Idee: So schwer es mir manchmal auch fällt und ich gerne mitpfeifen würde, darf Fair Play doch nie verloren gehen.

Denn wenn eine Athletin weinend am Beckenrand steht, alleingelassen, ignoriert und ausgepfiffen, dann hat die Sportlichkeit versagt. Wenn selbst die „Guten" kein Fair Play mehr kennen, was hat Olympia dann noch für einen Sinn?

Ich sehe die Schwimmwettbewerbe der Olympischen Spiele 2016 in Rio de Janeiro und den ersten Wettkampf von Julija Jefimowa. Sie ist die russische Schwimmerin, der jeder wünschte, dass sie nicht gewinne. Ja, sie war gedopt und überführt. Aber ebenso war sie offiziell startberechtigt[1]. Laut Sportgerichtsurteil durfte sie starten und war damit eine Gegnerin, die fair zu behandeln ist.

Natürlich mag es richtig erscheinen, Dopingsünder durch Pfiffe zu bestrafen. Es ist aber auch Selbstjustiz und damit falsch. Die Begründung liegt beim Internationalen Sportgerichtshof, der bisher jeden Versuch unterband, Dopingsünder lebenslang oder auch für die kommenden Spiele (z. B. die „Osaka-Regel") zu sperren. Doping ist immer falsch – dies durchzusetzen muss aber an anderer Stelle erfolgen als durch Pfiffe an der Sportstätte.

Sportlich fair ist es, denen die Daumen zu drücken, die man für sauber hält. Unfair dagegen, die anderen auszupfeifen oder gar den Handschlag zu verweigern. Wir, die Sauberen, müssen die Sportlichkeit hochhalten. Fair Play durch ehrliche Worte verteidigen, Fair Play durch Respekt zeigen, Fair Play durch Haltung leben und Fair Play durch Frieden verwirklichen.

Schuld sind natürlich die Dopingsünder und alle, die sie dazu gemacht haben. Einfach und schön für die wahren Sportler wäre es, es sagten alle die Wahrheit. Gleichwohl ist dies ebenso utopisch!

Schuld ist natürlich auch das Internationale Olympische Komitee: die Entscheidungen waren stets zu weich, noch nie konsequent. Dem Sport täte es gut, wenn man wirklich das Gefühl hätte, dass Doping bei den Olympischen Spielen nichts verloren hat. Und dass der Sport mehr zählt als das Geld im Hintergrund.

Denn die Liste derer, die weder in Rio noch auf einer anderen Sportstätte etwas zu suchen haben, ist lang. Aber Justin Gatlin sprintet, Alejandro Valverde fährt Rad, Sun Yang

---

[1] (Knoll, 2016)

schwimmt, Iwan Tichon wirft den Hammer. Liu Hong geht, auch Fränck Schleck fährt Rad und Sandra Perkovic wirft den Diskus. Sie alle haben ein Recht dazu. Und natürlich sind und bleiben weitere unerkannt.

(Mit)Schuld sind in gewisser Weise aber alle, die das Fair Play verletzen. Angefangen beim pfeifenden Zuschauer über manchen, der nicht mit anderen im Bus fahren will. Von verweigerten Handschlägen bis zum Umweltschutz, der nicht stattfindet. Und Funktionäre, die A sagen und für B stimmen. Wo ist sie geblieben, die Olympische Idee?

In der Bibel heißt es: Wer unter euch ohne Sünde ist, der werfe den ersten Stein. Ich wünsche mir viele Steine, geworfen von denen, die ohne Doping sind!

DIE HEIDL CHRONIKEN,
ABSCHNITT 13, II

Es trug sich zu, im Jahre des Herrn 2010, dass ein junger Mann eine junge Frau kennenlernte.

Es geschah während der gemeinsamen leichtathletisch-körperlichen Ertüchtigung in den Abendstunden, war doch tagsüber keine körperliche Pflicht in ihrer Welt. Beide arbeiteten noch nicht, erlernten aber gerade die Grundlagen ihres zukünftigen Broterwerbs in verschiedenen Bildungsanstalten. Dies waren sitzende Tätigkeiten, sodass zum ausgleichenden Wohlbefinden die abendliche Ertüchtigung gern gesehen war. Im Schweiße des gegenseitigen Angesichts lernten sie sich besser kennen als bei einem gemeinsamen Mahl, fürwahr konnte sich so die Anziehung zwischen den beiden langsam entfalten.

Auch war es einsam in ihrer Welt, beide lebten sie ohne festen Partner für sich allein in ihren Unterkünften. Sie sehnten sich nach einem Gefährten, um sich gegenseitig Kraft und Ruhe in ihrer hektischen Welt zu schenken.

So trug es sich zu, dass sich Markus – unser Jüngling – getraute, Svenja, die hübsche, junge Frau, darum zu bitten, mit ihm einen zweisamen Abend zu verbringen. Sie war nicht abgeneigt, und so suchten sie sich für ihren ersten gemeinsamen Abend abseits der leichtathletischen Leibesübungen den Besuch eines dunklen Raums mit samtenen Sitzen aus, an dessen Stirnseite bunte und schnell wechselnde Lichter geworfen wurden. Beiden gefiel diese einträchtliche Zweisamkeit, auch wenn während der wechselnden Lichter keine Kommunikation stattfand. Sie vereinbarten ein weiteres Treffen.

Nur eine Woche später, nach ihrer zweiten gemeinschaftlichen Exkursion – diesmal zu einem Gefecht erwachsener Männer um einen roten, runden Ball, der zielgenau zu werfen war – nannten sie sich ein Paar. Es war der Anfang einer wunderbaren Zweisamkeit.

Seit seinem Besuch der fernen Länder jenseits des großen Ozeans hatte unser Jüngling derweil seine fußläufige Bewegung fortgesetzt. Fürwahr hatte er bereits einmal die sagenumwobene äquivalente Strecke von Athen nach Marathon zurückgelegt. Zusammen mit seinem Gleichgesinnten, mit dem er dieses Projekt bestritten hatte, einigte er sich in der Folge aber darauf, sich zunächst auf schnellere Schritte zu konzentrieren, um schlussendlich auch die lange Distanz in kürzerer Zeit absolvieren zu können.

Gemeinsam fanden sie wieder eine Gruppe von Gleichgesinnten, die Gefallen daran gefunden hatten, auf einem großen roten Oval bis zur Erschöpfung Runden zurückzulegen.

Es war des Jünglings großes Glück, dass die junge Frau durch ihren ähnlichen sportlichen Hintergrund Verständnis für dieses irrwitzige Verhalten zeigte, gar bisweilen dabei sogar unterstützte. Fürwahr ertüchtigte sie sich immer öfter selbst in fußläufiger Bewegung. War sie einst nur möglichst schnellen Schrittes über kürzeste Distanzen unterwegs, vergrößerten sich ihre Radien nun ebenso.

Auch wuchsen der Jüngling und seine Gefährtin immer enger zusammen, sie fanden stets größeren Gefallen aneinander. Doch wurde das junge Glück alsbald auf die erste Probe gestellt.

Für beide war es erneut Zeit, die heimatlichen Gefilde hinter sich zu lassen und neue Erfahrungen in der Ferne zu sammeln. Ziel der zeitlich begrenzten Umsiedlung war in diesem Fall für den Jüngling das Land der Berge, der Schokolade und der vier verschiedenen Zungenschläge, die sich unter der roten Fahne mit weißem Kreuze einen. In Lausanne, der Stadt am Genfer See, würde er seine Studien fortsetzen, während es seine Gefährtin auf eine Insel im Mittelmeer zog, die dort ihre sozialen Kompetenzen auszuweiten gedachte. Würde das noch zarte Band der frischen Gemeinschaft zwischen jungem Mann und junger Frau durch die geografische Entfernung reißen?

Es riss nicht, sondern verstärkte sich gar. Das Paar wuchs an der gemeinsamen Herausforderung. Auch fanden sie neue Freunde, sprachen flüssiger in fremden Zungen und entdeckten ferne Orte. Was nicht immer einfach war, wurde rückblickend zu einer erinnerungsreichen Zeit.

So trug es sich zu, im Jahre des Herrn 2011, dass Jüngling und Gefährtin heimkehrten und ihre gewohnten Studien und Leibesübungen wieder aufnahmen. Als Paar trugen sie viele frische Erinnerungen in ihren Herzen.

Zu jener Zeit trafen sich die beiden abwechselnd an verschiedenen Orten. Svenja hatte ihre Feuerstelle in einem anderen Stadtteil eingerichtet als Markus. So trug es sich zu, dass

die beiden, um sich des Abends nach Ausübung ihres Tages-
geschäfts die gegenseitige Gunst zu erweisen, abwechselnd an
verschiedenen Orten nächtigten. Weiterhin ertüchtigten sie
sich in der Kunst der schnellen Schritte durch die angrenzenden Wälder. Gleichwohl blieben sie zudem ihren Wurzeln treu
und leiteten wöchentlich leichtathletische Leibesübungen für
eine ihnen überantworteten Schülerzahl an.

Diese Lebensform mit wechselnden Unterkünften war nicht
ungewöhnlich in jener Zeit, gleichwohl war es mühselig. Für
beide stand alsbald fest: das Nomadenleben war zu aufwän-
dig, eine gemeinsame Unterkunft musste dingbar gemacht
werden.

So begann ein neuer Abschnitt in den gemeinsamen Chro-
niken. Fortan teilten Gefährte und Gefährtin eine gemeinsame
Schlaf- und Feuerstelle. Das häusliche Zusammensein be-
währte sich sodann und trug zur gemeinschaftlichen Freude
bei. Die längst Zusammengehörigen wurden zu einer Einheit.

Währenddessen trug es sich zu, dass sich beide nicht nur in
ihrem Denken, sondern ebenso in ihrer Physis deutlich weiter-
entwickelten. Unserem Jüngling gelang es, fußläufig Zeiten
über fest definierte Streckenlängen zu realisieren, die ihn landesweit zwar nicht zu den absolut Schnellsten gehören ließen,
dennoch aber ermöglichten, um Meisterschaftsehren zu kon-
kurrieren. Auch konnte er immer häufiger jubelnd als
Schnellster bei immer mehr ausgetragenen Wettläufen die
Ziellinie übertreten.

So gelang es ihm fürwahr, beispielsweise einst abseits be-
festigter Wege über Feld und Wiese, die gleichwohl mit topo-
grafischen Schwierigkeiten gespickt waren, landesweit der
Zweitschnellste zu werden. In einem anderen Wettbewerb der
gleichen regionalen Ausdehnung musste er sich nach zwölf-
einhalb Runden zuletzt erst in einem packenden Schlussduell

geschlagen geben. Dieser Wettkampf wurde durchweg im strömenden Regen ausgetragen, sodass selbst der Wasserstrahl, unter den man sich in jener Zeit nach körperlicher Arbeit zu stellen pflegte, nicht nasser machte.

Auch der jungen Maid gelang es, sich zu neuen körperlichen Errungenschaften zu ertüchtigen. Nicht nur ermöglichten ihr diese neuen Eigenschaften eine höhere Kunst der schnellen Schritte, auch gelang es ihr mehrmals, die Hälfte der sagenumwobenen äquivalenten Strecke von Athen nach Marathon zurückzulegen. Fürwahr standen sie bisweilen gemeinsam in der Aufstellung vor ausgetragenen Wettläufen.

Lag das Hauptaugenmerk der körperlichen Ertüchtigung des Jünglings in jener Zeit zunächst vor allem auf recht kurzen Strecken bis zu 5.000 der regional üblichen Einheiten, wurden vereinzelt auch Ausflüge zu längeren Wettläufen unternommen. Weil die Höchstgeschwindigkeit, die des Jünglings Beine zu leisten im Stande waren, als wenig beeindruckend bezeichnet werden musste, wurde die Zukunft auf immer längeren Distanzen gesehen.

So schlussendlich auch auf der bereits absolvierten sagenumwobenen äquivalenten Strecke zwischen den Ortschaften Athen und Marathon, auf der – der Legende nach – einst ein Fußbote sein Leben gelassen hatte.

Weil sich die bisherige Gruppe der sich gemeinsam ertüchtigender Athleten leider in alle Himmelsrichtungen zerstreut hatte, suchten der Jüngling und seine Gefährtin neue Kameraden, denen sie sich anschließen konnten und mit denen sich gemeinsam im Schweiße ihres Angesichts schnellen Schrittes Kilometer absolvieren ließen. So stießen die beiden zum Zusammenschluss der Nachfolger des ersten Olympischen Siegers über die sagenumwobene Königsdistanz: Spyridon Louis. Das Paar konnte sich nun ebenso als Spiridonis bezeichnen und legte in der Folge großen Fleiß an den Tag, um dem Namensgeber ähnlicher zu werden.

Es war eine gute Zeit, die sie gemeinsam genossen. Alsbald gingen sie in der Folge den nächsten Schritt zu zweit.

MEINE ODE AN DIE BUCHE

Bist du gerne an der Luft
und du liebst den Waldesduft,
verlässt also das Haus alsbald
um zu laufen, dort im Wald.

Dann kommt es vor, was nicht entzückt,
dass dein Darm ganz plötzlich zwickt,
weil das Laufen, sich bewegen
die Verdauung tut anregen.

Kurz gesagt, du musst mal groß
und nichts soll gehen in die Hos'.
Was kann man tun, wo soll man hin,
wenn es drückt so stark und schlimm?

Stell dich nicht an, mach's mit Geschick
und höre auf den alten Trick:

Spring ins Gebüsch und suche
nach einer großen, starken Buche.
Denn deren Blätter, ob grün, braun, rot –
helfen in der Läufernot!

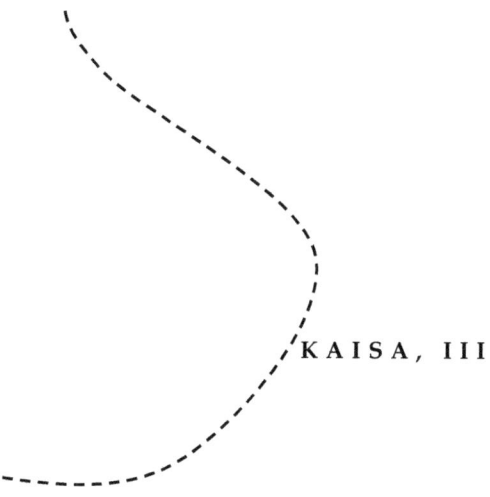

KAISA, III

Seit 2006 gibt es einen Zusammenschluss der weltweit größten Marathon-Veranstalter, um jeweils über eine Zeitspanne von zwei Jahren geschlechterübergreifend den aktuell weltbesten Marathonläufer zu ermitteln. Einhergehend werden natürlich auch die Wertungsrennen aufgewertet, weil es um mehr geht als „nur" das Tagesergebnis.

Seitdem zählen die Rennen von Tokio, Boston, London, Berlin, Chicago und New York zu den sogenannten World Marathon Majors. Die Sieger wechselten stets: in der aktuellen Weltelite ist es schwierig, sich dauerhaft zu etablieren, insbesondere beim Marathonlauf, bei dem sehr viel von Verletzungsfreiheit und der Tagesform abhängt.

Seit mittlerweile zweieinhalb Jahren gibt es aber eine neue, man kann es nicht anders sagen, Dominatorin.

Nisa Kipretto hat, seitdem sie ihren Einstand im Marathon-Zirkus gegeben hat, sämtliche Rennen gewonnen, bei denen sie angetreten ist. Und dabei hat sie nicht nur gewonnen – sie hat die Rennen dominiert. Liest man die Körpersprache, weiß man schon nach den ersten fünf der mehr als 42 Kilometer, dass Nisa wieder gewinnen wird, auch wenn sie zu diesem Zeitpunkt noch viele andere starke Läuferinnen um sich herum hat. Läuft sie in der Spitzengruppe, richten sich alle nur nach ihr. Auch Olympiasiegerinnen und Weltrekordlerinnen passen sich ihrem Rhythmus an. Auf der Pressekonferenz im Vorfeld sprechen sie noch von ihren großen Ambitionen, von schnellen Zeiten und dem tollen Training – im Wettkampf dann scheint alles vergessen. Von Beginn an ist es Nisa, die das Rennen kontrolliert.

Bisher war es, selbst bei ihrem Debüt, immer so, dass allein ihrer Ausstrahlung wegen niemand einen Vorstoß wagte. Zu souverän wirkte ihr Blick, zu locker waren ihre Arme, zu kraftvoll ihr Schritt. Und attackierte Nisa schließlich jenseits der 30-km-Marke, konnte bisher niemand folgen.

Obwohl bei den Major-Marathonrennen die Besten der Besten antreten, geht derzeit kein Weg an Nisa Kipretto vorbei. Sie ist der neue Stern am Marathonhimmel, die bereits fünf große Rennen gewinnen konnte. Viel fehlt nicht mehr, dann zählt sie zu den größten Marathonläuferinnen aller Zeiten.

Ein wichtiger Schritt dahin ist ihr nächstes Rennen, will sie doch unbedingt Olympiasiegerin über die Königsdistanz werden.

Und obwohl man, wenn man sie ganz genau beobachtet, am Start kleine Anzeichen von Nervosität erkennt, läuft das Olympia-Rennen wie für Nisa gemacht. Es beginnt mit langsamen fünf Kilometern, bei denen sich die Favoritinnen beäugen. Dann wird es immer mal wieder schneller, wobei Nisa stets in der Spitzengruppe läuft, sich aber nie in der ersten Reihe zeigt. Sie spart so viel Energie wie möglich.

Dann, nach 30 Kilometern, ergreift sie die Initiative. Wer kann, geht mit, aber es sind nicht viele. Die Spitzengruppe wird immer kleiner, dünnt sich aus. Womit niemand rechnete, war nicht, dass eine Konkurrentin angriff, sondern dass Nisa nicht folgen konnte. Plötzlich war sie in der Defensive. Hat die oder der Führende einmal eine solche Lücke gerissen, wie in diesem Olympiarennen nach mehr als 37 Kilometern, ist der Drops normalerweise gelutscht.

Aber eine Medaille reicht Nisa nicht, es soll die goldene sein. Sie entspannt die Schultern und zaubert ein Lächeln auf ihre Lippen, um mit einer zweiten Luft erneut das Tempo zu erhöhen. Als sie schließlich zu ihrer Konkurrentin, die so weit enteilt schien, aufschließen kann, ist diese zu geschockt, um bei Nisas letzter Attacke mitzuhalten. Diesmal kann ihr niemand folgen. Unangefochten läuft sie jubelnd ins Olympiastadion ein und wird verdient Olympiasiegerin.

Das Einzige, was ihr jetzt noch fehlt, ist der Weltrekord. Was aber nur eine Frage der Zeit sein kann.

In Erinnerung an dieses Olympiarennen bleibt den Fachjournalisten aber mehr noch als die unvergleichliche Aufholjagd die Pressekonferenz am Nachmittag. Dort nämlich fiel die Frage, ob sie keine Angst davor gehabt hätte zu scheitern. Ob sie nicht die Angst gelähmt hätte, ihre Konkurrentin nicht einfangen zu können und ihre Olympiaträume begraben zu müssen.

„Ich habe keine Angst mehr", war alles, was sie darauf erwiderte.

Allen war aufgrund ihrer Stimmlage und dem Schatten in ihren Augen klar, dass sie wusste, wovon sie sprach.

Es war noch gar nicht so lange her, dass Kaisa zuletzt am Bildschirm mitgefiebert hatte, als Nisa ihren letzten Marathon gelaufen war. Kaisa hatte Nisa schon immer bewundert, seit diese die internationale Bühne betreten hatte. Vor ihrem ersten großen Marathonsieg war sie Kaisa bereits bei einem Lauf über 10 km durch ihren Laufstil, ihr Selbstbewusstsein sowie ihre Ausstrahlung aufgefallen.

Dass sie den neuen Star von Beginn an sympathisch gefunden hatte, sah sie mittlerweile außerdem dadurch bestätigt, dass sich Nisa in Ostafrika für Frauenrechte engagierte. Mittlerweile hatte ihre Stimme durch ihre sportliche Leistung auch politisches Gewicht. Im Verhältnis zu einem afrikanischen Durchschnittseinkommen verdient man mit einem Marathonsieg ein kleines Vermögen, hinzu kamen durch Nisas Ausstrahlung mittlerweile auch hochkarätige Sponsoren, dennoch war es nicht selbstverständlich, auch politisch aktiv zu sein und nicht nur die Familie oder das eigene Dorf zu unterstützen.

Umso mehr hatte sich Kaisa gefreut, als sie ein Bild von Nisa an der Ruhmeswand des Trainingscamps entdeckte. Sie war kein Fan im Sinne eines aufgeregten Groupies, die schon beim bloßen Anblick des Stars zu kreischen beginnt oder im Zimmer zuhause ein Poster an die Wand hängt, um schmachtend davor zu sitzen, dennoch wäre sie jederzeit zu einem gemeinsamen Dauerlauf bereit. Sie konnte sich nicht vorstellen, dass Nisa abgehoben wäre. Auch das liebte sie so sehr am Laufsport: dass man über viele Leistungsklassen hinweg doch gemeinsam joggen konnte und dass alle Läuferinnen und Läufer diese große Gemeinsamkeit verband. Alle trainierten sie Tag für Tag, um ein kleines Stückchen besser zu werden. Alle in unterschiedlicher Dauer und Intensität, dennoch aber alle laufend. Fast ausnahmslos alle großen Persönlichkeiten des Laufsports waren deshalb trotz ihres herausragenden Leistungsvermögens noch immer auf einer Wellenlänge mit der gemeinen Läuferin.

Entdeckt hatte Kaisa die Ruhmeswand des Camps an einem gemütlichen Nachmittag. Es war einer jenen seltenen Tage gewesen, an dem sie nur einmal trainiert hatten. Nach einem Dauerlauf am Morgen stand der ganze restliche Tag zur freien Verfügung, sodass sie sich beim Mittagessen den Bauch vollschlagen und im Anschluss in der Sonne liegen konnten. Sie hatten Karten sowie Boccia im Garten gespielt, Musik gehört und gelesen. Welch herrlicher Müßiggang!

Als die Beine schließlich doch wieder nach etwas Bewegung verlangten, waren sie über das Gelände geschlendert, um noch unentdeckte Räume, Gänge und Ecken zu erkunden. Dabei waren sie auf den bewussten Raum mit vielen Bildern, Startnummern, Trikots, Schuhen und Zeitungsausschnitten gestoßen. Das Bild von Nisa gehörte zu den neueren, schließlich schaffen es nicht allzu viele Athletinnen auf Weltklasseniveau.

Natürlich erinnerte sich Kaisa auch noch an die sagenumwobene Pressekonferenz. Sie würde allzu bald herausfinden, was wirklich mit der Aussage über Angst gemeint war.

DIE INITIATIVE GEGEN MICKRIGE MUSKELN

Früher war alles besser. Früher, als die Gummistiefel noch aus Holz und im Sixpack noch acht Flaschen waren. Früher, so lässt sich durch Bilder belegen, sah auch ich noch anders aus! Früher hatte ich noch Haare auf dem Kopf und nicht auf dem Rücken, früher hatte ich noch Muskeln statt Speck. Ganz abgesehen davon, dass mir früher nicht alles weh tat. Nach dem Aufstehen, vor dem Laufen, nach dem Sitzen. Früher war eben alles besser.

Nun, wir können die Zeit nicht aufhalten. Wir können dem Verfall aber vorbeugen. Natürlich gehört es in gewissem Rahmen dazu, dass, je mehr sich der Fokus auf die Langstrecken verschiebt, der Gesamteindruck dünner und hagerer wird. Je trainierter wir sind, desto optimierter wird unser Körper, der versucht, jeden unnötigen Ballast abzuwerfen. Fettpolster schmelzen und Arme werden zu Ärmchen. Eine gewisse Askese bringt jedes Training mit sich. Manchmal gefällt man sich selbst im Klischeebild des Langstreckenläufers.

Dennoch müssen wir etwas tun. Nur zu laufen reicht nicht. Bergläufe, Bergsprints, Sprünge (wie z. B. Sprungläufe, Fußgelenkssprünge und Aufsteiger) und Ausfallschritte sind gutes Krafttraining für die Beine. Je spezifischer aber das Training nach und nach wird, desto weniger werden diese meist. Außerdem geht es nicht nur um die Beine, auf die es auch beim Laufen in erster Linie ankommt, sondern auf die Fitness des gesamten Körpers. Im gleichen Maße, wie der ganze Körper durch das Ausdauertraining hagerer wird, wird auch der Oberkörper undefinierter. Auch Lauftraining ist Ganzkörpertraining, dennoch sind Knochen keine Muskeln!

Zum Laufen – möchte man langfristig Spaß daran haben – gehört mehr als nur zu laufen. Für einen ökonomischen wie auch gesunden Laufstil, mit dem wir uns jahrzehntelang verletzungsfrei fortbewegen können, ist Kraft von Nöten. Zum Laufen werden Muskeln gebraucht, die durch dieses selbst nicht ausreichend trainiert werden. Der Hintern und die Abduktoren beispielsweise sind meist zu schwach, um durchgängig einen sauberen Schritt halten zu können. Auch braucht es einen stabilen Rumpf, um nicht irgendwann einfach in sich selbst zusammenzufallen. Stabi ist deshalb meist eine gute Idee, also Übungen für den Bauch, den Rücken, den Schultergürtel, die Seiten, die Beine, den Hintern, die Füße sowie auch die Arme. Dafür gibt es die verschiedensten Variationen, sowohl zum Kräftigen als auch zum Dehnen.

Diese Stabi-Übungen sind nur leider mühsam, Spaß machen sie zunächst nicht. Zum Glück habe ich in dieser Hinsicht eine Ehefrau, die kein Blatt vor den Mund nimmt. Wir alle brauchen jemanden wie sie, die offen und ehrlich den Finger in die Wunde legt. Ein ehrliches Wort kombiniert mit dem Blick in den Spiegel sorgt für Motivation. Motivation, die nötigen zeitlichen Freiräume zu schaffen. Fünf Minuten reichen bereits, wenn diesen fünf Minuten täglich Priorität eingeräumt wird.

Ich habe dieser wichtigen Einheit entsprechend einen wohlklingenden Namen gegeben: Die Initiative gegen mickrige Muskeln. Diese Initiative treibt mich täglich an, und genau diese Kontinuität ist der Punkt dabei. Wenn es nicht mehr darum geht, ob ich Stabi-Übungen mache, sondern nur noch wann, ist die Hürde viel geringer. Drei Übungen habe ich mir als Minimum gesetzt, aber wenn man schon mal dabei ist, werden es gerne auch mehr.

Und nicht nur das! Denn mit einer gewissen Fitness machen irgendwann dann sogar die einst mühsamen Übungen Spaß. Auf diesem neuen Level wirkt sich die neue Kraft auch spürbar auf die Laufform aus – wobei man diesen Begriff hier wörtlich nehmen kann, fühlt man sich doch wirklich geformt und nicht wie ein Schluck Wasser in der Kurve. Vorausgesetzt natürlich, man macht nicht immer nur die gleichen drei Übungen tagein, tagaus. Unser Körper ist nun mal nicht trivial, in seiner ganzen Komplexität hängen in gewisser Weise alle Muskelstränge zusammen, sodass auch entsprechend ein Übungsprogramm möglichst variabel sein sollte, um im Alltag wie beim Laufen zu unterstützen. Kreativität ist gefragt, seien es neue Bewegungsmuster, neue Körperbereiche, Gewichte oder auch Alltagsgegenstände, die für neue Reize sorgen.

Ein Schwerpunkt könnten beispielsweise Stütz-Übungen sein: Vorstütz, Seitstütz, Rückstütz sowie natürlich die allseits beliebten Liegestütz. Allein durch die Armstellung sind der Kreativität keine Grenzen gesetzt, auch kann man die Körperachse durch Erhöhung der Arme oder auch Beine verändern.

Wasserflaschen können als Gewichte dienen, alle Arten von Bällen laden zu Gemeinheiten ein. Auch Alltagsgegenstände wie ein Besenstiel oder ein Handtuch ermöglichen ganz außergewöhnliche Übungen, sodass klassische Übungen wie Bauchstrecker, Hüftheben und Kniebeugen an vermeintlichen Ruhetagen ausreichen. Und habt ihr euch schon einmal an Tierübungen versucht? Spaß und Muskelkater sind garantiert.

Liegt die Matte schon bereit? Seid dabei, bei der täglichen Initiative gegen mickrige Muskeln!

MUSS MEIN ESSEN SUPER SEIN?

Manchmal frage ich mich ernsthaft, was genau ich da sehe. Eine Vermutung habe ich meist, die ab und zu aber nur durch Hashtags wie #healthysnack oder #foodspiration in die wohl richtige Richtung gelenkt wird.

Ja, es geht um Essen. Es scheint heutzutage nicht mehr auszureichen, sich gesund zu ernähren. Man muss Bilder davon machen! Man scheint zwar mittlerweile davon abgekommen zu sein, zunächst einmal alles, was verzehrt wird, zu fotografieren. Der neue Trend geht jetzt aber dahin – insbesondere unter Ausdauersportlern –, sich selbst und vor allem anderen beweisen zu müssen, wie gesund man sich ernährt. Weil das ja schneller macht. Und schöner!

Besonders schlimm ist das bei Instagram-Beiträgen, anhand deren Aufmachung und Beschreibung niemand weiß, was eigentlich gegessen wird. Deshalb wird ein Bild mitgeliefert, was allerdings nicht sehr appetitlich aussieht. Und das soll wirklich gesund und lecker sein? Laut Beschreibung ist es das.

Abgesehen davon, dass Bilder von Essen nur dann gut aussehen, wenn sie mit viel Aufwand gemacht sind, wünsche ich
mir generell weniger Aufnahmen, auf denen man nur einen
Teller sieht. Natürlich sind gute und/oder kreative Rezepte
willkommen – wenn es aber darum gehen soll, freue ich mich
über Bilder vom Kochen, die die Liebe zum Zubereiten oder
auch zum Verzehr zeigen. Ich will Geschichten, keine Maßre-
gelungen.

Was allerdings mit den meisten Essensbildern ausgedrückt
werden soll, scheint aber die Betonung zu sein, wie gesund
sich doch ernährt wird. Warum braucht es das? Um sich selbst
Mut zu machen, das zu essen, was beim Zusammenwürfeln
herausgekommen ist? Die Ergebnisse können dabei nämlich
wirklich gruselig sein. Denn ob die Zutaten zueinander passen
oder die Portion ansprechend angerichtet ist, scheint nicht
wichtig zu sein, solange genug „Superfoods" mit in der Glei-
chung sind.

Superfoods sind in. Schon lange müssen es die Chia- statt den
Leinsamen sein, wenn medienwirksam Foto-berichtet werden
will. Und da gibt es noch weitere, viel abstrusere Beispiele. Dabei ist es im Grunde wie mit den Nahrungsergänzungsmitteln,
wie das Europäische Informationszentrum für Lebensmittel[1]
weiß: „[...] obwohl wissenschaftliche Studien oft positive ge-
sundheitliche Wirkungen ergeben, lassen sich die Resultate
nicht unbedingt auf die reale Ernährung übertragen."

Erst im Zusammenspiel aller in unserer Nahrung vorkom-
menden Bausteine scheinen sich die für uns wichtigen Vita-
mine, Enzyme, Mineralien etc. zu entfalten. Deshalb ist eine
ausgewogene Ernährung immer noch am gesündesten. Und
ebenso deshalb sollten wir den ganzen Humbug vielmehr an

---

[1] (EUFIC, 2021)

den Rand statt in den Mittelpunkt stellen. Wie wäre es mit einem Kakao nach dem Training und einem Apfel oder einer Banane statt der Magnesiumtablette? Denn immer öfter stelle ich mir die Frage: Merkt ihr eigentlich, was ihr da esst?

Weiterhin sei an dieser Stelle der ökologische Aspekt erwähnt. Wieso Lebensmittel um die halbe Welt versenden, wenn die örtlichen Äquivalente gleichwertig und deutlich günstiger sind. Gerade als Ausdauersportler, die sich gerne in der Natur bewegen, sollte uns unsere Umwelt am Herzen liegen. Genauso braucht es Respekt vor unserer Nahrung! Darum bleibt der Aufruf zum selbst Kochen, zum Abschmecken und zum ansehnlich Herrichten. Darüber kann dann gerne berichtet werden.

Und als Nebenbemerkung zum Abschluss sei noch erwähnt, dass Essen nicht schneller macht! Nur Training. Zwar spielt natürlich auch die Ernährung eine Rolle, unser Essen ist aber nur ein Teil der vielen Dinge des Extraprozents. Also zunächst jeden Tag trainieren, genug schlafen, und außerdem auf die ausgewogene Ernährung achten. Dann ist auch alles super.

DIE LECKERSTEN ORANGEN DER WELT

Der Paris-Marathon ist mit 57.000 vorangemeldeten Läuferinnen und Läufern aktuell der größte Marathon in Europa und nach New York der zweitgrößte der Welt. Auch gibt es dort – und nicht etwa beispielsweise in Spanien, wie man vielleicht tippen könnte – die leckersten Orangen der Welt. Ein Ausflug in die Stadt der Liebe:

Nicht nur ich, sondern auch mein zwei Jahre jüngerer Bruder Oliver kommt aus der Leichtathletik. Während sich mein Schwerpunkt innerhalb der vielfältigen Disziplinen aber recht bald schon zu den Mittel- und Langstrecken verschob, blieb Oli sehr viel länger bei den schnellkräftigen Wurfdisziplinen. Generell ist er im Sprint deutlich besser als ich.

Dennoch kamen mit der Zeit längere Rennradausfahrten sowie ab und zu Dauerläufe hinzu, wenn die Zeit nicht reichte, um abends noch ins Training zu fahren. Mit dem Berufseinstieg gab es dann einen neuen Impuls: bei dem von seiner

Firma gesponserten 10-km-Lauf war Oli der schnellste der Belegschaft.

Und wenn er doch so gut laufen kann, wie wäre es also mit einem Marathon? In enger Geschäftsbeziehung zu seinem Arbeitgeber steht nämlich Schneider Electric, der Hauptsponsor des Paris-Marathons – eine glanzvolle Veranstaltung in Frankreichs Hauptstadt, die wohl genügend Anziehungskraft ausstrahlte: Oli sagte zu. Er würde ein gutes halbes Jahr später, im April 2017, sein Marathondebüt geben!

Für die Vorbereitung half ich mit einem Trainingsplan aus, der schon beim Frankfurter Halbmarathon mit einer Laufzeit von 1:32 Stunden für eine sehr gute Entwicklung sorgte. Natürlich kamen wir auch darauf, ob ich nicht ebenso für seine Firma laufen könne?

Es dauerte zwar etwas, aber ich konnte! Ich hatte einen Freistart für den Paris-Marathon. Jetzt musste nur noch Svenja überzeugt werden, uns zu begleiten. Denn nach den sich häufenden Anschlagsmeldungen müssen Reisen in Großstädte wohl oder übel genau überlegt werden. Wie viel Angst ist angebracht, wie groß die Gefahr? Lohnt sich ein Kurztrip?

Schlussendlich entschieden wir uns für die Reise. Mit einer guten Portion Gottvertrauen, den Glauben an das Gute im Menschen und der Hoffnung auf die größtmöglichen Sicherheitsvorkehrungen fuhren wir am Samstagmorgen, einen Tag vor dem Marathon, mit dem Zug nach Paris.

Mein Training war nicht auf den Marathon ausgelegt, sondern nur auf die halbe Distanz. Nach meinem letzten Marathon im Herbst hatte ich zwar über einen Frühjahrsmarathon nachgedacht, die Idee wurde aber zugunsten des Berliner Halbmarathons verworfen. Somit war mein Frühjahrshighlight erst eine Woche her, was mir aber nur Recht war, weil ich mir so weniger Druck machte. Einen Marathon frei von Vorstellungen einfach mal nach Gefühl laufen, das war der Plan! Ein Vorhaben, aus dem sich hoffentlich Schlüsse für ein voll auf den Marathon ausgelegtes Training würden ziehen lassen. Denn mein Marathontraum von 2h30 lebt noch!

Die Zugfahrt am Samstagvormittag war entspannt und ohne Zwischenfälle. Gegen halb eins kamen wir dann am Gare de l'Est in Paris an. Zuerst ging es mit dem Bus ins Hotel ganz in der Nähe der Moulin Rouge. Einchecken konnten wir noch nicht, aber zumindest unser Gepäck dort abstellen. Als nächste Station hatten wir uns den Eiffelturm ausgesucht, wo wir auch meinen Bruder, seine Freundin Liesa und zwei Kollegen von ihm, die am Sonntag auch laufen würden, treffen würden. Zum Sightseeing war das Wetter klasse – Sonne satt, sehr warm und keine Wolke am Himmel, für einen Marathon war es aber definitiv zu warm! Egal, noch konnten wir das Wetter genießen.

„Die Leute haben kein Brot? Sollen sie doch Riegel essen!" – frei nach der französischen Königin Marie Antoinette beim Sturm der Bastille

Nachdem genug Sonne getankt war, ging es zur Messe, um die Startnummer abzuholen. Die Halle, in der auch alle relevanten Laufmarken ausstellten, war absolut riesig. Ungefähr dreifach so groß wie in Frankfurt! Als Läufer für Schneider Electric konnten wir dort noch Cola trinken, dann holten wir unsere Portionen der Nudelparty.

Schon war es auch recht spät geworden, sodass wir uns auf den Rückweg machten. Noch ein Baguette gekauft und den Treffpunkt für den Sonntagmorgen ausgemacht, dann ging jeder in sein Hotel. Svenja und ich machten noch einen kleinen Abendspaziergang auf den Montmartre zur Sacré-Coeur, was sich sehr lohnte: das tollste Viertel der Stadt und ein weiter Blick über Paris. Es war ein kleiner Vorgeschmack auf den Marathonsonntag.

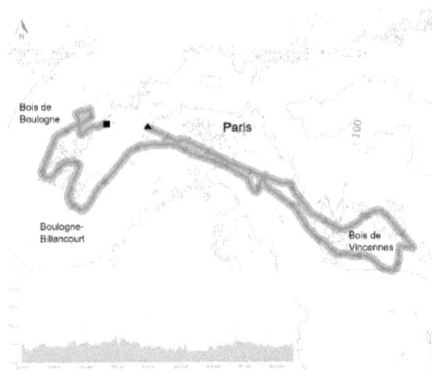

Wie der Berliner Halbmarathon in der Woche zuvor mutet auch die Marathonstrecke von Paris wie eine Sightseeing-Tour an. Der Eiffelturm, die Bastille, das Schloss von Vincennes, der Louvre, Notre-Dame – all das

Bild 1: Die Strecke des Paris Marathons
© 2021 MapOSMatic und Openstreetmap.org

und noch viel mehr wird passiert. Auch zwei Stadtwälder werden durchlaufen. Aber der Reihe nach:

In Sichtweite des Arc de Triomphe wird auf der Avenue des Champs-Élysées Startaufstellung genommen. Von diesem wird sich zunächst aber fast geradlinig wegbewegt (Richtung Westen mit leicht südlichem Einschlag), zunächst zum Place de la Concorde, dann am Louvre und dem Place de la Bastille vorbei. Nach einem leichten Knick Richtung Süden geht es dann in den Park „Bois de Vincennes", in dem eine Schleife gelaufen und das Schloss von Vincennes passiert wird. Wegen der Métro-Anbindung wird hier im Vorfeld – im Gegensatz zu dem sonst ruhigen Stadtwald – von einer Zuschauerhochburg gesprochen.

Anschließend läuft man zurück zum Place de la Bastille und die Hälfte der Strecke ist bereits geschafft. Mit einer scharfen

Linkskurve geht es nun an die Seine und am Flussufer Richtung Westen. Während der langgezogenen Linkskurve werden Notre-Dame, das Musée d'Orsay, der Louvre, der Grand Palais und der Eiffelturm passiert. Am Flussufer selbst ist die Strecke allerdings nicht flach, sondern wegen einiger Unterführungen und Brücken sehr wellig.

Nach knapp 32 gelaufenen Kilometern wird das Flussufer wieder verlassen, es geht in den zweiten großen Stadtwald, den Bois de Boulogne. Hier gibt es mehrere Richtungswechsel, bevor schließlich die Fondation Louis Voitton und Kilometer 40 erreicht wird. Noch eine Rechts- und zwei Linkskurven, dann wird der Park endlich verlassen und mit Blick auf den Triumphbogen das Ziel erreicht. Eine tolle Strecke oder eher nicht? Mein Urteil würde vermutlich vom Rennverlauf beeinflusst.

Schon am frühen Sonntagmorgen, um 6 Uhr, war keine Wolke am Himmel. Es würde der angekündigte warme Tag werden. Ich hoffte, dass sich die Kühle der Nacht möglichst lange halten würde.

Frühstück hatte ich mir mitgebracht. Recht zügig ging es mit der Métro zum Triumphbogen, was eine gute Entscheidung war, denn Paris ist sicher kein Marathon der kurzen Wege. Erst geht es zwanzig Minuten in die eine Richtung, um seinen Kleiderbeutel abzugeben, dann zwanzig Minuten zurück zum Start. Den zweiten Weg nutzte ich zum Aufwärmen.

Ein Blick zurück zum Arc de Triomphe lohnte hier: eine riesige Menschenmasse, und das, obwohl die hinteren Blöcke noch leer waren, vor dem sonnenbeschienenen, berühmten Bauwerk. Das Feld mit den 57.000 gemeldeten Teilnehmerinnen und Teilnehmern war gar so riesig, dass Sebastian, Olis einer Kollege, erst loslaufen würde, wenn ich schon die Hälfte der Strecke passiert hatte. Dabei wollte er unter vier Stunden laufen, was hieß, dass sehr viele noch viel später starten würden. Allen Läuferinnen und Läufern mit den Augen folgen kann beim Paris-Marathon wohl nur Mona Lisa!

Als ich meinen Startblock einmal erreicht hatte, ging es eigentlich recht entspannt zu. Wir hatten genug Platz. Vielleicht war es diese Entspanntheit und mein fehlendes festes Zeitziel, aufgeregt war ich nämlich nicht. Fehlte so die Spannung? Ach, gleich würde es gemeinsam mit der Elite losgehen.

„Et c'est parti!"

Der Schuss, einige Sekunden danach ging es auch für mich los! Wir stürmen Paris! Pünktlich um 8:20 Uhr wurde gestartet. Auf der breiten Kopfsteinpflasterstraße geht es leicht bergab, und obwohl man für meinen wie auch den 3h-Block eigentlich Qualifikationsleistungen vorweisen musste, waren einige dabei, die sehr langsam losliefen. Das Zickzacklaufen dauerte aber nicht allzu lang, bald hatte sich das Feld entzerrt.

In einer Gruppe lief ich nie so richtig, weil ich mich komplett auf mein Gefühl verließ. Dennoch waren bald einige mehr oder weniger um mich herum, die mich sehr lange immer mal wieder begleiten würden. Besonders klasse war dabei die Internationalität – ein Stück liefen wir beispielsweise zu fünft: eine Irin, ein Schwede, ein Franzose, ein Spanier und ich als Deutscher.

Schon beim ersten Verpflegungsstand nach dem fünften Kilometer griff ich zu. Ein paar kleine Schlucke Wasser, der Rest der 0,33-l-Plastikflasche über Beine, Kopf und Nacken. Das tat schon jetzt, um 20 vor neun Uhr, gut. Dass auch die Letzten noch gut laufen können, waren alle Läuferinnen und Läufer angehalten, Flaschen und sonstige Abfälle in Abfalleimer entlang der Strecke zu werfen. Meine Trefferquote an diesem

Frühlingssonntag: fünf von sechs! Und der Fehlwurf war nur knapp vorbei.

Kurz nach der ersten Verpflegungsstelle standen Svenja und Liesa (Olis Freundin) an der Strecke. Es rollte zwar noch nicht, aber ich war locker, freute mich, die beiden zu sehen und konnte winken. Kurz darauf, ab etwa Kilometer sieben, bekamen wir aufgezeigt, dass der Paris-Marathon keine einfache Strecke ist, auch wenn das aus dem Höhenprofil nicht hervorgeht: es ging eine ordentliche Steigung bergan.

Im ersten Stadtwald war dann wirklich sehr wenig los, auch am sogenannten Stimmungspunkt beim Schloss waren nicht allzu viele Menschen. Insgesamt gab es zwar streckenweise sehr viele Zuschauer, ebenso aber auch einige Abschnitte, die komplett verlassen wirkten. Das machte mir aber weniger aus als die drei Stellen, an denen wir so laut beschallt wurden, dass ich mir am liebsten die Ohren zugehalten hätte.

Zurück in der Stadt hätte ich gerne etwas Energie nachgeladen, weil ich aus vielerlei Erfahrung mittlerweile wusste, was noch folgen wird bzw. kann. Beim Verpflegungsstand nach km 20 konnte ich neben dem obligatorischen Wasser sogar einen Riegel abgreifen, der aber noch verpackt war. Und es half einfach nichts: die Finger zu glitschig, die Zähne kamen gegen die Verpackung nicht an. Ich bekam den Riegel einfach nicht auf! Tja, noch rollte es ja. Nach zwei weiteren Versuchen landete das Ding ungeöffnet am Straßenrand.

Die Hälfte war nach 1h19'10 erreicht und ich noch recht locker. Es lief flüssig. Würde eine gute Halbmarathonform für eine Zeit unter 2:40 h reichen? Die Antwort kam leider früher als erwartet.

Zunächst sah ich Svenja und Liesa an ihrem zweiten Standpunkt, dann ging es hinunter an die Seine. Schon nach 23 km merkte ich zum ersten Mal die Adduktoren und vor allem den hinteren, linken Oberschenkel. Hatte ich zu viel Wasser getrunken bzw. zu wenig Salz aufgenommen? Ich hatte aber schon Durst und musste trinken, so viel ich konnte. Immerhin konnte ich für die Energie einige Rosinen ergattern.

Bis km 30 lief es trotz der Probleme noch recht gut. Mit etwas über 1h53 hatte ich trotz einiger heftiger Steigungen und Gefälle durch Unterführungen entlang der Seine nicht viel Zeit verloren. Ich war bezüglich eines guten Marathons noch optimistisch, was sich aber alsbald änderte.

Denn zu den Verhärtungen im hinteren Oberschenkel kamen bald Bauchbeschwerden hinzu, der Durst wurde heftiger und eine „irre" Steigung in den zweiten Stadtwald des Tages saugte mächtig Energie aus den Beinen. Das Tempo wurde deutlich langsamer und die letzten 10 km wieder einmal sehr, sehr lang.

Für etwas Ablenkung von meinem Selbstmitleid sorgte Sébastien, ein Franzose etwa in meinem Alter, der schon 2h34 gelaufen ist, heute aber große Adduktorenprobleme hatte. Er nahm mich ein Stück mit und erzählte beispielsweise, dass er aus Lille komme. Insbesondere machte mir unser Wochenendausflug auch deshalb sehr viel Spaß, weil ich seit langem mal wieder richtig französisch sprechen konnte – wobei mein deutsch-schweizerisch-französisch-Akzent wohl deutlich ausgeprägt ist, weil so mancher Gesprächspartner ins Englische wechselte, während ich konsequent im Französischen blieb.

Natürlich waren wir auch nicht die einzigen, die litten. Viele hatten sich am Streckenrand schon ihre Nummer von der Brust gerissen, viele weitere gingen genauso ein wie wir. In gewissen Situationen zählt eben buchstäblich jeder Schritt. Und irgendwann, ganz langsam, kommt dann das Ziel in Sicht.

Nie aus den Augen verloren hatte ich die 3h-Marke, die ich mit 2h55'46 noch deutlich unterbieten konnte. Das war er also, der Paris-Marathon!

Was hilft bei Dehydrierung und Zuckermangel am besten? Süße Flüssigkeit! Im Ziel gab es lange Bankreihen mit Verpflegung, darunter eine Unmenge geviertelter Orangen. Normalerweise esse ich diese Früchte nicht sonderlich gerne, gerade jetzt hätte es aber nichts Besseres geben können. Das süße, saftige Fruchtfleisch war sogar etwas kühl. Ich setzte mich auf die Kante des Bürgersteigs und verspeiste ein Stück nach dem anderen. Etwas so leckeres wie diese Orangen hatte ich selten zuvor gegessen. Besonders auch, weil ich einfach schon genug Wasser getrunken hatte. Nach einigen Vierteln dieser leckersten aller Orangen bewegte ich mich langsam Richtung Ausgang und bekam auf dem Weg noch ein T-Shirt, einen Regenponcho, den es bei diesen Temperaturen wirklich nicht brauchte, und natürlich die wohl verdiente Medaille!

Und es war gut, dass ich mir nicht allzu viel Zeit ließ, der Livetracker funktionierte nämlich nicht richtig. Vielleicht waren die Server überlastet – wer weiß? – Svenja und Liesa aber hatten nach km 30 keinerlei Informationen mehr bekommen, weder von Oli noch von mir. Dementsprechend besorgt traf ich Svenja an unserem Treffpunkt und konnte sie zumindest ein wenig erleichtern. Die Frage war nur, wann die anderen kommen würden.

Ach, wie schön kann Sitzen sein! Eine sonnige Wiese neben dem Zielbereich bot sich perfekt an, auszuruhen und den anderen die Daumen zu drücken. Oli hatte ab km 28 Krämpfe bekommen, kämpfte sich aber weiter dem Ziel entgegen. Mehr Informationen gab es lange nicht.

Schließlich stand fest: auch Oli ist seit diesem Tag Marathoni! Und mit 3h57 zwar langsamer als geplant, dennoch aber gleich auf Anhieb unter vier Stunden. Bravo! In Olis und Liesas Hotelzimmer durfte ich noch duschen – Duschen gibt es beim Paris-Marathon gar nicht! – dann ging es auch schon zurück in die Heimat. Es war zwar wieder kein optimales Rennen, aber dennoch ein sehr schöner Wochenendausflug. Merci!

DIE BESTEN LAUFZITATE

„Vogel fliegt, Fisch schwimmt, Mensch läuft." – Emil Zátopek

So einfach ist das: wir sind fürs Laufen gemacht. Natürlich können wir uns auch mit Technik behelfen oder versuchen, uns schwimmend über Wasser zu halten, wirklich gut sind wir aber nur im Zurücklegen langer Strecken. Dass der Laufstil dabei nur eine nebensächliche Rolle spielt, zeigte uns Emil Zátopek eindrücklich bei den Olympischen Spielen 1952 in Helsinki mit gleich drei erlaufenen Goldmedaillen, nachdem er vier Jahre zuvor in London schon zwei Medaillen geholt hatte. Der Mensch ist fürs Laufen gemacht, also geh hinaus und laufe!

„Was dich als Läufer definiert ist nicht, wie schnell du bist oder wie viele Meilen du laufen kannst. Was dich als Läufer definiert ist, dass du deine Schuhe schnürst, aus der Tür gehst und läufst." – unbekannt

Nur dieses Loslaufen, das ist schwierig. Manchmal wäre es so viel angenehmer, einfach auf der Coach sitzen oder im Bett liegen zu bleiben. Manchmal fallen einem auch Ausreden ein, was alles noch zu tun ist oder was vermeintlich angenehmer wäre. Und doch lohnt sich jeder Lauf: schon mit dem ersten Schritt geht es uns besser, wenn wir zurück sind, sind wir glücklich.

„Laufen ist wie ein großes Fragezeichen, das dich jeden Tag fragt: Bist du heute stark, oder bist du ein Weichei?" – Peter Maher

Man bereut es nie, losgelaufen zu sein. Nach dem Laufen ist man immer glücklicher als vorher. Und meistens kann man es auch einfach genießen, wenn man erstmal im Laufen ist. Wenn jeder Schritt wie von selbst kommt und die Landschaft an uns vorbeizieht.

„Du fühlst dich gut beim Laufen und noch besser hinterher." – Fred Lebow

Auch die Kommunikation ist eine andere. Wann unterhält man sich in unserer heutigen Zeit noch richtig? Stets ist das mobile Endgerät mit dabei und sorgt für Ablenkung. Kaum jemand daddelt nicht ab und zu nebenbei auf seinem Bildschirm. Aus einer Unhöflichkeit ist Normalität geworden. Beim Laufen gibt es hingegen kein Handy, man kann die Kommunikation noch genauso pur genießen wie die Bewegung.

Ebenso tut auch die Einsamkeit hin und wieder gut. Beim Laufen kann man es genießen, für sich allein zu sein und Zeit für seine Gedanken zu haben.

„Das macht richtig Spaß, als Langstreckenläufer allein da draußen, und keine Seele da, die dir die Laune verdirbt oder dir sagt, was du tun sollst." – Alan Sillitoe

Laufen hilft auch beim Ordnen der Gedanken. Durch die Monotonie des stetigen Rhythmus der Schritte verschiebt sich die Perspektive. Wir können anders denken als im Hamsterrad des Alltags. Die Beine helfen den Gedanken und unser Denken hilft unseren Beinen.

„Es sind nicht unsere Füße, die uns bewegen, es ist unser Denken." – Chinesisches Sprichwort

Auch verändert uns das Laufen, nicht nur körperlich. Laufen macht selbstbewusst, weil wir messbar etwas leisten: die Streckenlänge, die wir im Stande sind, zurückzulegen, ist genauso eindeutig wie die Geschwindigkeit, mit der wir uns aus eigener Kraft bewegen können. Diese stetige positive Rückmeldung stärkt auch unseren Charakter.

„Zu wissen, dass du eins bist mit dem was du tust, dass du ein kompletter Athlet bist, beginnt damit, dass du daran glaubst, dass du ein Läufer bist." – George Sheehan

Irgendwann kommt jeder an den Punkt, sich selbst als Läufer:in zu bezeichnen. Das ist ein unglaublich gutes Gefühl!
Dann kann es sein, dass man irgendwann wissen möchte, wie schnell man eigentlich laufen kann. Wie man sich im Vergleich zu anderen schlägt. Und wie schnell man eine gewissen Streckenlänge zurücklegen kann, wenn man mit Adrenalin im Blut und einer Startnummer auf der Brust an einer Startlinie steht.

„Laufen ist die beste Metapher fürs Leben, weil du das herausbekommst, was du reingesteckt hast." – Oprah Winfrey

Doch auch wenn man optimal vorbereitet ist, kann man seinen Erwartungen hinterherlaufen. Das kann wegen der Tagesform sein, weil man nicht genug geschlafen oder gegessen hat oder schlicht und einfach, weil man zu schnell angelaufen ist.

„Es wechselt Pein und Lust. Genieße, wenn du kannst, und leide, wenn du musst." – Johann Wolfgang von Goethe

Unabhängig davon, wie leicht oder schwer man sich gerade tut – und wenn die Tagesform noch so miserabel ist und man am liebsten einfach nur stehen bleiben möchte, lohnt es sich immer, alles zu geben. Im Nachhinein ist die Leistung zum einen oft gar nicht so schlecht, wie man es gerade im Moment annimmt, zum anderen weiß man umso besser, was man selbst geleistet hat.

„To give anything less than your best is to sacrifice the gift." – Steve Prefontaine

Und das Beste, was man hat, ist eben von Tag zu Tag unterschiedlich.

Viel hängt beim Laufen auch vom Kopf ab. Nur, wenn der Kopf stark ist, können auch die Beine stark sein. Nur, wenn die Erwartungen des Kopfes nicht zu hoch sind, können die Beine nachkommen. Aber auch nur, wenn uns der Kopf lässt, können die Beine alles geben. Ohne eingeschränkt zu sein.

„Frage dich selbst: ,Kann ich noch mehr geben?' Die Antwort lautet meistens: ,Ja'." – Paul Tergat

Allzu oft sind es mentale Blockaden, die von vornherein ausschließen, dass wir schneller laufen. Auch der Kopf, nicht nur die Physis, muss bereit sein, das Tempo und die Anstrengung anzunehmen.

„Egal ob du glaubst, dass du etwas kannst oder nicht kannst – du wirst vermutlich Recht behalten." – Henry Ford

Deshalb ist Spaß so wichtig. Unverkrampft läuft es sich einfach leichter. Lachen mit anderen, über Gott und die Welt, und ab und zu auch über sich selbst, lockert selbst die härteste Trainingseinheit auf und macht mentale Ressourcen frei.

„Schränke dich nicht selbst ein, verfolge deine Träume, habe keine Angst, die Grenzen zu verschieben. Und lache viel – das ist gut für dich!" – Paula Radcliffe

Schließlich bleibt da der Vergleich. Auf der einen Seite ist es gut, zu sehen, was möglich ist. Wenn wir wissen, was alles geschafft werden kann, können wir es genauso möglich machen.

Auf der anderen Seite macht der Vergleich mit anderen unglücklich. So schlicht und einfach. Es gibt immer einen, der besser ist. Es gibt immer eine, die mehr Geld verdient, die kreativer ist, die häufiger lacht. Und es gibt immer einen, der schneller läuft. Am wichtigsten bleibt der Vergleich mit sich selbst.

„Versuche nicht besser zu sein als deine Zeitgenossen oder Vorgänger. Versuche besser zu sein als du selbst." – William Faulkner

Gerade beim Laufen ist es leicht, seine eigene Leistung zu messen und zu steigern. Auf dem Weg dorthin gilt es, fleißig zu sein. Im Ausdauersport wie auch im Leben lohnt sich die Mühe. Nicht nur schätzen wir das Erreichte mehr, auch bereichert uns der Weg dorthin. Was hätte uns nicht alles an Erfahrung gefehlt, wären wir nie Umwege gegangen.

„Maybe stop trying so hard to find shortcuts to ‚hack' your life. The best things are hard. Invest in the journey." – Rich Roll

Zum Abschluss bleiben die guten Wünsche. Für das Loslaufen, für das Durchhalten, für das Dranbleiben, denn es lohnt sich: Laufen hilft.

„Möge die Straße dir entgegeneilen. Möge der Wind immer in deinem Rücken sein." – Irischer Segenswunsch

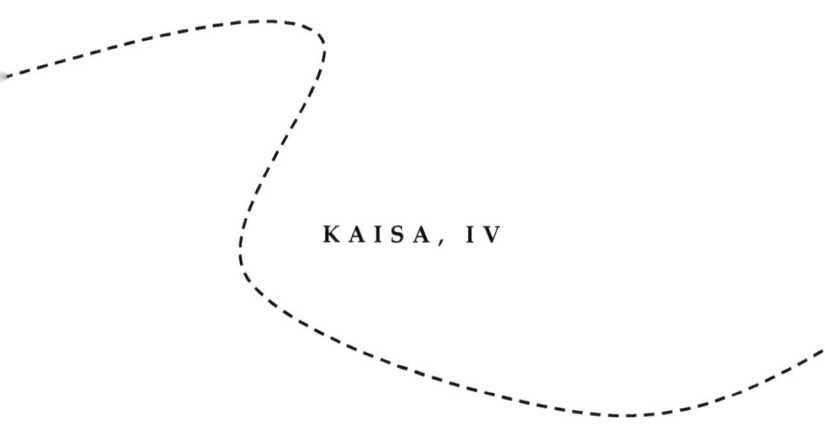

KAISA, IV

Das neue Semester war gar nicht gut losgegangen. Ständig unkonzentriert hatte er sich in den weitläufigen Gebäuden verlaufen, war dadurch zu spät zu Vorlesungen und Übungen gekommen, was sonst so gar nicht seine Art war, und hatte obendrein dann auch kaum etwas mitbekommen, waren seine Gedanken doch ständig woanders. In dieser schnelllebigen Welt mit ständiger Nachrichtenverfügbarkeit war es einfach völlig ungewohnt, dass sich jemand so lange überhaupt nicht meldete. Besonders, wenn es die eigene Freundin war, auch wenn er sich zunächst darauf vorbereitet hatte.

Er versuchte, positiv zu bleiben, schließlich hatte sie großes Talent und sich wohl durch ihre Leistung eine weitere Woche Trainingslager erarbeitet. Bis Mitte der Woche hatte er es geschafft, sich so weit selbst zu beruhigen, dass er sogar fest davon überzeugt war, Kaisa würde sich am Wochenende melden, um zwar erschöpft aber glücklich endlich zurückzukommen.

Dann aber erreichte ihn eine Nachricht, die ihn zunächst sehr freute. Schon ewig hatte er nichts mehr von Nikolas gehört, mit dem er lange befreundet gewesen war. Viele Jahre hatten sie gemeinsam die Schulbank gedrückt, erst nach dem Abi hatten sie sich mehr und mehr aus den Augen verloren. Nicht, weil sie sich nicht mehr verstanden, sondern einfach, weil es keine gemeinsamen Termine mehr gab.

Niko war schon immer im Internet zu Hause gewesen. Wenn er selbst nachmittags ins Vereinstraining gegangen war, hatte Niko am Rechner gesessen und „geforscht". Niko war niemand, der am Computer spielte. Zwar surfte er viel im Internet und war dadurch auch stets auf dem neuesten Stand, viel öfter noch probierte er Dinge aus und brachte sich selbst Tricks und Kniffe bei. Sein Informatikstudium war entsprechend nicht nur genau die richtige Wahl, sondern in einigen Lerneinheiten auch ein Kinderspiel.

Obwohl sich die beiden schon über ein Jahr nicht mehr persönlich gesehen hatten, war Niko stets bestens über sein Leben – mal mehr, mal weniger freiwillig – auf dem Laufenden. Konnten schon die Betreiber sozialer Netzwerke sehr gute Persönlichkeitsprofile erstellen, bezog Niko noch einiges mehr an privaten Daten. So hatte Niko beispielsweise auch mitbekommen, dass er bei Miro für zwei bezahlt hatte – und war entsprechend von der ersten Sekunde an über Kaisa informiert.

Zwar war Niko selbst schon immer unsportlich gewesen, dennoch aber stets sportinteressiert. Schon früher, zu Abizeiten, hatten sie gemeinsam Marathonläufe und internationale Wettkämpfe am Bildschirm verfolgt – Niko nebenbei immer noch mit seinem Laptop, um alle Zwischenzeiten der Profis direkt analysieren zu können. Auch regional war Niko immer auf dem neuesten Stand, so manche Ergebnisliste hatte er durch seine selbstprogrammierten Gadgets schon früher abgerufen, als sie an den Wettkampfstätten ausgehängt wurden.

Häufig war er so bereits der erste Gratulant nach guten Läufen gewesen.

Auch die bewusste Nachricht, die ihn nun erreicht hatte, hatte mit Sport bzw. Laufen zu tun. Ganz ohne Begrüßungsfloskel oder Smalltalk schickte Niko einfach nur einen Link zu einem Video: „Ist das nicht deine Kaisa?"

Nun, Niko hatte wieder einmal bewiesen, dass er im Internet wirklich alles fand. Das Video zeigte tatsächlich das Abschlussrennen von Kaisas Trainingscamp. So sah er am Bildschirm, wie Kaisa zusammen mit den anderen Läuferinnen halbnackt an der Startlinie stand, konnte sich denken, wie anspruchsvoll das Gelände und wie heiß die Temperaturen gewesen sein mussten und konnte dann das Rennen verfolgen: die Taktik auf der ersten Hälfte, als Kaisa schon abgehängt war, dann den Zusammenschluss und Kaisas klug gewählte Attacke. Wie sie sich gegenseitig immer mehr ans Limit trieben und aus einem Wettkampf gleich mehrere wurden.

Das Video war erstaunlich hochklassig produziert und zeigte nicht nur den Rennverlauf, sondern immer wieder auch Nahaufnahmen der Sportlerinnen. Wie sich die Muskeln spannten, wie gerempelt wurde, wie der Sand spritzte, wie sie angestrengt atmeten. Als Kaisas Hintern fast den ganzen Bildschirm ausfüllte, wusste er nicht, was er davon halten sollte, war aber schnell wieder abgelenkt, weil dann ihr Strauchler und anschließend der Schlussspurt kam. Da riss es ihn vom Stuhl und er musste einfach anfeuern, auch wenn er eigentlich wusste, dass das Rennen längst gelaufen war. Nach Kaisas sagenhaftem dritten Platz, bei dem er so sehr mitgefiebert hatte, dass er sich schnaufend setzen musste, war das Video aber noch nicht vorbei. Und auch nicht, als schließlich die Letzten im Ziel erschöpft zu Boden sanken.

Wieder gab es einige recht anzügliche Nahaufnahmen, während sich die Athletinnen im Ziel aufhalfen, beglückwünschten und gemeinsam freuten oder gegenseitig aufbauten. Dann wurden die ersten drei in Richtung Siegerpodest gelotst, das ähnlich wie im Wintersport aufgebaut war, nur dass die drei Schnellsten nicht die Piste im Auge behalten mussten, um zu verfolgen, ob sie noch von ihrer Platzierung verdrängt werden würden, sondern gezwungen waren, beim nun folgenden Schauspiel zuzusehen. Da sie zunächst aber unbekümmert, dann ungläubig und schließlich entsetzt schauten, schienen sie im Vorfeld noch nichts von dem auch ihnen drohenden Schicksal gewusst zu haben.

Auch er war am Bildschirm völlig schockiert.

Die letzten beiden nämlich, so erschöpft und enttäuscht sie vom Rennen auch waren, wurden zurück auf den Rennkurs geschubst. Ohne Erklärung standen sie dort im Sand und wussten nicht, wie ihnen geschah. Mit ihren großen Augen und ihren so dünnen, zierlichen Körpern sahen sie sehr verletzlich aus.

Schon kam der Befehl „¡Corre!" des Ordners, der sie bereits vom Ziel zurück auf die Strecke befördert hatte, und um es den beiden verständlicher zu machen: „Run!" – sie sollten laufen. Um ihr Leben laufen.

Noch konnten sie nicht verstehen, was gemeint war, wussten nicht, wie ihnen geschah und stolperten schließlich doch verwirrt los. Auch wenn sie jedoch vorher kein Rennen gelaufen wären, hätten sie keine Chance gehabt: Fünf Kampfhunde – Zähne fletschende, geifernde Bestien –, die nur mühsam zu bändigen waren, weil sie wussten, dass sie gleich das würden tun dürfen, wofür sie trainiert worden waren, wurden, als die beiden armen Verliererinnen gerade einmal 100 m Vorsprung hatten, von der Leine gelassen. Alles natürlich in Nahaufnahme, in höchster Auflösung für den Zuschauer aufbereitet.

Es war das Schrecklichste, was er je zu sehen bekommen hatte, denn eine Chance hatten die beiden keine. Innerhalb weniger Sekunden hatten die Hunde aufgeschlossen und ihre Opfer niedergerissen. Mit einem kläglichen Schrei und Sand, der sehr schnell rot wurde, war das Video schließlich vorbei.

Er übergab sich in den Papierkorb, der immer unter seinem Schreibtisch stand.

Was, zum Henker – und dieser Fluch konnte hier wortwörtlich genommen werden –, war es, was er gerade gesehen hatte?

Was für ein Schlussspurt, was für ein Rennen. Kurzzeitig war Kaisa sehr zufrieden mit sich und der Welt. Nach dieser tollen Leistung konnte sie mit einem sehr guten Gefühl nach Hause fahren und freute sich entsprechend noch mehr darauf. Während nach und nach all ihre Mitstreiterinnen im Ziel eintrudeln, klatschte sie ihre Kameradinnen ab. Sie lachten gemeinsam und erzählten sich die besten Szenen des Rennens nach, sofern sie nicht noch keuchend auf dem Boden lagen. Bald schon, das ging im Training wie im Wettkampf immer sehr schnell, konnten alle wieder aufstehen und sich gemeinsam über ein tolles, hartes Rennen freuen, das jetzt, da es vorbei war, noch schöner schien.

Sie alle freuten sich auf die Eistonne, um die Beine zu kühlen, eine kühle Dusche und ein verdientes, leckeres Abendessen. Vorher würde es nur noch eine kurze Runde auslaufen und ein letztes Mal zur Massage gehen. Doch während die hinter ihr platzierten Mitstreiterinnen bereits zurück zu ihren Zimmern gehen durften, wurde Kaisa als eine der ersten drei zu einem Podest eskortiert. Dort durften sie sich setzen und bekamen etwas zu trinken. Mit Blick auf die Wettkampfstrecke kamen sie sich fast schon vor wie im Wintersport. Elisa, die zweite geworden war, zeigte auf einen knackigen, sandigen Anstieg und war gerade im Begriff zu beschreiben, wie schwer ihr die Stelle Runde um Runde gefallen war, als sie mitten im Satz verstummte. Alle drei hatten sie ruckartig den Kopf gedreht, weil zwei ihrer Mitstreiterinnen zurück auf den Rennkurs geschubst wurden. Irgendetwas stimmte an der Szene nicht. Wie grob sie behandelt wurden und wie verschreckt sie in ihrem erschöpften Zustand schauten!

Was dann folgte, hätte Kaisa nie für möglich gehalten. Zunächst glaubte sie noch an Strafläufe, als die beiden zu rennen aufgefordert wurden, alles andere überstieg ihre Vorstellungskraft.

Dann jedoch konnte sie schlicht den Blick nicht abwenden, sie musste das grausige Schauspiel mit anschauen, auch wenn ihr die Details auf die gut 100 Meter Abstand glücklicherweise verborgen blieben. Nichtsdestotrotz brannte sich der Schrecken für immer in ihre Seele ein.

Wie schnell ein Leben vorbei sein kann.

Wie schnell ein Leben komplett auf den Kopf gestellt werden kann.

Und wie schnell sich das Bild eines Menschen ändern kann. Ein einziges Wort, eine einzige Handlung kann das wahre Gesicht einer Person zeigen und sie so jeder Illusion entheben. Kaisa hatte den Cheftrainer des Camps eigentlich gut leiden können, auch wenn sie sich in den drei Wochen nicht allzu oft über den Weg gelaufen waren. Bisher hatte er einen besonnenen, harmlosen, wohlwollenden Eindruck hinterlassen.

Bisher.

SCHNELLSTE BEKANNTE ZEITEN

Ausgebremst durch eine weltweite Pandemie waren Rennen, wie wir sie kannten, nicht mehr möglich. Zum Weiterlaufen gab es verschiedene Möglichkeiten: man konnte einfach der Bewegung willen völlig frei von Zielen für sich durch die Wälder traben. Ebenso konnte man weitermachen, wie bisher, und die geplanten Rennen virtuell durchziehen, also an einem bestimmten Datum zu einer bestimmten Zeit einfach für sich allein nach GPS-Uhr laufen. Oder aber man machte einmal etwas ganz anderes.

Für diese dritte Option entschied ich mich, weil ich gerne gewisse Herausforderungen zur Motivation habe, gleichzeitig die virtuellen Rennen aber nichts für mich sind, weil das Adrenalin und das Miteinander fehlt. So kam ich zu den sogenannten FKTs, die mir im ersten Sommer der Pandemie neue Erfahrungen brachten und mich selbst besser kennenlernen ließen.

Eine Fastest Known Time (FKT) ist im Grunde ein Streckenrekord. Auf der Plattform fastestknowntime.com werden alle weltweiten Routen mit GPS-Track gelistet, dort reicht man auch neue Rekorde ein. Gewertet wird grundsätzlich die Bruttozeit. Insbesondere, wenn die Routen sehr lang sind – was auf dieser Plattform keine Seltenheit ist –, zählen (Schlaf-)Pausen also zur Rekordzeit hinzu.

Natürlich könnte man auf dieser Plattform einfach die eigene Hausrunde als Route definieren, um dort einen Rekord aufzustellen. Die wichtigste Regel für die Erstellung offizieller Strecken ist aber, dass die Route „bemerkenswert" und „deutlich gekennzeichnet" ist, sodass es auch für andere von Interesse ist, die Route zu absolvieren. Kurzzeitig hatte ich etwa überlegt, den Rundweg um unsere Heimatstadt einzureichen, habe davon aber Abstand genommen, weil die Tour einfach nicht außergewöhnlich ist.

Auch Strecken, auf denen Rennen ausgetragen werden, eignen sich nicht als FKT. Verantwortlich für die Pflege der Streckenrekorde ist in diesem Fall der Veranstalter.

Eine Rangliste gibt es nicht: nur die schnellste Zeit wird aufgeführt. Davon gibt es für jedes Geschlecht drei Kategorien: „supported", „self-supported" und „unsupported". Wer „supported" gelaufen ist, hatte unterwegs Unterstützung. Das kann von nur einer Wasserflasche, die gereicht wurde, bis hin zur Vollverpflegung reichen. Wer eine „supported" FKT aufstellen will, muss übrigens auch schneller sein als die anderen Zeiten, weil man entsprechend die größtmöglichen Vorteile hat.

Wer „self-supported" unterwegs war, hat sich eigenmächtig verpflegt, war also beispielsweise kurz im Supermarkt oder hat sich an der Tankstelle eine Cola gekauft. Ebenso ist es möglich, vorher Proviant auf der Strecke zu deponieren.

Wer schließlich „unsupported" gewertet werden will, muss völlig ohne Hilfe von außen auskommen. Alles, was gebraucht wird, muss mitgetragen werden.

Wer auf einer offiziellen Route eine neue Bestzeit versucht hat, aber gescheitert ist, soll dennoch kein Stillschweigen wahren. Man ist eingeladen zu kommentieren, um andere am Versuch und der Beliebtheit der Strecke teilhaben zu lassen.

Natürlich ist bei FKTs – ebenso wie bei virtuell ausgetragenen Rennen – Betrügen möglich, gerade weil es, wie der Name schon sagt, darum geht, auf einem bestimmten Abschnitt einen Streckenrekord aufzustellen. Von sportlicher Fairness kann in diesem Fall aber ausgegangen werden, denke ich. Außerdem geht es mir gerade bei der Fastest Known Time um die Routen, die laut Definition außergewöhnlich sein sollen. Wie auch sonst reizt es mich auch hier besonders, neue Pfade und Gegenden kennenzulernen!

Mit dieser Motivation ging es als ersten Ausflug mit Johannes auf zum Rheingauer Klostersteig:

Nassgeschwitzt am frühen Sonntagmorgen. Es ist gerade einmal zehn vor acht Uhr und die ersten 350 Höhenmeter sind bereits absolviert. Auf die Hallgarter Zange sind wir gelaufen – vielmehr gestürmt: ich bin kaum hinter Johannes hergekommen, der auch die steilsten Passagen scheinbar mühelos hinauflief, während ich meinen Oberschenkeln schnaufend alles abverlangen musste. Der Anfang auf dem Rheingauer Klostersteig ist schließlich aber nach gerade einmal 24 Minuten gemacht: wir haben Aussichtsturm und Berggasthaus auf der höchsten Erhebung unserer Route erreicht. Und natürlich geht es direkt weiter.

Darauf habe ich mich schon die ganze Woche gefreut!

Für unser Klostersteig-Abenteuer am Sonntag standen wir früh auf, wollten wir doch bis zum Frühstück zurück sein. Nach einem schnellen Wettkampf-Frühstück machten wir uns auf zum Start und trafen voller Tatendrang am Kloster Eberbach, eine ehemalige Zisterzienserabtei, die für Weinbau berühmt und durch romanische und frühgotische Bauten Kunstdenkmal Europas ist, ein. Auf dem dortigen, zu diesem Zeitpunkt noch völlig verwaisten Parkplatz,

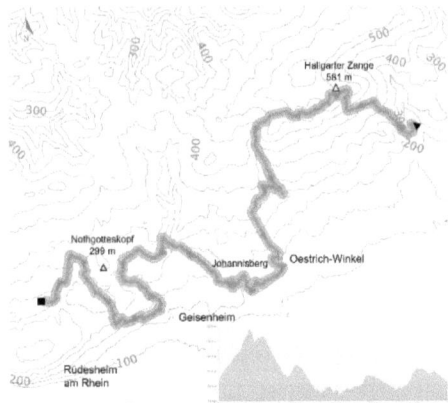

Bild 2: Die Strecke des Rheingauer Klostersteigs
© 2021 MapOSMatic und Openstreetmap.org

stellten wir Auto Nr. 2 ab – Auto Nr. 1 erwartete uns seit gestern bereits in Aulhausen (eine Punkt-zu-Punkt-Strecke ist immer auch eine logistische Herausforderung). Ein Foto vor dem Start, ein Blick auf die Uhr, ein paar kurze Meter fingiertes Einlaufen, ein Abklatschen auf Abstand. Es konnte losgehen! Drei, zwei, eins: ein Druck auf den Startknopf der Uhr.

Und wie es dann losging! Nach nur wenigen Metern auf der Straße vom Parkplatz ging es links ab und quasi vertikal bergauf. Konnte ich schon direkt ins Wandern wechseln? Johannes flog davon, da konnte ich nur nachsetzen. Auch auf die Gefahr hin, dass wir schon auf den ersten vier Kilometern überziehen würden und hinten raus nichts mehr ging.

Bald war aber die erste Rampe geschafft, es wurde kurzzeitig flach. Dann zeigte das Schild des Klostersteigs wieder in den Wald. Teils über schmale Pfade, teils über Wege, auf denen wir nebeneinander laufen konnten, ging es in der Folge mal steil, mal steiler hinauf zur Hallgarter Zange. Kein Wunder, dass wir oben bereits nassgeschwitzt waren. Der Sage nach beschlug dort übrigens einst ein Schmied ein Pferd für den Teufel persönlich und bekam dafür eine Zange, die alles in Gold verwandelte. Wegen des Unglücks, das ihm die Zange brachte, stürzte sich der Schmied aber vom dortigen Felsen und die Zange verlor mit seinem Tod ihre Magie. Wir fanden weder Zange noch Unglück, sondern stürzten uns rennend direkt wieder bergab.

Was folgte, war neben vereinzelten Schotterpassagen ein Pfad, der in der Szene wohl als „flowiger Trail" bezeichnet wird. Ein Pfad also, der sich bergab schlängelt und auf dem man es so richtig laufen lassen kann, die Füße bisweilen mühelos über nadelbedeckten Boden fliegend. Durch die jetzt deutlich höhere Laufgeschwindigkeit spürte ich die hintere Oberschenkelmuskulatur ein wenig, auch vom Bauch her fühlte ich mich nicht zu 100 % wohl. Hatten wir etwa keinen guten Tag erwischt, an dem ich Johannes bremsen würde?

Je näher wir den Pfingstbachwiesen (etwa km 9) kamen, desto flacher wurde es und desto besser ging es mir. Nachdem eine kurze matschige und dadurch rutschige Passage überwunden war und ich wieder Vertrauen zum Grip gefunden hatte, ging es mir im Verlauf des Rennens zum ersten Mal so richtig gut. Jetzt war ich scheinbar wach und leistungsbereit. Wie gut es uns geht, realisieren wir ja oft erst durch den Kontrast: Nach Regen ist der Sonnenschein viel schöner. So war es jetzt auch bei mir. Durch das leichte Unwohlsein zu Beginn ging es mir jetzt noch viel besser: ein richtiges „Runner's high", das fast bis zum Schluss anhielt.

Das war noch besser, weil jetzt die nächste Herausforderung anstand: die erste Gegensteigung. Nach längerem Bergablaufen kann es vorkommen, dass die Beine so gar nicht mehr bergan laufen wollen. Heute war das kein Problem. Da zahlten sich die Ausfallschritte sowie die im Training absolvierten Höhenmeter aus.

Auf dem Weg zu Schloss Vollrads (ca. km 12), ein als Wasserburg errichteter Wohnturm nördlich von Winkel, neben dem später Herrenhäuser errichtet wurden, veränderte sich die Landschaft, durch die wir liefen. Verläuft der Klostersteig zu Beginn fast ausschließlich im Wald, spuckt einen der Pfad später auf den rheinischen Weinbergen aus, von wo man einen herrlichen Ausblick hat. Im Scherz meinte ich zu Johannes, dass wir eine Kamera hätten mitnehmen sollen oder eine Drohne brauchen. Einfangen können hätten wir die Schönheit des Augenblicks aber wohl auch mit viel Zeit und Aufwand nicht. Der Klostersteig hat hier mit seinem Zusammenspiel aus verschlungenen Pfaden und herrschaftlichen Ausblicken auf Rhein und Klöster bzw. Schlösser einiges zu bieten.

Die frühe Uhrzeit, zu der wir gestartet waren, hatte nicht nur die offensichtlichen Vorteile, dass wir zum Frühstück zurück wären, dass weniger Leute unterwegs waren und das Wetter angenehmer, sondern bescherte uns auch unerwartete und faszinierende kurzzeitige Begleiter: am Gegenanstieg im Wald querte eine Hirschkuh unseren Weg, später sahen wir noch einen Hasen sowie diverse Greifvögel. Natur pur.

Bei ca. km 14 hatten wir Schloss Johannisberg, ein traditionsreiches Weingut mit Basilika, das der Legende nach auf Karl den Großen zurückzuführen ist, passiert. Als nächstes konnten wir in der Ferne die Internatsschule Schloss Hansenberg für besonders begabte, leistungsmotivierte und sozial kompetente Schüler sehen, bevor wir Kloster Marienthal erreichten.

In den Weinbergen, in denen es mächtig heiß werden kann, läuft man meist auf grasbewachsenen Wegen. Oft geht es auf diesem Streckenabschnitt um spitze Kurven, sodass man an Geschwindigkeit verliert. Durch das Zusammenspiel aus konzentriertem Laufen, gutem Befinden und schönem Ausblick machte der Klostersteig hier aber besonders viel Spaß. Das war auch die Bestätigung: wir waren nicht zu schnell auf die Hallgarter Zange gestürmt!

Der kurze Abschnitt durch das Kloster Marienthal, eine ehemalige Wallfahrtskirche der Franziskaner, wo laut Überlieferung der blinde Jäger Hecker Henn auf wundersame Weise Heilung erfuhr, weil er vor einem Marienbild im Wald gebetet hatte, war dann eine schöne Abwechslung, bevor ein richtig knackiger Anstieg folgte. An dieser Rampe wechselte ich wirklich kurz in den Wanderschritt, bevor wir, sobald es wieder flacher wurde, laufend weiter Druck machten. Noch ging es uns beiden gut.

Am folgenden Bergabstück packte ich den Marathonschritt aus: möglichst flott laufen, während man so wenig Energie wie möglich verbraucht. So ging es zügig vorbei an der Ruine Plixholz und dem Nothgotteskopf. Das Kloster Nothgottes ist ein weiterer Wallfahrtsort und Zisterzienser-Kloster entlang des Klostersteigs.

Während ich mich zwischenzeitlich – voll im Flow – darüber gefreut hatte, dass wir noch einige Kilometer zurücklegen durften, war ich im Finale doch froh, dass wir nicht noch zehn weitere Kilometer vor uns hatten. Dieses Finale läutete der nochmals steile Anstieg vorbei am UNESCO Weltkulturerbe Abtei St. Hildegard ein. Oben angekommen ließen wir es auf den letzten vier Kilometern nochmal richtig rollen. Der Gegenwind sorgte heute nur für angenehme Kühlung und konnte uns nicht mehr aufhalten.

Es ging am Ebentaler Hof vorbei und abschließend nochmal über schmale Pfade. Dann war das Ortsschild Aulhausens erreicht. Ein letztes Stück bergab, dann liefen wir jubelnd über die virtuelle Ziellinie: wir hatten eine neue Bestzeit aufgestellt.

Nach diesem tollen Auftakt planten Johannes und ich gleich unser nächstes Abenteuer auf dem Wispertaunussteig. Zuvor nahm ich aber allein noch den Kleinen Mainzer Höhenweg in Angriff, der als „kleiner Bruder" des originalen Mainzer Höhenwegs um die Stadt Mainz führt. Während das Original auf dem Geigenkamm zwischen dem Pitztal und dem Ötztal in Tirol vom Weißmaurachjoch (2959 m) bis hin zum Pitztaler Jöchl (2996 m) führt, kann der Kleine Mainzer Höhenweg zügig belaufen werden. Er verläuft über 31,7 km und etwa 450 Höhenmeter von Mainz-Laubenheim nach Mombach – in einem großen Bogen also südwestlich um Mainz herum.

Während die Strecke auf der Karte also nicht allzu anspruchsvoll erschien, sah die Realität ein wenig anders aus, aber die überrascht uns ja gerne einmal. Und nur so erlebt man Abenteuer!

Nach Eintreffen auf dem Parkplatz in Mainz-Laubenheim war der Start des Kleinen Mainzer Höhenwegs schnell gefunden: Schautafeln zeigten die allgemeinen Infos, die man sich auch im Internet anschauen kann.

Es ging zunächst durch den alten Ortskern, wo ich nur auf den Verkehr achtete und deshalb die Bronzestatue des „Ausschellers und Polizeidieners" sowie die ehemalige Sommerresidenz der Mainzer Bischöfe verpasste. Bald schon ging es, wie erwartet, dann hinauf in die Weinberge. Und weil mir schon bei der zweiten Abzweigung ein Auto mit rumpelndem Anhänger entgegengeschossen kam, achtete ich weder auf Schilder noch auf meine Uhr und lief direkt falsch. Zum Glück merkte ich den Fehler umgehend und war nach wenigen Extrametern wieder auf der Route, auf der als nächstes ein totes Kaninchen lag. So richtig rund wollte das Abenteuer wohl nicht starten.

Dann aber war ich oben am Erich-Koch-Höhenweg angekommen und konnte es erstmal laufen lassen. Der Weg war hier offensichtlich erkennbar, dazu ging es erst leicht, dann auch steiler bergab, sodass ich den Schnitt anheben konnte. Zu meiner Linken hätte ich theoretisch die Aussicht genießen können. Da aber nur das Rheinhessische Hügelland zu meinen Füßen lag und nicht wie auf dem Original die mächtigen Bergmassive des Pitztals, ließ ich mich nicht bremsen.

Viel mehr bremste mich dann der erste Gegenanstieg nach fünf Kilometern, den ich so steil nicht erwartet hätte. Mein Weg bog rechts ab und ging quasi vertikal den Weinberg hinauf. Die 30 Sekunden, die ich vor dem Zeitplan gelegen hatte, verlor ich direkt wieder. Erst auf der Kuppe konnte ich das Tempo wieder erhöhen, tendenziell ging es jetzt bis zum zehnten Kilometer leicht bergauf. Rollen war hier allerdings nicht angesagt, es ging über Wiesenwege. Der Boden war uneben, das Gras hoch. Krähen ärgerten sich, dass ich ihnen zu nahe kam und sie sich in die Lüfte erheben mussten, ansonsten war noch niemand unterwegs. Obwohl es noch vor 9 Uhr war, brannte die Sonne bereits. Es war wärmer als erhofft.

Nach der nächsten Ecke waren dann doch Artgenossen zu sehen, ich traf auf eine lustige Truppe, die wohl an der Schutzhütte übernachtet hatte. Wir tauschten ein freundliches „Guten Morgen!" aus, dann war ich schon vorbei und wieder allein. Danach ging es über einen schönen Pfad entlang eines Lösshanges bis nach Gau-Bischofsheim, wo direkt eine große Straße überquert werden musste. Bei der zweiten Straßenquerung hatte ich Glück, dass dort gerade gebaut wurde, so konnte ich unbehelligt passieren und nach einer Treppe aufs nächste Feld rennen. Dort erwartete mich Kopfsteinpflaster, welches das Laufen wieder nicht einfach machte. Jetzt lag ich aber erneut vor der Zeit: auf 2h20 hatte ich die Uhr programmiert, bei 2h22'33 stand der Rekord (eingerechnet hatte ich Puffer für eventuelles Verlaufen).

Bild 3: Die Strecke des Kleinen Mainzer Höhenwegs
© 2021 MapOSMatic und Openstreetmap.org

Nach diesem Feld wartete Ebersheim auf mich, das an diesem Sonntagmorgen langsam erwachte. Es ging durch schmale Gassen und über Straßen. Das war zwar eine schöne Abwechslung, kostete aber Zeit für die Wegfindung. Hinter Kleingärten musste man den richtigen Pfad erwischen. Für einen absoluten Rekord hätte man die FKT-Strecke definitiv im

Vorfeld auskundschaften müssen. Auch so funktionierte es aber natürlich und ich lernte neue Ecken kennen.

Nach der leichten Steigung am Ortsausgang (das dortige Feldkreuz steht auf der höchsten Erhebung des Mainzer Stadtgebiets) traf ich dann auf vorbildliche Hundehalter: die Vierbeiner hörten nicht nur aufs Wort, sie wurden zusätzlich auch am Halsband festgehalten. Da bedankte ich mich! Mit Blick auf den Donnersberg ging es nun in Richtung des einzigen steilen „Downhills" der Strecke.

Dort war Konzentration angesagt, lagen doch einige größere Steine auf dem Schotterweg. Das Verzehren meines Gels, das ich mir gerade einzuverleiben versuchte, geriet dadurch ins Stocken. Aber bald schon war ich unten. Der Kleine Mainzer Höhenweg führte anschließend mitten durch eine Baustelle nach Klein-Winternheim, dann begann, mit einer Unterführung, in der ich von einem Traktor verfolgt wurde, die zweite, richtige Steigung.

Auch diese hatte es wieder mächtig in sich, sodass ich mir gar einige Wanderschritte gönnte. An der Straße von Ober-Olm nach Lerchenberg ging es in der Folge aber wieder angenehm leicht bergab. An der Kreuzung ging es dann nicht rechts zum ZDF, sondern links in Richtung Wald. Hier war ich versucht, eine Pause an einem herrlichen Kirschbaum einzulegen, lief aber natürlich weiter.

Generell sah ich immer wieder Wegweiser des Kleinen Mainzer Höhenwegs, an die Pfeile musste ich mich aber gewöhnen. War beispielsweise ein rechtwinkliger Pfeil abgebildet, konnte es noch 300 m dauern, bis man wirklich abbiegen musste. Ich war froh, dass ich den GPS-Track der Route auf der Uhr hatte und traf als nächstes am Lauftreff Ober-Olm ein. Hier war schon einiges los, verschiedene Läuferinnen und

Läufer strebten von ihren Autos gen Wald. Mit gutem Grund, wie ich gleich feststellen würde.

Im Ober-Olmer Forsthaus soll Johann Wolfgang von Goethe (*„Es wechseln Pein und Lust. Genieße, wenn du kannst, und leide, wenn du musst."*) 1793 während der Belagerung von Mainz einige Tage verbracht haben. Ich passierte das Forsthaus nur und schaute, dass ich nicht umgefahren wurde. Aus meiner Sicht folgte jetzt das schönste Stück des Kleinen Mainzer Höhenwegs. Auf einem Pfad neben dem großen Schotter-Waldweg, abgetrennt durch etwa 10 m Wiese bzw. Baumgruppen, ging es unter dem dichten Blätterdach dahin. Laufspaß pur.

Auch tat mir die Kühle des schattigen Waldes gut. Wirklich eine Passage zum Genießen, bevor es erneut in die Sonne ging: es warteten die Finthener Obstfelder, die sich aufgrund des leichten Gefälles aber ebenso gut laufen ließen. Als Finthen selbst dann schließlich passiert war, ging es erneut in den Schatten. Im Lenneberg-wald wechselte das Terrain. Die sandigen Pfade dort erinnerten mich an die Trails oberhalb von Dormeletto am Rande des Lago Maggiore. Mal ging es hinauf, mal hinab, vorbei an sieben Weihern, die zu Biotopen wurden, wobei steile, ausgetretene Steintreppen beim Laufen bremsten.

Schließlich war die nächste Sehenswürdigkeit entlang der Strecke erreicht: Schloss Waldthausen wurde einmal umrundet, dann ging es durch den Park weiter zum Lennebergturm. Dort hätte ich gerne weniger verbleibende Wegstrecke angezeigt bekommen als die drei Kilometer, die meine Uhr noch anzeigte. Wie auf dem Rheingauer Klostersteig ging mir zum Ende die Energie aus. Zum Glück ging es nur noch bergab.

Auch wartete die nächste Treppe auf mich, die mich steil hinab ins letzte Waldstück brachte. Erst ganz zum Schluss, nach der letzten Ecke des Mombacher Waldfriedhofs, ging es wieder auf eine Straße, vorher lief ich weiterhin auf Sandboden. Dort hätte ich, wenn ich denn noch gekonnt hätte, zum Schlussspurt ansetzen können, so beließ ich es beim zügigen Laufen. Und war dann froh, die Uhr im Ziel bei der dortigen Infotafel mit neuem Rekord abdrücken und mich auf den Bürgersteig setzen zu können.

Auch der Kleine Mainzer Höhenweg wurde zu einem schönen Abenteuer!

Nach diesem Alleingang wurde es wieder Zeit für eine Gemeinschaftsaktion. Wie sehr ich meine Mitstreiter dabei brauchen würde, wusste ich im Vorfeld aber natürlich noch nicht. Wie bereits erwähnt hatte schon länger das Wispertal gelockt: „Ein Fluss, zwei Länder, drei Gipfel, vier Dörfer und fünf Täler.", dazu immer wieder herrliche Bilder in den sozialen Netzwerken. Dort lockten Fernsichten und urwüchsige Wälder mit offenkundig malerischen Pfaden.

Und diesmal würden wir sogar zu dritt sein: unser Vereinskamerad Robert wollte Johannes und mich begleiten. Wir trafen uns im Ziel in Lorch, um von dort gemeinsam zum Start nach Kemel zu fahren. So weit, so gut. Durch die ganze Fahrerei kamen wir allerdings später los, als im Sommer vielleicht ratsam gewesen wäre. Erst gegen 9 Uhr trafen wir voller Vorfreude in Kemel nahe der Wisperquelle ein, eine berauschende Strecke erwartend. Als Highlights erwarteten uns der idyllische Wispersee, schroffe Felskanzeln mit großartigen Ausblicken, spannende Pfadabschnitte, tief eingeschnittene Kerbtäler und ein grandioses Panorama am Naturschutzgebiet Nollig. Davon hatten wir nicht nur die Bilder gesehen, auch ist der Wispertaunussteig vom Deutschen Wanderinstitut mit dem Premiumsiegel versehen und verbindet die beiden UNESCO-

Welterben Obergermanisch-Raetischer Limes und Oberes Mittelrheintal.

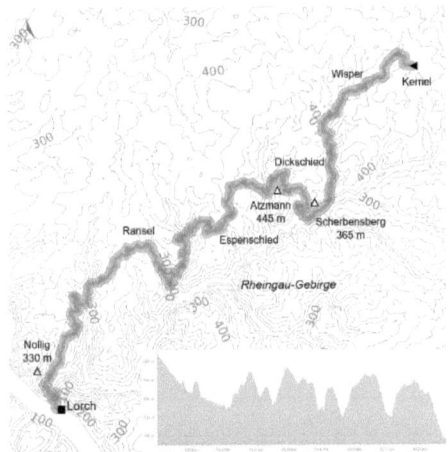

Bild 4: Die Strecke des Wispertaunussteigs
© 2021 MapOSMatic und Openstreetmap.org

Den Lauf der Wisper begleitend starteten wir also unseren FKT-Versuch auf dem Wispertaunussteig. Zu Beginn ging es auf den ersten 10 km fast ausschließlich bergab, mal über Waldpfade, mal über Wiesenwege, mal über Wurzeln und Brücken. Die Stimmung war gut und wir ließen es recht gemütlich angehen, schließlich würden wir einige Stunden unterwegs sein.

Zusätzlich dazu, dass insbesondere die erste Hälfte des Wispertaunussteigs wirklich sehr schön ist – an dieser Stelle auch die ausdrückliche Empfehlung, dort einmal zu laufen oder zu wandern! – ist der Steig auch sehr gut ausgeschildert. Auf den ganzen 44 km der Route verliefen wir uns nur zwei Mal: einmal kurz nach der Streckenhälfte, als wir unkonzentriert an einer Steigung vorbeiliefen, einmal ganz am Ende in Lorch. Dann war es gut, die Strecke auch auf der Uhr zu haben, die Streckenpaten der Wispertrails leisten aber hervorragende Arbeit!

Der erste markante Wegpunkt war der malerische Wispersee, an dessen Ufer wir nach wenigen Kilometern entlangliefen. Danach ging es weiter durch den Wald. Noch plauderten wir ausgiebig, die steilen Anstiege folgten später. Auch war ich bereits am Futtern, um bis zum Ende Energie zu haben.

Immer wieder gab es richtige Trailpassagen. Mal führten die schmalen Pfade nur um Parkplätze herum, mal ging es auch länger über diese herrlichen Abschnitte über die Wisper und an Hängen entlang.

Es war nicht so wie beispielsweise auf dem Klostersteig, wo wir völlig allein waren. Hier trafen wir immer wieder auf andere Wanderer. Neben dem Wispertaunussteig gibt es im Wispertal noch viele weitere ausgeschilderte Routen, die wir mit unserer langen Tour ab und an streiften.

Mittlerweile liefen wir durch die Naurother Schweiz, durch die wieder einer dieser traumhaften Pfade über einen mit Kiefern und Krüppeleichen bewachsenen Felsenrücken verlief, dann erreichten wir den Wisper-Canyon, die engste und am tiefsten eingekerbte Passage der Wisper. Und dann – die ersten 10 km waren im Nu gelaufen –, ging es los mit den Anstiegen. Der Wispertaunussteig ist eigentlich nie (in Summe gibt es Ausnahmen von vielleicht einem Kilometer) flach. Den Beginn machte der lange Anstieg zum Geroldsteiner Tor. Dann führte der Steig zum Dickschieder Fenster und wieder hinab ins Mehrbachtal. Am Wisper Thron ging es hinauf zur Spitzley, einem markanten Schieferrücken. Auch hier gefiel es mir sehr gut. Die schroffen Felsen und der steinige Untergrund erinnerten mich an den Bayrischen Wald, teilweise sogar an die Alpen. Es war wirklich ein Marathon für die Sinne, ein Kurzurlaub auf vier Stunden komprimiert.

Schon hatten wir dann Espenschied erreicht. Hier endet die erste der beiden Etappen, in die der Wispertaunussteig halbiert wird. Wer nach einem Wanderabenteuer sucht, könnte hier übernachten und die zweite Hälfte am Folgetag in Angriff nehmen. Wir liefen recht flugs durch schmale Gassen, über den Wanderparkplatz und dann auf einem schmalen Wiesenpfad, schon hatten wir Espenschied durchquert. Stimmung und Befinden waren nach wie vor blendend.

Weiter im Auf und Ab ging es mit einem steilen Pfad hinab zum historischen Werkerbrunnen, wo im 18. Jahrhundert heilendes Quellwasser in Tonflaschen verkauft wurde. Noch heute kann man die Reste zerbrochener Tonflaschen finden. Vielleicht suchen wir beim nächsten Mal.

Mit Schwung nahmen wir die Trittsteine über den Werkerbach, kurz hielten wir an, um Kopf und Nacken mit Wisperwasser zu erfrischen. Dann folgte das „Filetstück der zweiten Etappe", wie es bei der Wisper-Trail-Beschreibung genannt wurde: den pfadigen Aufstieg zu einem alten Blidenplatz, von wo aus im 12. Jahrhundert Grenzposten des Rheingauer Gebücks belagert wurden, fand ich allerdings nicht sonderlich angenehm. Der steile Pfad zum Werkerkopf war von Dornen, Brennnesseln und zum Glück uninteressierten Hornissen gesäumt, die zwei Wanderer, die sich gerade denselben Weg hinaufwuchteten, ließen uns ins Dickicht ausweichend zum Glück passieren, sonst hätten wir nicht vorbei gekonnt. Wir tauschten nette Worte und wünschten weiterhin viel Spaß.

Robert konnte gar diesem Stück etwas Positives abgewinnen: je steiler es sei, desto weniger brauche man ein schlechtes Gewissen zu haben, in den Wanderschritt zu wechseln. Die langen flacheren Steigungen fand er zermürbender.

Oben auf dem nächsten Bergrücken merkte ich, wie absolut nassgeschwitzt ich war. Mein Leibchen war durchweicht, selbst meine Hose tropfte. Aus der anfänglichen angenehmen

Morgenkühle war ein schwüler Tag geworden. Der leichte Wind, dem wir mit ausgebreiteten Armen entgegenliefen, sorgte für angenehme Kühlung. Entsprechend hätte ich allerdings deutlich mehr zu trinken mitnehmen sollen. Meine Flasche war schon fast leer, nach 30 Kilometern merkte ich bereits, wie Durst aufkam – ein schlechtes Zeichen. Ich hätte mir einen Brunnen oder eine weitere Wisperquerung gewünscht, beides gab es aber bis zum Schluss nicht mehr.

Von Ransel liefen wir jetzt hinab nach Sauerthal, von wo aus wir auf die imposante Sauerburg blickten. Noch waren wir gut unterwegs, der letzte Anstieg zur Hochebene mit atemberaubendem Blick über das Rheintal im Naturschutzgebiet Nollig zog mir dann aber den Stecker: ich konnte einfach nicht mehr. Die letzten acht Kilometer würden sehr lang werden. Ich schlug Johannes und Robert vor, zu zweit durchzuziehen, was beide aber ablehnten. So wurden unsere gemeinsamen Laufabschnitte kürzer, die Wanderabschnitte länger. Immerhin hatten die beiden so mehr Zeit für Fotos. Und obwohl Johannes kaum mehr dabei hatte als ich, gab er mir noch einige Schlucke zu Trinken ab.

Schließlich war Lorch zum Greifen nahe. Von der Hochebene aus hatten wir einen herrlichen Blick auf den Rhein und die angrenzenden Ufer. Was auf der Karte im Vorfeld aber so aussah, als ginge es die letzten vier Kilometer nur noch bergab, täuschte allerdings: immer wieder gab es kurze Gegensteigungen, die mir alles abverlangten.

Der letzte Abstieg hatte es dann noch einmal in sich: fast einem Klettersteig gleich geht es steil über Felsen bergab, die fest installierten Stahlseile sind bitter nötig. Das gefiel mir sehr gut: zum einen war ich abgelenkt, zum anderen hätten wir nicht schneller gekonnt, selbst wenn ich noch auf der Höhe gewesen wäre. Hier war auch viel los, sodass wir uns mit anderen Wanderern absprachen.

Dann zeigte die Uhr nur noch einen einzigen Kilometer, kurz darauf liefen wir nach Lorch hinein. Passend zu den letzten fünfhundert Metern erreichte uns eine Kurznachricht von daheim: „Schneller, wir warten" – tja, hätten wir mal lieber die Schilder weiterhin genau im Auge behalten, denn zum Finale verpassten wir noch einen Abzweig und standen plötzlich in einer Sackgasse. Also wieder zurück, eine Treppe hinauf, um eine letzte Kurve und durch eine Unterführung, dann kam der Parkplatz in Sicht, an dem wir uns vor gefühlt vielen Stunden getroffen hatten, und mit ihm das Infoschild zum Wispertaunussteig, unser Ziel.

Obwohl ich auf den letzten Kilometern vor Lorch ziemlich hatte leiden müssen, war es nicht nur erneut ein tolles Abenteuer mit Freunden, auch hatte ich mich selbst besser kennengelernt. In der Folge recherchierte ich recht intensiv über die Folgen von Dehydrierung im Ausdauersport und stellte fest, dass mich zu wenig Flüssigkeit wohl schon öfter zum Ende von langen Läufen gebremst hatte. Diese Erfahrung würde mir hoffentlich zu besseren zukünftigen Leistungen verhelfen.

In der Folge trieb ich es noch weiter. Bisher hatte ich nie ausprobiert, wie weit ich würde laufen können. Zunächst lief ich, weil der Grüngürtel schon lange auf meiner Liste gestanden hatte, einmal komplett um Frankfurt. Anschließend wollte ich testen, wie weit ich auf dem Grünen Ring um Hannover kommen würde, der noch einmal 15 Kilometer länger ist: würde ich es schaffen, allein auf mich gestellt 80 Kilometer zu laufen? Dieser neue persönliche Rekord sollte den Abschluss einer pandemiebedingt sehr komischen Saison werden:

Was macht man, wenn man in einer Stadt den ganzen Tag alleine Zeit hat? Man könnte durch die Innenstadt bummeln, sich Sehenswürdigkeiten anschauen, Geocaches suchen, eine Fahrradtour machen oder einfach auf dem Hotelzimmer liegen und fernsehen. Teilweise habe ich das auch gemacht, als wir zuletzt in Hannover waren. Auch dieses Mal kamen wir für eine Weiterbildung meiner Frau in die Stadt, ich hatte entsprechend viel freie Zeit alleine.

Per Zufall hatte ich bereits einige Streckenabschnitte des Grünen Rings erkundet: ich war um den Altwarmbüchener See gelaufen und war am Mittellandkanal entlang geradelt. Dabei hatte ich bereits einige der blau angestrichenen Pfosten, Bänke, Bäume und Wegweiser gesehen, die den Grünen Ring, laut NDR eine Fahrradroute, die auf landschaftlich reizvoller Strecke rund um die Landeshauptstadt führt, markieren.

Immer wieder hatte ich mir, während ich in den letzten Wochen überlegte, ob ich es wirklich wagen soll, die Strecke angeschaut und überlegt, was der beste Plan wäre, um dieses Projekt anzugehen. Bei einem Rundkurs kann

Bild 5: Die Strecke des Grünen Rings um Hannover
© 2021 MapOSMatic und Openstreetmap.org

man schließlich überall starten und enden. Steigungen spielen auf dem Grünen Ring um Hannover keine Rolle, zum einen musste der Startpunkt aber gut zu erreichen sein, zum anderen sollte es idealerweise im Ziel Verpflegung geben.

Wie meine Vorgänger fand ich dafür den Altwarmbüchener See als am besten geeignet. Mit der Straßenbahnlinie 3 kann man gut anreisen, außerdem gibt es nicht nur am See einen kleinen Kiosk, sondern außerdem auch auf der anderen Seite der Straßenbahn einen Supermarkt. Nun denn, es konnte losgehen!

Da der Trinkrucksack auf dem Grüngürtel eher suboptimal war, weil ich ständig die Länge der Träger verändern musste und aufgrund des Gewichts hinterher Rückenschmerzen hatte, wollte ich wieder mit meiner Laufweste laufen. Hinein passten ein Wechsel-T-Shirt und meine Windjacke mit Mund-Nasen-Schutz und Geld, ein Riegel, Energy-Blocks und zwei Softflasks, den dritten halben Liter in einer weiteren Flasche verstaute ich in der Hose, zusammen mit Handy, zwei Gels und einer Laugenstange (auf dem Grüngürtel hätte ich Salz gebraucht). Die Flaschen wollte ich unterwegs neu befüllen, dafür sollte es mindestens zwei Möglichkeiten geben.

Auch würde ich andere Schuhe anziehen. Hatte ich mich beim Grüngürtel auf dicke Sohlen verlassen, waren mir doch mit der Zeit ab und zu die Zehen eingeschlafen, weshalb ich dieses Mal meine Dauerlaufschuhe mit Einlagen wählte.

Nach aufwändigem Packen im Hotelzimmer, einem kurzen Stopp beim Bäcker, einer Fahrt mit der Straßenbahn und 600 Meter Spaziergang zum Altwarmbüchener See war ich also am Start angekommen. Obwohl ich im Begriff war, so weit zu laufen, wie noch nie, wollte ich es nicht zu gemütlich angehen. Natürlich darf man nicht zu schnell laufen, auf der anderen Seite wird irgendwann auch die bloße Dauer anstrengend. Gemütlich zügig schien der beste Begriff für diesen Kompromiss zu sein. Um zu Beginn möglichst einfach nur zu rollen und entspannt zu bleiben, lief ich mit Musik auf dem Ohr los. So machte ich mir keinen Kopf darüber, wie abstrus viele Kilometer noch vor mir lagen, sondern lief einfach. Das Tempo passte sehr gut.

Unangenehm war zu Beginn nur, dass ich quasi von Kilometer eins an hätte austreten können, was ich mir aber verkniff, um keine Zeit zu verlieren und ins Laufen zu kommen. Außerdem setzte bald schon spürbar Gegenwind ein, der mich sehr lange – gefühlt bis Garbsen (bei Kilometer 55) – nervte.

Durch den grünen Misburger Wald ging es einem Grünen Ring angemessen streckentechnisch erst einmal angenehm los. Einige der Wege kannte ich durch meinen langen Lauf zum Altwarmbüchener See bereits. So war der Mittellandkanal nach guten fünf Kilometern schnell erreicht.

Am Kanal hätte es schön rollen können. Nach noch nicht einmal neun gelaufenen Kilometern wurde ich aber von der ersten Absperrung aufgehalten. Weil keine Umleitung ausgeschildert war – warum wird das für Fahrradwege eigentlich nie ordentlich gemacht? –, war Improvisation gefragt. Ich lief also den nächstmöglichen Weg nach Anderten hinauf und hatte Glück: auf Anhieb erwischte ich eine passende Parallelstraße und war schnell wieder auf der FKT-Strecke zurück. Uff. Positiv war dabei, dass ich zwei wirklich schöne Katzen sah, für die Svenja bestimmt angehalten hätte.

Nach elf Kilometern ging es dann rechts aufs Feld, auch hier war ich bereits einmal entlang geradelt. Eine sehr schöne Ecke! Erste Bissen meines Müsliriegels kauend ließ ich es weiter rollen und genoss das gute Laufgefühl.

Nachdem dann das Kaiserdenkmal Kronsberg (bei Kilometer 14,5) und ein gefährlich aussehender aber völlig harmloser Hund passiert waren (wie schon auf dem Grüngürtel gab es keine negativen Zwischenfälle), lag Hannover gut sichtbar zu meiner Rechten. Hier oben wäre es sehr angenehm zu laufen gewesen, hätte nur nicht ständig der Wind steif von vorne geweht.

Dennoch konnte ich mir – und das ist bei solch einem langen Unterfangen keine Selbstverständlichkeit – dort ein Segment[1] holen, wobei die Messlatte auch nicht allzu hoch hing. Es war dennoch das erste Zwischenziel. Durch eine lange Allee ging es dann im Anschluss den Anstieg, den es die letzten Kilometer hinauf gegangen war, zügig bergab. Schon war der südlichste Punkt des Grünen Rings erreicht.

Ausgebremst wurde ich nach ca. 18 Kilometern vor dem Ortseingang Laatzen: bei der Wahl zwischen Pfad und Straße entschied ich mich für den Pfad, der aber leider in einer Sackgasse endete. Statt kehrtzumachen und 300 Meter zurückzulaufen sparte ich mir lieber 600 Meter Umweg und kletterte einen Abhang hinauf. Alles noch kein Problem.

Hinter der TUI Arena liegt auch das Messegelände im Süden von Hannover. Dort erinnere ich mich nicht nur gerne an die HMI, sondern auch an die EXPO 2000. Mittlerweile sind die Gebäude schon so lange dem Verfall preisgegeben, dass man einige Plätze als „lost places" bestaunen kann.

Weiter im Laatzener Stadtteil Grasdorf verlief ich mich dann gleich das nächste Mal. Dort waren die vielen möglichen Abzweigungen auf der Karte auf die Schnelle einfach nicht auseinanderzuhalten. Dieser Rhythmusbruch war aber schnell vergessen, denn etwa bei der Halbmarathonmarke entdeckte ich einen Brunnen, den ich spontan dazu nutzte, meine fast

---

[1] Als Segment wird ein Wegabschnitt bezeichnet, auf dem bei GPS-basierten Aktivitäten automatisch die Zwischenzeit gestoppt und daraus eine Rangliste erstellt wird. Auf der Plattform strava erhält man für die Bestzeit eine virtuelle Krone.

schon leere erste Flasche wieder aufzufüllen. Ein halbes Kilogramm schwerer ging es dann weiter, jetzt in Richtung Maschsee.

Ebenso war bereits in Laatzen der Akku meines Kopfhörers leer. Es war nicht unbedingt die glücklichste Ecke für mich, was ich aber erst im Nachgang realisierte.

Durch das folgende Naturschutzgebiet Alte Leine läuft man fast zehn Kilometer lang, teilweise auf kleinen Pfaden. So stelle ich mir einen Grünen Ring vor. Überhaupt war der Grüne Ring um Hannover deutlich grüner als der Grüngürtel um Frankfurt. Auch um Hannover gab es aber natürlich auch unangenehme Ecken, teilweise geht es beispielsweise an großen Bundesstraßen entlang.

Mit dem ersten Gel, das ich dort verspeiste, sendete ich auch einen Zwischenstand an Svenja: „Bisher läuft es sehr gut!", das zeigte auch die Zwischenzeit, denn trotz Abhang, Brunnen und wärmeren Temperaturen als erwartet lag der Schnitt noch bei 4'32/km.

Hemmingen südlich passierend wartete dann die nächste Baustelle auf mich, natürlich wieder ohne Umleitung. Weil allerdings nur die Asphaltdecke fehlte und es keine offensichtliche Alternative gab, lief ich zunächst einfach weiter. Auch nutzte ich die erzwungene Verzögerung, um schließlich doch den Kaffee wegzubringen. Erleichtert lief es gleich viel besser – aber nur kurz. Der ehemalige Radweg mündete nämlich in eine wohl neu gebaute zukünftige Bundesstraße. Mir blieb keine andere Möglichkeit, als die neuen Leitplanken zu überklettern und eine neue Brücke hinaufzulaufen, um anschließend endlich wieder auf Kurs zu sein. Dabei merkte ich dann doch, dass bereits 30 Kilometer in den Beinen steckten.

In Richtung Wettbergen lief es sich in der Folge aber weiterhin gut, jetzt auch ohne weitere Zwischenfälle. Am Sportpark am Empelder Ententeich wurde Fußball gespielt, wobei doch sicherlich mir lautstark zugejubelt wurde und nicht etwa, weil gerade ein Tor gefallen war.

Nach etwa zweidreiviertel Stunden wurde es dann Zeit für ein erstes Drittel meiner Laugenstange. Das Salz tat gut, verstärkte aber die Durst-Problematik. Mir wurde gewahr, dass es ganz schön warm geworden war, obwohl es laut Wetterbericht nicht wärmer als 22 °C hatte werden sollen. Ich würde also vermutlich deutlich mehr Flüssigkeit brauchen, als die 3,5 Liter, die durch ein weiteres Mal auffüllen meiner drei Softflasks zusammenkommen würden. Zum Glück hatte ich mir auf Anraten meines Vereinskameraden Lothar an der Strecke liegende Friedhöfe notiert, dort sollte es laut seiner Aussage öffentlich zugängliches Trinkwasser geben.

Mit der Marathonmarke nach etwa 3:15 Stunden lief es dann auch nicht mehr ganz so fluffig wie zu Beginn. So war der Brunnen, den ich entdeckte, eine willkommene kurze Pause. Zwar musste ich manuell pumpen, was zum Auffüllen etwas unpraktisch war, ich konnte aber etwas trinken, anderthalb Liter Wasser mitnehmen und hatte etwas Kühlung direkt am Oberkörper anliegend. Der kleine Anstieg hinter dem Kriegsfriedhof von Hannover war dennoch anstrengender als er sein sollte. Eigentlich hatte ich gehofft, mindestens bis Kilometer 50 gute Beine zu haben. Nun gut, ich konnte ja jederzeit einfach aussteigen. Erst einmal weiterlaufen.

Die Möglichkeit, die sich ein paar Kilometer später am Ortsausgang von Letter bot, nutzte ich dann spontan: kurzerhand bog ich zur Tankstelle ab und kaufte mir einen halben Liter Cola. In der Folge nutzte ich drei kurze Gehpausen, um die Flasche abzupumpen und neue Energie zu bekommen. Dadurch lief es in Richtung Garbsen über den Stichkanal Hannover-Linden und über den Mittellandkanal wieder besser.

Kurz dachte ich dort erneut, eine Baustelle blockiere meinen Weg, zum Glück ging die Route aber genau an der Absperrung links ab. Glück gehabt. An den Hinüberschen Gärten schickte ich die nächste Statusmeldung an Svenja. Jetzt nicht mehr ganz so euphorisch wie 25 Kilometer zuvor, dennoch aber optimistisch, denn für die verbleibenden 30 Kilometer blieb noch genügend Zeit.

In der folgenden Stunde verstärkte sich dann mein Eindruck, Seitenstechen zu haben. Auch am Tag danach spürte ich noch die Rippen dort, wo die Flaschen in der Weste steckten. Das war sehr unangenehm und behinderte die Atmung. Erst mit der Zeit kam ich auf die Idee, den unteren Haltegurt der Laufweste zu öffnen, wodurch sich der Druck milderte.

Mit dem Forst Heidehaus waren aber bereits 55 Kilometer gelaufen und die nordwestlichste Ecke des Grünen Rings Hannover erreicht. Es ging sozusagen nur noch zurück. Und das immer wieder auf schönen Waldwegen. Wären die großen, dreckigen Straßen nicht, die heutzutage wohl zwangsläufig zu einer Großstadt dazugehören, wäre der Grüne Ring durchgängig eine sehr angenehme Runde fernab der Stadt durch die Natur. Immerhin hatte ich oft Glück mit den Ampeln: mehrmals sprangen sie genau auf Grün, als ich ankam. Hannover gefällt mir als Großstadt also weiterhin sehr gut.

An einem Kinderwald mit bemalten Kunstwerken aus Holz vorbei ging es schließlich nach 58 Kilometern erneut am Mittellandkanal entlang, bevor die Strecke ab dem Mecklenheider Forst noch einmal gen Norden abbog. Frisch war ich jetzt wirklich nicht mehr, ich musste mich voll konzentrieren, um die richtigen Abzweigungen zu erwischen. Es wurde also Zeit für eine zweite Cola.

Torben, dessen Lauf auf dem Grünen Ring ich mir im Vorfeld angesehen hatte, hatte bei seinem Lauf um Hannover nach etwa 62 Kilometer einen Supermarkt gefunden, den ich jetzt auch ansteuern wollte. In Godshorn wollte aber einfach kein Geschäft auftauchen, sodass ich recht verzweifelt in eine Bar stolperte, in der noch Gäste beim Mittagessen saßen. Kundschaft brauchte der Wirt wohl aber nicht, ebenso wenig wie gutes Karma. Mit einem unfreundlichen „geschlossene Gesellschaft" ignorierte er meine Bitte einfach. Seine Kollegin erzählte auf Nachfrage zumindest etwas von einem Kiosk, der aber in der falschen Richtung lag. Ich hoffte das Beste und lief erstmal weiter.

Zu meinem Glück tauchte drei Brücken später in Langenhagen doch ein Supermarkt auf. Der große Parkplatz bedeutete zwar 200 Extrameter, die waren es mir aber Wert. Und im Gegensatz zum Wirt von eben war die Kassiererin ausgenommen freundlich, sodass ich mit einem Lächeln auf die verbleibenden Kilometer gehen konnte.

Gute 15 waren es jetzt noch, und so langsam musste ich mich sputen, wenn ich an meinem Vorhaben einer neuen FKT festhalten wollte. Über fünfeinhalb Stunden war ich nämlich bereits schon unterwegs.

Die einem Seitenstechen ähnlichen Beschwerden waren durch den offenen Gurt mittlerweile erträglich, so langsam wollten aber meine Oberschenkel nicht mehr. Zum Glück blieb ich bis zum Ende von Krämpfen verschont, dennoch braucht es für solch lange Strecken wohl mehr als meine gelegentlichen Ausfallschritte und Kniebeugen.

Sehr hilfreich war meine damals neue Uhr nicht nur deshalb, weil ich so sehr praktisch immer den richtigen Weg angezeigt bekam, sondern außerdem, weil ich so Nachrichten lesen konnte, ohne das Handy herauszukramen. So konnte ich jetzt auf dem kleinen Display die virtuellen Anfeuerungsrufe von Svenja, Philipp und Johannes lesen.

Dennoch aber ging es nicht mehr wirklich schneller. Die Oberschenkel mussten angetrieben werden, ich wusste schon jetzt, dass ich mir Muskelkater einhandelte. Aber mit bereits 70 gelaufenen Kilometern gibt man natürlich nicht mehr wegen müder Beine auf.

Sehr demotivierend war zuvor nur eine Stelle bei Kilometer 68, bei der ich eine blau eingefärbte Stelle auf der Karte als Fluss deutete und so zu früh, nämlich vor der Brücke, links abbog. Gemeint war aber wohl eine Art Feuchtgebiet, sodass ich zur Umkehr gezwungen war. Zur Galopprennbahn Neue Bult wollte ich nicht.

Zunächst waren es irgendwann nur noch acht Kilometer und es ging über ein heißes Feld. Dann waren es nur noch sechs Kilometer und ich konnte trotz meines Schleichschritts noch andere Jogger überholen. Das Ziel fest im Blick kam ein weiterer Anfeuerungsruf von Svenja auf die Uhr, dass ich die FKT deutlich unterbieten werde. Ich war mir nicht mehr so sicher. Wenn die Oberschenkel versagen würden, wären auch 40 Minuten für fünf Kilometer nicht allzu lang. Und durch die kleinen Umwege würden es mehr als 80 Kilometer werden. Jetzt zählte jeder Meter.

Dann aber war der Altwarmbüchener See auf den Rad-Wegweisern ausgeschildert. Nur noch drei Kilometer und die Oberschenkel hielten. Meist interessiert es mich nicht, was andere Leute von mir denken, jetzt fragte ich mich aber, ob man die Evolution des Ultralaufens wohl erahnen könnte: Auch später beim Aussteigen aus der Straßenbahn schmunzelte ein Mann, als er mich recht unrund laufen sah – ob er wohl an den eigenen Marathon erinnert wurde? Schließlich ist man zu Beginn nur ein normaler Dauerläufer, dann Halbmarathoni, Marathoni und am Ende Ultraläufer. Pro Wegstrecke ist man also in gewisser Weise auch ein anderer Läufer.

Viel wichtiger als diese Fragen waren aber natürlich die verbleibenden Meter. Denn schließlich war der See erreicht. Auch die letzten 300 Meter waren noch einmal lang, es würde aber wirklich reichen! Gute sieben Stunden nach meinem Start stoppte ich exakt dort, wo ich am Morgen losgelaufen war. Nach einem tiefen Verschnaufen steuerte ich direkt das See-Café an. Zeit für weitere Getränke. Prost auf ein weiteres tolles Abenteuer!

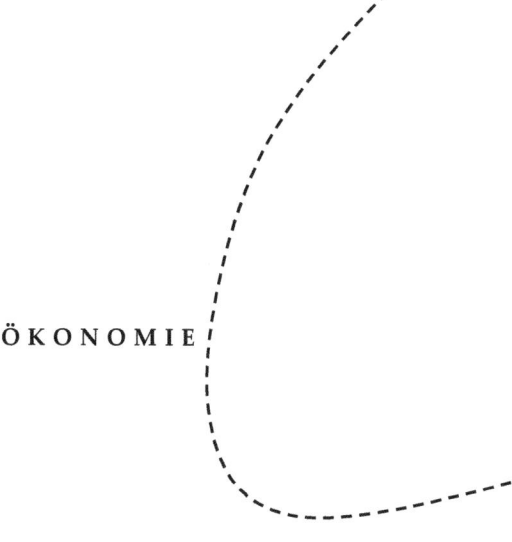

Ö K O N O M I E

Ökonomisch laufen, das hört sich doch gut an! So leicht, so frei, so schnell! Geradezu mühelos. Findet ihr nicht? Ökonomisch laufen verbinde ich mit einem Bewegungsablauf, bei dem alle Muskelstränge perfekt miteinander koordiniert sind, bei dem es keine Extrabewegungen gibt und dadurch nur die minimal nötige Energie verbraucht wird.

Als Vergleich könnte man das Auto nehmen. Hier sollte das Ziel sein, mit wenig Sprit möglichst schnell so weit wie möglich zu kommen. Man möchte nach Möglichkeit wenig Energie verbrauchen, um Umwelt und Geldbeutel zu schonen.

Auch der Duden spricht bei der Begriffsdefinition von „ökonomisch" – sofern nicht die Wirtschaft gemeint ist – von einem möglichst sparsamen Einsatz oder Verbrauch trotz großem Nutzen. Aber trifft das beim Laufen wirklich zu? Wer möchte ökonomisch laufen?

Wenn ich für mich spreche, dann möchte ich, weil ich in Rennen gut abschneiden will, ökonomisch laufen, um mit meinen endlichen Energieressourcen auf exakt der gewählten Wett-kampftrecke die maximale Laufgeschwindigkeit realisieren zu können. Ökonomisch laufen heißt in diesem Fall: keine Ener-gie verschwenden, um möglichst schnell zu sein. Die optimale Nutzung der vorhandenen Energie steht dabei bei jedem Schritt im Mittelpunkt. Weniger Energie bei schnellerem Tempo, das wäre ideal!

Nun gibt es viele, die ebenso versuchen, ihren individuellen Voraussetzungen angemessen, bestimmte Wettkampfstrecken möglichst schnell zu absolvieren. Noch viel mehr Läuferinnen und Läufer gibt es aber, denen es gar nicht um das Wettstreiten geht. Nicht jeder ist so verrückt, sich die Lunge aus dem Leib rennen zu wollen, nur um herauszufinden, welche Zahlen am Ende auf der Digitaluhr stehen. Die soziale Komponente könnte im Vordergrund stehen, der Spaß an der Bewegung an sich, oder auch beispielsweise das Abnehmen.

Und müssen im letzteren Fall entsprechend die Prioritäten nicht anders gesetzt werden? Weil doch, um Abzunehmen, es das primäre Ziel ist, möglichst viel Energie zu verbrennen. Ide-alerweise auf einer kurzen Strecke, um Zeit zu sparen. Im Grunde ist das genaue Gegenteil der oben genannten Intentio-nen das Ziel, nämlich mit jedem Schritt möglichst viel Energie loswerden.

Für all solche Läufer müsste es entsprechend besser sein, möglichst unergonomisch zu laufen. Vielleicht sollte man also auch einschlägige Laufseminare anbieten, bei denen energe-tisch ungünstige Bewegungen favorisiert werden. Nicht sol-che, bei denen man laufen "lernt", sondern eher verlernt. Mit einer Armhaltung, die möglichst viel Rotation in den Oberkör-per bringt. Mit einer Hüfte, die möglichst tief ist. Und noch viel mehr davon. Natürlich nur in dem Rahmen, dass die Abnehm-willigen unverletzt bleiben. Dann müsste man nicht mehr so große Runden laufen, um abzunehmen.

Und doch kann unökonomisches Laufen kein Ziel sein, das Gedankenexperiment macht keinen Sinn. Mit einem optimierten Laufstil lässt es sich nämlich nicht nur schneller, sondern auch einfacher bzw. leichter laufen. Eine sehr schöne Auswirkung davon sind weniger Verletzungen und Schmerzen, noch viel größer ist aber der Effekt, dass leichteres Laufen viel mehr Spaß macht. Überhaupt ist der Einstieg ins Laufen nur deshalb so mühsam, weil es eben etwas Form braucht, bis dass Laufen Vergnügen bereitet.

Zum einen führt Laufspaß nun in der Folge aber zu häufigerem und längerem Laufen, sodass in Summe deutlich mehr Kalorien verbrannt werden, zum anderen sieht man durch schnelleres Laufen in der gleichen Zeit mehr und kann von unserer schönen Welt mehr erkunden. Dadurch, dass der Laufspaß größer ist, kostet es weniger Überwindung, überhaupt erst loszulaufen, was wie bekannt überhaupt die größte Hürde ist.

Also doch: ökonomisch laufen hört sich gut an. Für jeden von uns!

AKTIVISTEN, TINA

Es hatte alles so harmlos angefangen. Was mit einem leichten
Unwohlsein begann, wurde nach und nach zu einem immer
größeren Unglauben, schließlich dann zu Entsetzen. Die
Schockstarre, die folgte, wandelte sich aber bald. So klein ihr
Beitrag auch sein mochte, sie wollte unbedingt etwas unter-
nehmen.

Tina war behütet aufgewachsen, in einer kleinen Stadt abseits
von Großstadtverkehr, dennoch aber mit Infrastruktur und allem, was es zum Leben braucht. Lange hatte sie sich keinerlei
Gedanken machen müssen, weder um ihren Lebensweg noch
um ihre Lebensumstände: immer stand Essen auf dem Tisch,
auch Urlaub und andere Annehmlichkeiten waren im Budget,
die Ehe ihrer Eltern war intakt, ihr Weg durch die Schule un-
problematisch.

Früh schon wusste sie, dass sie Polizistin werden wollte.
Der Aufnahmetest war kein Hindernis – sie war schon immer
ausnehmend sportlich gewesen. So ging es nach dem Abitur

unaufgeregt weiter. Durch die Ausbildung änderte sich dennoch alles, jetzt stand sie auf den eigenen zwei Beinen, in ihrem eigenen kleinen Zimmer mit Gemeinschaftsbad und –küche. Zum ersten Mal musste sie sich um alltägliche Dinge wie Wäschewaschen, Putzen und Einkaufen kümmern. Doch sie genoss die Selbstständigkeit.

Gleichwohl lebte sie nicht unbedingt gesünder. Am einfachsten war es, sich zum Abendessen eine Tiefkühlpizza in den Ofen zu schieben oder eine Tütensuppe aufzuwärmen. Die tägliche Portion Gemüse fiel damit weg, Auswirkungen spürte sie aber erst einmal nicht.

Das änderte sich allerdings, als sie sich eingelebt hatte und immer mehr Zeit und Energie in ihr neues Hobby investierte. Hatte sie als Jugendliche gerne das Leichtathletiktraining ihres Heimatvereins besucht und war dort recht vielseitig gelaufen und gesprungen – mit dem Werfen hatte sie es nicht so –, war jetzt mehr Flexibilität notwendig: gerne ging sie, um den gesamten Körper fit zu halten, ins polizeieigene Fitnessstudio, viel öfter zog sie nach und nach außerdem die Laufschuhe an und drehte eine Runde. Mal zügig, mal langsam, ganz wie sie sich spontan fühlte.

Dann kam das jährliche gemeinsame Sportevent: das Deutsche Sportabzeichen sollte absolviert werden. Für manche war es Quälerei, für andere, wie auch für Tina, ein spaßiger Nachmittag. Dabei stand auch, nach Sprint, Sprung und Wurf, der 3.000-m-Lauf auf dem Programm. Und dafür wähnte sich Tina sehr gut vorbereitet.

Entsprechend lief sie einfach vorne mit. Zu Beginn waren da fast alle Jungs, denn sie alle wollten zeigen, was sie für Kerle sind. Schnell konnten schon die ersten aber nicht mehr und fielen schnaufend zurück. Länger als den ersten Sprint hielten nur wenige durch, nach den ersten anderthalb Runden auf der Stadionbahn war Tina nur noch in der Gesellschaft von drei Kollegen.

Ihr Ehrgeiz war geweckt: würde sie die anderen drei auch noch abhängen können? Sie erhöhte das Tempo und lief vorneweg. Leider hielt das großartige Gefühl nicht lange, nach zwei Dritteln der Distanz wurde sie langsamer und musste sich überholen lassen. Ein Kollege lief ihr davon, ein anderer blieb hinter ihr, immerhin den dritten hatte sie distanzieren können.

Auf der Schlussrunde ging dann ihr Begleiter an ihr vorbei und setzte zum Schlussspurt an. Erst im Windschatten halten und dann die weibliche Konkurrenz überspurten, das war aber nicht die feine englische Art! Tina kämpfte verbissen um Anschluss, musste auf den letzten 100 m aber klein beigeben. Dennoch: sie hatte sich hervorragend geschlagen und Blut geleckt. Noch am selben Abend meldete sie sich für ihren ersten Volkslauf über 10 km an.

Zur Vorbereitung auf ihren ersten Lauf-Wettkampf lud sie sich einen Trainingsplan aus dem Internet herunter und trainierte immer ambitionierter. Jetzt reichten ihr aber Tiefkühlpizza und Tütensuppen nicht mehr, denn: „ohne Mampf kein Dampf!" und „du bist, was du isst!". In der Folge beschäftigte sie sich immer mehr mit Vitaminen und Inhaltsstoffen, Kalorien und der Ernährungspyramide.

Diesen Schritt hatte sie deutlich unterschätzt, denn jetzt hatte sie die Büchse der Pandora geöffnet.

Dass sie vor dem Laufen keine Kuhmilch vertrug, hatte sie schon früh feststellen müssen: Milch war ein Garant dafür, dass Tina in die Büsche abbiegen musste, weshalb sie schon länger darauf verzichtete. Jetzt las sie aber von immer mehr Top-Athleten – sowohl männliche als auch weibliche deutsche

Marathonrekordhaltern[1], Ironman-Weltmeistern[2], Ultraläufern[3] oder Tour de France-Teilnehmern[4] –, die sich vegetarisch oder vegan ernährten[5]. Warum sollte man sich überhaupt fleischlos oder gar sämtlich ohne tierische Produkte ernähren? Bisher hatte sie sich schlicht und einfach mit der ganzen Problemstellung nicht auseinandergesetzt.

Zunächst glaubte sie noch, dass es nicht so schlimm sein könnte. Schließlich hatte sie mir ihrer Familie Jahr für Jahr Urlaub auf dem Bauernhof gemacht und sogar miterlebt, wie Tiere geschlachtet wurden. So hart es klingen mag, aber sie hatte immer gewusst, dass für ihr Essen Tiere sterben mussten. Bisher hatte sie aber immer geglaubt, dass es den Tieren bis zur Schlachtung gut ginge – obwohl auch schon damals die Schweine viel zu beengt und nur auf Beton alles andere als artgerecht gehalten wurden.

Kurz gesagt: innerhalb kürzester Zeit stellte sie fest, dass sie gleich doppelt in die Marketing-Falle der Fleischindustrie getappt war. Zum einen hatten Schnitzel, Wurst und Speck für sie so etwas befreiend Abstraktes. Durch die ganze anonyme Darstellung sind die Waren sehr weit weg von den süßen Kälbchen oder Schweinen, die sich gerne streicheln lassen. Der Tod kann ausgeblendet werden. Zum anderen hatte sie die positive Mediendarstellung, wenn ein einziges Bild eines glücklichen Tiers auf grüner Wiese gezeigt wird, ohne weiter darüber nachzudenken auf alle Artgenossen übertragen. Diese

---

[1] (Heidl, 2015)
[2] (Nassir, 2021)
[3] (Jurek & Friedman, 2014)
[4] (Volkmann, 2017)
[5] (Keleman, 2021)

Wunschvorstellung, so lernte sie, ist aber nur die absolute Ausnahme: in ihrem Heimatland mussten 98 % der Nutztiere in Massenhaltung[1] leben.

Was sie an dieser Darstellung abgesehen von ihrer eigenen Blauäugigkeit besonders ärgerte, war die Tatsache, dass schon Kindern mit grünen Weiden und idyllischen Szenen, wie sie gerne in Kinderbüchern oder in der Werbung porträtiert werden, eine landwirtschaftliche Tierhaltung vorgespielt wird, die es schlicht nicht gibt[2]. So wird die Attitüde des Wegschauens von klein an initiiert.

Tina konnte fortan aber nicht mehr wegschauen. Die Massentierhaltung wurde für sie ein schauriges Phänomen. Sie konnte es nicht fassen, dass die Horrorclips, die sich schnell und einfach im Internet finden lassen, Schlachthaus-Normalität sind. Und Menschen, die die eingepferchten Tiere misshandeln, sind nur die Spitze des Eisbergs. Eigentlich reichen schon die Lebensumstände.

Die Tiere leben erst beengt[3] – ohne Bewegungsfreiheit, frische Luft oder natürlichen Boden und Nahrung –, brauchen dabei Medikamente, um überhaupt zu überleben und werden dann misshandelt und getötet[4]. Nicht einmal die gewissenberuhigenden Label[5] bringen den Tieren eine merkliche Besserung der Lebensumstände[6].

Und dennoch reden sich alle ein, sie würden gutes Fleisch essen. Sie konnte es nicht mehr hören! Viele behaupteten sogar

---

[1] (Ahrens, 2021)

[2] (Albert Schweitzer Stiftung, 2021)

[3] (Peta, 2006)

[4] (Grimm, 2015)

[5] (Istel, 2014)

[6] (Peta, 2018)

– oft sogar Ärzte – dass man Fleisch bräuchte. Was schlicht falsch ist[1]. In gewisser Weise fühlte sich Tina an ihren Geschichtsunterricht erinnert. Auch in den Zeitzeugenberichten hatte sie nie glauben können, dass inmitten der Gesellschaft Grausamkeiten verübt werden können, während Mitmenschen wegschauen statt zu protestieren. Allein aus Selbstschutz.

Auch Tina hatte immer gerne Wurst gegessen. Bierschinken beispielsweise, solange sie nicht genauer darüber nachgedacht hatte, was sie da eigentlich aß. Im Thema eingearbeitet wollte sie jetzt einmal wissen, was sie sich früher so gerne einverleibt hatte. Der Appetit verging ihr jetzt vollends, denn als Fleisch konnte man die Wurst nun wirklich nicht bezeichnen. Abfall traf es schon eher: Fleischreste, als Separatorenfleisch[2] bezeichnet, in Form einer pastösen Masse, Hühnerhaut und Zusatzstoffe[3]. Ihr wurde übel.

Mit diesen Erkenntnissen konnte sie nicht anders. Ohne sich durchringen zu müssen war die Entscheidung gefallen, keine Tiere mehr zu essen[4]. Mit Joghurt, Butter und Eiern tat sie sich zunächst noch schwer, der erste Schritt aber war getan.

Die Reaktionen auf diesen Entschluss waren heftiger als erwartet, insbesondere die ihrer Familie. Zum einen wunderte sie daran die Überraschung, hatte sie doch schon immer eine Abneigung gegenüber Fleischbergen gezeigt und nur in Ausnahmefällen ein Steak gegessen.

Fast schon komisch war es außerdem, dass sich jetzt sogar entfernte Bekannte um ihren Vitamin- und Nährstoffbedarf

[1] (Rittenau, 2018)
[2] (Bundesinstitut für Risikobewertung, 2006)
[3] (Rätz, 2016)
[4] (Foer, 2019)

Gedanken machten, während in der Zeit von Tiefkühlpizza und Tütensuppen, in der sie sich garantiert mangelernährt hatte, kein Hahn danach krähte – aber schließlich hatte sie damals noch Fleisch gegessen. Wäre es nicht so abstrus falsch, sie hätte darüber lachen können.

Am meisten ärgerte sie sich über ihre Schwester und deren Mann. Es war wie im Internet, wenn erwähnt wird, dass es ethisch nicht vertretbar sei, die abartig ausgeartete Massentierhaltung zu unterstützen und hasserfüllt provokante Fleischesser völlig unreflektiert mit „darauf brate ich mir jetzt erstmal ein lecker Steak" antworten. Eigentlich hatte sie beide für intelligente Menschen gehalten. Wenn selbst sie die Problematik aber nicht verstanden, wie konnte dann noch Hoffnung für unseren Planeten sein?

Durch die Blökerei von „Fleisch, Fleisch, Fleisch!" konnte es nämlich gar nicht erst zu einer sachlichen Diskussion kommen. Sie hatte gute Argumente, keine Tiere mehr zu essen und wollte die Gegenseite gerne verstehen, ihr fielen nämlich schlicht und einfach keine Gründe für das Fleischessen ein.

Ihre Argumentation basierte vor allem auf drei Gründen: Gesundheit, Klima- bzw. Umweltschutz und Tierwohl[1]. Sie wollte, für ihre Gesundheit, nichts essen, das mit Wachstumshormen und Antibiotika vollgepumpt ist, Krebs und Herz-Kreislauf-Erkrankungen begünstigt, gesättigte Fettsäuren und außerdem noch Cholesterin enthält. Als Läuferin, die gerne in der Natur unterwegs ist, lag ihr außerdem die Umwelt am Herzen. Für die Massentierhaltung und entsprechend die benötigten Futtermittel werden großflächig Wälder abgebrannt[2],

---

[1] (Peta, 2017)
[2] (Wolter, 2013)

es entstehen viele tausend Tonnen CO_2[1], außerdem sind die anfallenden Mengen an Ausscheidungen giftig und müssen gesondert entsorgt werden, wenn nicht weitere Ökosysteme zerstört werden sollen[2]. Und natürlich bleiben noch die Tiere selbst. Auch ist der Begriff der Massentierhaltung irreführend, denn selbst die Tiere in kleinen Ställen „beim Bauern nebenan" leiden oftmals wie ihre Artgenossen in den Megaställen.

Und all das, obwohl es mittlerweile reichlich Auswahl an gesünderen pflanzlichen Alternativen gibt.

Jetzt überhaupt noch zu diskutieren war ihr fremd, aber selbst wenn sie versuchte, in die Haut eines überzeugten Fleischessers zu schlüpfen, wollten ihr keine guten Argumente einfallen. Wer sich über fehlendes Eiweiß Gedanken macht, kennt scheinbar Hülsenfrüchte[3] nicht. Wer davon spricht, dass Menschen das schon immer so gemacht hätten (nicht alle[4]), lebt zum einen sicher noch in Höhlen und kennt weder Feuer noch das Rad und ignoriert außerdem die Tatsache, dass es bis zur ersten Hühnerfarm auch nie Massentierhaltung gegeben hatte. Wer von Kultur spricht, unterstützt sicher auch die Grindwaljagd auf den Färöer-Inseln[5], bei der einmal im Jahr hunderte Wale von den Menschen in seichtes Wasser getrieben und abgeschlachtet werden. Wer schließlich von Genuss bzw. Lust spricht, hat sicher auch nichts dagegen, dass Frauen vergewaltigt werden – schließlich befriedigt der Täter auch nur seine Lust.

---

[1] (GRAIN, Institute for Agriculture and Trade Policy, & Heinrich Böll Foundation, 2017)
[2] (Benton, Bieg, Harwatt, Pudasaini, & Wellesley, 2021)
[3] (Elmadfa & Fritzsche, 2005)
[4] (Harari, 2013)
[5] (ocean care, 2014)

Die einzige Erklärung, die ihr einfiel, war, dass sich scheinbar niemand wirklich damit auseinandersetzte, was der Körper braucht und wie man sich gesund ernährt. Halbwissen und Vorurteile umweben scheinbare Tatsachen. Und kaum jemand wendet die Energie auf, einmal nachzuforschen, wobei es doch wenig gibt, was wir häufiger tun, als zu essen.

Von ihrem Vater, der schon immer gerne Fleisch gegessen hatte und es jetzt auch weiterhin tat, sich immerhin aber die Argumente anhörte, hatte sie Altersstarrsinn erwartet, nicht aber von ihrer Schwester. Wie konnte man nur so verbohrt sein?

Mit ihr kam es nie zu einer sachlichen Diskussion. Gerne hätte sie ihr all die Ungerechtigkeiten der Tierhaltung ins Gesicht geschrien, aber das hätte nichts geholfen. Sie musste selbst zu der Erkenntnis kommen. Sie musste selbst entdecken, dass sich bei Geflügel die Kontrollen oft darauf beschränken, die toten Tiere irgendwann aus dem Haltungssystem zu entfernen. Dass auf eingestreute Liege- und Laufflächen weitgehend verzichtet wird. Dass die Tiere gar auf so engem Raum und in reizarmer Umgebung gehalten werden, dass sie sich nicht einmal umdrehen können. Dass Schnäbel, Zähne und Hörner ohne Betäubung entfernt werden, dass es in zu großen Gruppen wegen der fehlenden Rangordnung immer wieder zu Kämpfen bis hin zum Kannibalismus kommt. Dass die Rassen der Massentierhaltung längst so speziell auf ihren Zweck getrimmt sind, dass sie nicht mehr zeugungsfähig sind, sondern künstlich befruchtet werden müssen, während die natürlichen Tierrassen nach und nach aussterben. Dass die Qualzucht nur auf immer mehr Fleisch, Milch und Eier ausgelegt ist[1].

---

[1] (Ciraci, 2019)

Eigentlich hilft nur Wegschauen. Aktives Wegschauen, denn selbst wenn man nicht aktiv nach Tierquälerei oder Massentierhaltung sucht, bekommt man durch die neuen, schnellen Medien immer etwas mit. Früher konnte man noch behaupten, von Ungerechtigkeiten nichts mitbekommen zu haben. Heute aber ist es kaum möglich, all das Leid wirklich nicht zu sehen.

Es gibt unzählige Videos von Legehennen und Kaninchen, die in engsten Käfigen hausen, von Puten und Masthühnern, die sich in Ställen ohne Tageslicht tummeln, von Milchkühen in Anbindehaltung und von Sauen in Kastenständen. Keines dieser Tiere kann das eigentliche arteigene Verhalten, das Bewegung, Ruhen, Futteraufnahme, Erkundungs-, Komfort- oder Sozialverhalten beinhaltet, ausleben.

Gleichzeitig nehmen durch solche Lebensumstände natürlich die Infektionen zu. Tiere der Massenhaltung bekommen bereits prophylaktisch Antibiotika verabreicht[1]. Rückstände dieser Medikamente bleiben vor allem in Form antibiotikaresistenter Keime im Fleisch zurück und führen wiederum dazu, dass Antibiotika beim Menschen wirkungslos werden[2].

Menschlichkeit ist dem kapitalistischem System aber generell ein Fremdwort. Dass Legehennen bereits im Alter von zwei Jahren getötet werden, weil sie nicht mehr so viele Eier legen, obwohl sie natürlicherweise bis zu zehn Jahre alt werden, dass allein in ihrem Land 50 Millionen männliche Küken kurz nach der Geburt vergast werden, dass Kälber nur wenige Tage nach der Geburt der Mutter entrissen und in kleine Boxen gesperrt werden, dass Schweine sogar in Biohaltung in Metallkäfigen gehalten werden dürfen, in denen sie sich nicht drehen

---

[1] (Dehmer, 2016)
[2] (Schlütter, 2016)

können, ist in Anbetracht all des Leids schon gar nicht mehr erwähnenswert.

Dabei sind Tiere doch keine Dinge, sondern fühlende Lebewesen!

Dachte zumindest Tina.

Und diese Gedanken ließen sie nicht mehr los. Erst verzweifelte sie, weil sie niemand wachzurütteln vermochte. Bald fand sie aber aus diesem verzweifelten Gemütszustand wieder heraus, auch durch das Laufen. Dort fand sie Gleichgesinnte, die auch bereits die Büchse der Pandora geöffnet hatten und genauso verzweifelt waren wie sie. Die aber ihre Stimme hoben und auf die Missstände aufmerksam machten.

Während Tina also nach und nach tierische Produkte immer weiter reduzierte und schnell auch leckere Alternativen fand – aus einer Tina, die gerne Joghurt aus Kuhmilch aß, wurde beispielsweise eine Tina, die Haferjoghurt liebte; aus einer Tina, die sich sehr einseitig ernährte, wurde beispielsweise eine Tina, die immer viele verschiedene Gemüsesorten zu Hause hatte – wurde das Laufen immer mehr der Ausdruck ihrer Überzeugung. Sie wollte zeigen, dass der menschliche Körper zu größeren Leistungen imstande ist, wenn er nicht durch die Erzeugnisse der modernen Fleischindustrie belästigt wird.

Natürlich gab es ihr gegenüber immer wieder auch Spott, dumme Kommentare oder gar Anfeindungen. Wenn beispielsweise, wie zuletzt, der Einstand eines neuen Kollegen mit Mettbrötchen gefeiert wurde und ihr keine Alternative blieb als gar nichts zu essen, weil sämtliche Brötchen bereits beschmiert waren und auf ihre Rückfrage nur „dann isst du mal was Vernünftiges" geblökt wurde, wusste sie auch nicht weiter. Gerne wäre sie in solchen Situationen schlagfertiger, gute Antworten fielen ihr meist erst Stunden später ein.

Dennoch weckte sie allein durch solch unschuldige Rückfragen zumindest ab und zu auch Interesse, was sie so sehr beflügelte, dass aller sonstiger Spott an ihr abperlte. So fragte sie beispielsweise ein anderer Kollege, der ambitioniert Kraftsport betrieb, ob er nicht das tierische Eiweiß brauche, um Muskeln aufbauen zu können. Seit sie sich anschließend über eine Stunde lang über den derzeit stärksten Mann der Welt, der sich rein vegan ernährt[1], unterhalten hatten, war er zu Tinas größtem Mitstreiter geworden, der ihr immer wieder freudestrahlend seine neuesten Erkenntnisse und Ernährungstricks mitteilte.

Gespräche wie diese, ihre Läufe mit Gleichgesinnten und jedes leckere Essen überzeugten sie immer wieder aufs Neue, jetzt auf einem besseren Weg zu sein. Sie hatte ihre Hoffnung für das Klima und die vielen leidenden Tiere noch nicht aufgegeben.

---

[1] (Wallrodt, 2015)

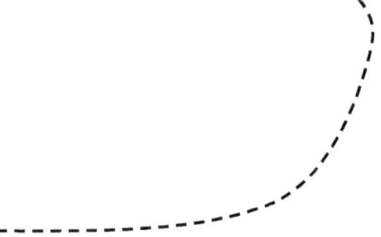

EIN RASCHELN IM WALD

Manchmal, wenn es einsam ist, im Wald, und ganz still, höre ich nur meine Hose rascheln.

Denn absolut still, heißt es, wird es nie.

Dann, wenn man gerade einmal nichts hört – keinen Flugzeuglärm, keine anderen Menschen, die reden oder rufen, keine rauschende Autobahn oder anderen Verkehrslärm –, dann hört man die kleinen Dinge. Den Wind, der durch das Blätterdach raschelt, die Vögel, die zwitschern und ihre Lieder trällern, die Tiere, die im Dickicht Äste brechen, Wasser, das plätschert.

Und die Geräusche, die man selbst verursacht: das Herz, das wummert und der Atem, der strömt. Die Schritte auf dem Boden, die mal klatschen und mal rutschen, ganz unterschiedlich auf Asphalt, Schotter, Wiese oder Waldboden. Sowie natürlich die eigene Kleidung, die raschelt.

Manchmal also, wenn es einsam ist, im Wald, und ganz still, höre ich nur meine Hose rascheln.

Das liegt am Material. Ein Material, das den Schweiß schnell verdunsten lässt, dafür aber raschelt. Bei jedem Schritt, in meinem Rhythmus. Mein rechter Schritt raschelt etwas anders als der linke. Aber nur, wenn ich genau hinhöre.

Dann fällt mir auf, wie still es ist. So schön still. Ich kann noch anderes Rascheln hören. Blätterrascheln. Von Wind oder Vögeln.

In dieser Stille ist es ganz leicht, den eigenen Rhythmus zu finden. Rechtes Bein, linkes Bein. Rechter Arm, linker Arm. Einatmen, ausatmen. Einfach laufen, einen Schritt vor den nächsten. Immer wieder, immer wieder.

Es gibt nur mich, und das tut gut. Mich und meinen Rhythmus. Im steten Klang meiner Schritte fällt es ebenso leicht, einmal in sich selbst, in den eigenen Körper, hineinzufühlen, sich Zeit für sich selbst zu nehmen. Oder sich ganz den Gedanken zu überlassen. Weil dann, wenn man im Einklang mit sich selbst ist, die Ideen wie von selbst kommen. Der Kopf ist frei, der Körper ist frei. Und die Gedanken sind frei. Wenn ein Schritt auf den nächsten folgt. Immer wieder, immer wieder.

Dann kann man auch die Perspektive wechseln. Aus der Eigenperspektive einmal ganz weit herauszoomen. Nur noch ein kleiner Punkt im Universum sein. Aus groß wird ganz klein, wenn nicht mehr ich selbst im Mittelpunkt stehe. Dann werde ich eins mit dem Wald um mich herum und meine Sorgen ganz klein, unbedeutend. Ich laufe immer noch im eigenen Rhythmus, bin aber eins mit der Luft, mit dem Wald, mit der Erde.

Dann laufen die Beine ganz von alleine. Immer einen Schritt vor den nächsten. Einfach laufen. Laufen lassen. Immer weiter, immer wieder.

Manchmal, wenn es also einsam ist, im Wald, und ganz still, höre ich nur meine Hose rascheln. Dann bin ich frei. Und ich bin glücklich.

DER REH-INDIKATOR

Weihnachten ist die Zeit des Friedens, der Stille. Deshalb passt auch der Traum der weißen Weihnacht so gut ins Bild, denn Schnee dämpft alles, Schnee beruhigt und Schnee macht dunkle Tage heller. Er nimmt dem Alltag den Stress.

Man kommt gleich ein wenig zur Ruhe, wenn man nur an eine weiße Winterlandschaft denkt, an eine Holzhütte beispielsweise, umgeben von großen Tannen, gelegen an einem See. Das Dach, auf das sich eine dicke Schicht gelegt hat, zeigt eindrucksvoll den Schneefall der letzten Tage und Wochen, gleichwohl wird es noch weitergehen. Vereinzelte Flocken segeln langsam gen Boden. Welch eine Ruhe, welch ein Frieden! Nur wer genau hinschaut, erkennt in der näheren Umgebung hier und da Tierspuren, wo etwas hoppelte, sprang oder ging.

Nicht nur die Vorstellung einer solch traumhaften Szenerie beruhigt, auch mit einem Dauerlauf kann man dem Alltagsstress hervorragend entfliehen. Gerne auch im Schnee. Wie schön das knirscht unter den Sohlen! Auch macht es immer wieder kindliche Freude, der erste zu sein, der in der unberührten

Schneedecke die ersten Spuren hinterlässt. Doch woher weiß man, auf welcher Laufrunde man am besten zur Ruhe kommen kann?

Eine Schneedecke ist dafür zumindest nicht notwendig, Ruhe kann man beim Laufen das ganze Jahr über und unabhängig von der Tageszeit finden. Äußere Ruhe genauso wie innere Ruhe. Nun gibt es aber Laufstrecken, die eignen sich besser – und andere, die eignen sich schlechter. Für eine objektive Beurteilung des Friedens einer Laufstrecke dient der Reh-Indikator.

Die Idee des Reh-Indikators ist ganz einfach: Rehe sind scheue Tiere, die man nur zu sehen bekommt, wenn man zum einen selbst keinen Lärm verursacht, zum anderen sonst friedliche Stille herrscht. Das Reh (Capreolus capreolus), als ein hierzulande „gern gesehenes Wildtier, das häufig zur Dämmerung auf Wiesen, Feldern und Fluren" entdeckt werden kann, symbolisiert die friedvolle Unversehrtheit in ähnlichem Maße wie das Einhorn als stilisiertes Fabelwesen. Wahrscheinlich käme auch niemand auf die Idee, vor Rehen Angst zu haben. Entsprechend wird die Anzahl der gesichteten Rehe gleichgesetzt mit der Ruhe, die die Umgebung ausstrahlt.

Für den Reh-Indikator werden entsprechend auf jeder Laufrunde die Anzahl der gesichteten Rehe gezählt und – um eine statistisch aussagekräftige Zahl zu bekommen – über mindestens zwölf Läufe gemittelt.

Um es gleich vorwegzunehmen: obwohl vor allem das Reh die friedliche Ruhe symbolisiert und Namensgeber des Indikators wurde, gehen für den Faktor auch andere Wildtiere in die Rechnung mit ein: der Rehbock als männliches Pendant zum Reh natürlich genauso wie Hirsch und Hirschkuh, Elche, Gämsen, Greifvögel, Füchse und ähnliche Artgenossen.

Im Gegensatz zu diesen meist harmlosen Tieren lösen andere beim gemeinen Läufer einen Fluchtreflex aus, der der gesuchten Ruhe abträglich ist. Flucht heißt Stress, entsprechend werden etwa Wildschweine, Bären, Wölfe und Wildkatzen (wie beispielsweise Pumas in Nationalparks) genauso gezählt wie die oben genannten Wildtiere, gehen aber als negativer Faktor in die Berechnung ein. Auch die seltene Form aggressiver Hunde, die knurrend und schnappend alle Aufmerksamkeit auf sich ziehen und somit die läuferische Eintracht stören, zählen hierzu.

Weiterhin der Ruhe einer Laufrunde abträglich sind motorisierte Fahrzeuge. So sehr sie im Straßenverkehr zu unserer Normalität geworden sind, haben sie im Wald nichts zu suchen. Grundsätzlich reicht, um im Indikator berücksichtigt zu werden, allein die akustische Wahrnehmung, sobald die Geräuschkulisse das uns ständig begleitende Grundrauschen überschreitet. Ansonsten wäre es in einem Großteil unserer fußläufig zu erreichenden Laufgebiete fast unmöglich, zur Ruhe zu kommen - zu penetrant und laut sind Autobahnen, Landstraßen und vor allem Flugzeuge.

Um gleichzeitig längere Runden gegenüber kürzeren Läufen nicht allein aufgrund der höheren Wahrscheinlichkeit, Wildtiere zu beobachten, zu bevorteilen, wird diese Zahl noch auf einen Kilometer normiert.

Zusammenfassend errechnet sich der Reh-Indikator (Ind_{Reh}) damit als die zweifache Anzahl gesichteter Wildtiere (Anz_{Wild}) minus die Anzahl durch Tiere ausgelöster Fluchtinstinkte (Anz_{Flucht}) minus die Anzahl akustisch wahrgenommener motorisierter Fahrzeuge (Anz_{Motor}), bezogen auf die absolvierte Strecke in Kilometern ($Strecke_{abs}$):

$$Ind_{Reh} = \frac{2 * (Anz_{Wild}) - (Anz_{Flucht}) - (Anz_{Motor})}{Strecke_{abs}}$$

Aber kommen wir zu einem Beispiel. Ich ziehe dafür meine Hausrunde heran, die etwa 9,2 km misst. Mit dieser Runde ist es wie mit einem guten Lied: auch wenn schon 1.000-mal gehört/gelaufen, höre/laufe ich es bzw. sie immer noch gern, und genieße die Zeit. Aus der Haustür hinaus geht es durch einen Stichweg auf eine verlassene Straße am Bahndamm entlang. Nachdem die Unterführung und ein kurzes Industriegebiet durchquert sind, geht es etwa 400 Meter an einer nicht allzu stark befahrenen Umgehungsstraße entlang, bevor ich links in den Wald abbiege. Weiter führt die Strecke um eine Kuhweide herum, zunächst auf Asphalt, dann auf einen schmalen Waldpfad. Die Kühe werden links liegen gelassen, der Pfad geht weiter. Es folgt eine Linkskurve auf einen abfallenden Asphaltweg hinab zu einem Bach. Noch vor der Brücke biegt man rechts auf einen Schotterweg ab, der ziemlich exakt einen Kilometer lang ist und auf dem wir schon so oft liefen. Am Ende biegt man links ab, in Richtung der Kleinstadt, in der ich aufwuchs. Nach ca. 300 Metern geht es wieder links, an einer ehemaligen Mühle vorbei, deren Grundsteine vor ein paar Jahren ausgegraben wurden, und über den bereits erwähnten Bach, jetzt wieder auf Asphalt. An der nächsten T-Kreuzung nimmt man erneut die Linkskurve, zurück zu den Kühen, zurück zu einem alten Hofgut. Und schließlich erreicht man wieder die Umgehungsstraße, die zur Unterführung und zurück nach Hause führt.

Für Sichtungen von Wildtieren ergeben sich auf dieser Runde gleich mehrere Chancen. Der Waldrand und gleich zwei große Wiesen bieten sich für Rehe geradezu an. Hin und wieder kreuzt auch ein fliegender Raubvogel meinen Weg. Je nachdem, ob ich in der einsamen Dämmerung unterwegs bin und gleich drei Rehe sehe oder an einem sonnigen Sonntagmittag laufe und keine Wildtiere zu Gesicht bekomme, schwankt die Anzahl. Weil die Kühe nicht zählen, da sie eingesperrt sind, würde ich als Durchschnitt für $Anz_{Wild} = 1$ annehmen.

Tiere, die einen Fluchtinstinkt auslösen, sind glücklicherweise sehr selten. Zwar habe ich auch schon umgedreht und habe einen anderen Weg genommen, wenn ein Hund nicht angeleint war und mir aus sicherer Entfernung zu gefährlich schien, in der Regel kenne ich die Vierbeiner aber schon oder sie sind an der Leine. Wildschweine hört man zwar ab und zu, nah sind sie mir beim Laufen aber noch nie gekommen. Als Durchschnitt setze ich deshalb Anz_{Flucht} näherungsweise gleich null.

Für die Berechnung des Reh-Indikators fehlt also nur noch die Anzahl der motorisierten Fahrzeuge. Hin und wieder fährt hinten am Bahndamm ein Auto, hinzu kommt die regelmäßig verkehrende S-Bahn. Auf der Umgehungsstraße sind es meist mindestens zwei Autos, die mich stören, sodass ich für Anz_{Motor} im Durchschnitt sechs annehmen muss.

Dadurch ergibt sich für $Ind_{Reh,Beispiel} = -0,44$, ein schlechter Wert:

$$Ind_{Reh,Beispiel} = \frac{2 * (1) - (0) - (6)}{9,2}$$

Schuld daran ist natürlich der Hin- und Rückweg, die eigentlich Laufrunde, zu der ich von zu Hause kommen muss, ist für die hohe Zahl der motorisierten Fahrzeuge verantwortlich. Diese sind laut und gefährlich und stören entsprechend die läuferische Ruhe.

Entsprechend empfehle ich, Hin- und Rückweg nur als Mittel zum Zweck zu betrachten. Nehmt die Strecke, falls ihr nicht das Glück habt, direkt am Waldrand zu wohnen, gewissermaßen zum Ein- und Auslaufen. Für die eigentliche Runde (wegen eines Hin- und Rückwegs jeweils von einer Meile) ergibt sich nämlich, weil um das Feld keine Autos fahren dürfen, sondern nur gelegentlich ein Traktor unterwegs ist ($Anz_{Motor} = 0{,}5$), ein Reh-Indikator von 0,25:

$$Ind_{Reh,Hausrunde} = \frac{2 * (1) - (0) - (0{,}5)}{6{,}0}$$

Nun könnte man natürlich auch einfach mit dem Auto zur Laufrunde fahren, um wirklich nur den friedlichen Part des Laufs zu erleben, aber denkt nur an Peter! Nach Möglichkeit das Auto einfach mal stehen lassen.

Und um bei Peter zu bleiben: Der Reh-Indikator ist übrigens auch auf das Fahrradfahren übertragbar! Für Fahrradfahrer verdoppelt sich lediglich der Distanzfaktor ($2 * Strecke_{abs}$), einfach weil man auf dem Zweirad schneller unterwegs ist. Gleichwohl kann der Indikator auch auf das Wandern, das Spazierengehen, das Inlineskaten und andere Ausdauersportarten übertragen werden.

Abschließend sei erwähnt, dass jeder berechnete Wert auf Plausibilität geprüft werden sollte. Wird der Reh-Indikator zu hoch, ist zu vermuten, dass die beurteilte Laufrunde nicht etwa besonders ruhig ist, sondern wahrscheinlich durch einen Wildpark führt.

DER HABICHTSWALDSTEIG

Hessen ist schön! Das haben wir zuletzt wieder auf unserer
Zugfahrt nach Hamburg vor Augen geführt bekommen. Aus
dem Zugfenster war alles so wunderbar grün! Schon länger,
wahrscheinlich seit Hape Kerkelings Buch über das Pilgern auf
dem Jakobsweg[1], schwebte uns die Idee einer Mehrtageswan-
derung im Kopf herum. Laufen ist schließlich mehr als nur
rennen. Nun gab uns der Blick aus dem Zugfenster den finalen
Anstoß, einmal eine Tour zu planen. Es muss ja nicht gleich
der Jakobsweg sein. Das lange Christi-Himmelfahrts-Wochen-
ende bot sich vom Termin her an: drei Tage hatten wir Zeit.
Die ausgiebige Recherche ließ uns dann schließlich den Habichtswaldsteig wählen.

Der Habichtswaldsteig verläuft über insgesamt 85 km „auf
den Schwingen des Habichts" im Landkreis Kassel von Zierenberg bis an den Edersee. Benannt ist er nach dem Habichts-
wälder Bergland und wird für die, die nicht genug bekommen

---

[1] (Kerkeling, 2009)

können, noch um 113 km an Extratouren ergänzt. Wir beschränkten uns aber auf den Leitweg, der offiziell in vier Etappen aufgeteilt ist. Weil wir nur drei Tage hatten, ergab sich etwas zusätzlicher Planungsaufwand und ungewisse Streckenlängen. Trotzdem klappte fast alles wunderbar.

Das Symbol dieses Fernweges ist der Habicht – ein Greifvogel der Wälder des Habichtswaldes. Sein Flug über die Landschaft steht für ein Gefühl von Freiheit und Abenteuer.

Insgesamt können wir den Steig sehr empfehlen! Es war ein tolles Abenteuer, dem hoffentlich noch viele ähnliche folgen werden. Die Route ist sehr gut ausgeschildert und führt durch eine vielfältige und abwechslungsreiche Landschaft. So sieht man durchgängig die Eingangsaussage bestätigt: Hessen ist schön! Es geht über weite Hochebenen und weiche Waldpfade, durch historische Huteflächen, märchenhafte Wälder und Wiesentäler mit so vielen verschiedenen Grüntönen. Für Abwechslung

Bild 6: Unsere erste Etappe des Habichtwaldsteigs
© 2021 MapOSMatic und Openstreetmap.org

sorgen außerdem die Fernsichten von den Türmen des Schreckenbergs und der Weidelsburg.

Am ersten Tag wollten wir von Zierenberg nach Schauenburg wandern. Die Anreise hatten wir dabei etwas unterschätzt. Zwar ist Waldeck, wo wir unser Auto parkten, nur gute zwei Fahrstunden entfernt, allerdings muss man bei einer Punkt-zu-Punkt-Strecke natürlich erst noch zum Ausgangspunkt kommen. Obwohl alles mit Bus und Bahn einwandfrei klappte, kamen wir erst um 12 Uhr in Zierenberg an.

Ausgangspunkt für den Habichtswaldsteig ist der Zierenberger Marktplatz. Nach Verlassen der kleinen Ortschaft geht es dann gleich zu Beginn steil hinauf, sodass Svenja schon auf den ersten Kilometern Zweifel bekommt, ob sie überhaupt fit genug für die mehrtägige Wanderung ist. Ist sie aber natürlich: nachdem wir das Basaltschuttfeld – die blauen Steine – gemeistert haben, ist der Schreckenberg-Turm auf 460 m über Normalnull erreicht und bietet den ersten herrlichen Ausblick, auch wenn das Wetter an unserem ersten Wandertag noch nicht so sonnig und warm ist wie die folgenden beiden Tage.

Nach dieser ersten Zwischenstation folgen tolle Pfade durch viel Grün mit wechselndem Baumbestand. Dann geht es hinauf zu einer Hochebene, auf der plötzlich, nachdem uns auf den ersten Stunden nur sehr vereinzelt andere Menschen begegnet sind, sehr viel los ist. Grund ist der nahegelegene Parkplatz, ab dem sich ein wunderschöner Alpenpfad in Richtung Flugplatz schlängelt. Mit Blick auf die beeindruckenden Helfensteine – ein Blick reicht aus, um zu verstehen, warum sie einst keltische Kultstätte waren – nutzen wir das Café für eine kurze Rast.

Dann geht es weiter hinauf zu den Helfensteinen, anschließend weiter auf das 601 m hohe Dörnberg-Plateau und damit zur nächsten tollen Aussicht. Es wirkt, als könne man auf Kassel hinabspucken.

Weil die Zeit schon recht weit vorangeschritten ist, entschließen wir uns auf dem Bergabstück, die Route des Habichtwaldsteigs zu verlassen und in Richtung Herberge abzukürzen. So verpassen wir zwar leider den Herkules (laut Strava-Kommentar eine der schönsten Stellen des Steigs), haben aber dennoch die richtige Entscheidung getroffen, weil es sonst zu spät geworden wäre. Gegen 18 Uhr kommen wir nach etwa 24 km in unserer netten Unterkunft in Schauenburg-Hoof an.

Fazit des ersten Tages: für die Anreise mehr Zeit einplanen. Entweder früher los oder weniger Wegstrecke ansetzen.

Am zweiten Tag wollen wir von Schauenburg nach Ippinghausen. Gerade im Vergleich zum ersten Tag mit der Hochebene ist der zweite Tag recht unspektakulär. Meist geht es an Viehweiden oder Feldern entlang, ab und zu auch durch schattenspendende Wälder. Den Habichtswaldsteig lieben wir dennoch: auch auf diesem Abschnitt ist der Alltag ganz fern. Im Rückblick kommen uns die drei Tage viel länger vor, weil wir wie in einer anderen Welt waren.

Nach etwa fünf Kilometer Wegstrecke erreichen wir als erste Zwischenstation des zweiten Tages die Burgruine Falkenstein und lernen dort die Hund-Sage kennen. Wie es wohl ist, in einem mit Nägeln gespicktem Fass den Anstieg, den wir gerade erklommen haben, hinabgerollt zu werden?

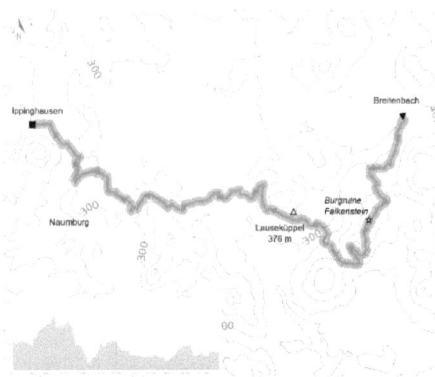

Bild 7: Unsere zweite Etappe des Habichtwaldsteigs © 2021 MapOSMatic und Openstreetmap.org

Weiter geht es, wie bereits beschrieben, über viele Pfade am Rande von Feldern auf Bad Emstal zu, das wir links liegen lassen. Irgendwann erreichen wir einen kleinen See, der als Biotop für Wasservögel angelegt wurde. Die Bank am Wegesrand bietet einen Ausblick, der mit malerisch noch untertrieben ist. Eine alte Brücke passierend geht es dann weiter hinauf zur Altenstädter Warte, die man nicht nur besteigen kann, sondern wo man auch auf einer Himmelsschaukel über das Tal hinwegschaukeln kann.

Unsere größte Tagesrast legen wir heute mitten auf einem Feldweg ein. Zum einen, weil es dort einfach schön ist, zum anderen, weil heute kein Dorf passiert wird oder unterwegs ein Café ist, bei dem man einkehren könnte.

Zum Abschluss des Tages geht es noch ein Stück an (verlassenen?) Bahngleisen entlang, bis wir nach wieder etwa 24 km fast ohne Umweg unseren Gasthof in Ippinghausen erreichen. Ippinghausen ist ein sehr schönes kleines Dorf, das scheinbar von der Landflucht verschont geblieben ist. Gleich mehrere Häuser wurden ausnehmend schön restauriert.

Neben unserer Unterkunft gibt es kein weiteres Restaurant im Dorf und damit in ganz Ippinghausen kein einziges vegetarisches Gericht. Sogar den Salat gibt es nur mit Schinken, wobei ein Salat natürlich lange nicht die Energiespeicher nach einem ganzen Tag auf den Beinen auffüllen kann.

Fazit des zweiten Tages: Laufen hilft, denn auch recht unspektakuläre Wege bringen den Geist zur Ruhe. Außerdem: ein Café wäre schön gewesen.

Am dritten Tag schließlich geht es von Ippinghausen nach Waldeck. An diesem dritten Wandertag auf dem Habichtswaldsteig gehen wir extra früher los, um am Nachmittag noch Zeit zum Baden im Edersee zu haben. Zu Beginn geht es gleich mit dem Ortsausgangsschild von Ippinghausen auf die Ruine Weidelsburg hinauf: wieder ein absolutes Highlight des Steigs; nicht nur, weil noch viel Mauerwerk erhalten ist, sondern weil sich vom Burgturm ein herrlicher und scheinbar endloser Ausblick bietet.

Über Serpentinen geht es im Anschluss bergab bis zu einer großen Wiese, die früher einmal Turnierplatz war. Hier kann man sich so gut die Ritter in ihren prächtigen Rüstungen vorstellen, dass man schon fast die Pferde wiehern hört.

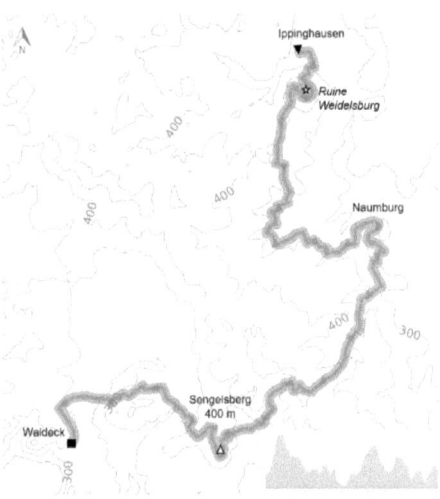

Bild 8: Unsere dritte Etappe des Habichtwaldsteigs
© 2021 MapOSMatic und Openstreetmap.org

Weiter geht es dann nach Naumburg. Und hätten wir uns am Vortag noch eine Ortsquerung gewünscht, müssen wir heute nicht anhalten, weil kurz vorher schon ein Café auf dem Weg liegt. In Naumburg wird man nicht nur über eine große Streuobstwiese mit 100 verschiedenen Apfelsorten geführt, sondern passiert außerdem die Hummelwerkstatt.

Danach ist leider, wegen Waldarbeiten, ein Abschnitt des Steigs gesperrt. Es gibt eine Umleitung über eine „Waldauto-bahn", die scheinbar endlos bergan führt. Schließlich haben wir uns die Pause mit ziemlich vielen Keksen redlich verdient. Insgesamt sieht man am Rande des Habichtwaldsteigs sehr viel Verwüstung durch die schweren Waldmaschinen. Sicher braucht es an manchen Stellen Schneisen, um großflächigen Waldbränden vorzubeugen, gerade wenn es einen Sommer gibt wie 2019. Dennoch erscheint das Vorgehen sehr rabiat. Und glaubt man dem Mitarbeiter der Umweltschutzbehörde, der uns vor unserer ersten Laufveranstaltung durch die heimi-schen Wälder führte, richten die Arbeiten meist mehr Schaden als Nutzen an. Wirklich gewinnbringend sind sie ebenso we-nig.

Aber zurück zum Habichtswaldsteig, der sich langsam aber si-cher dem Ende zu neigt. Als Abschluss erreichen wir Waldeck, wo wir glücklicherweise Wasserflaschen im Auto deponiert hatten. Mit warmem Sprudelwasser stoßen wir auf drei herrli-che Tage im schönen Hessen an. 26,5 km waren es am dritten Wandertag und damit für uns in Summe 75 km mit 2100 Hö-henmetern.

Der Edersee, auf den wir uns gefreut hatten, ist dann eine Enttäuschung. Er ist ziemlich verbaut, vom Sandstrand keine Spur und direkt neben der Badezone legen große Schiffe an. Mit den schweren Abgasen in der Nase wollen wir gar nicht wissen, was alles im Wasser ist und beschränken uns darauf, die Füße zu kühlen. Von der Pizzeria in Waldeck werden wir im Anschluss aber entschädigt: nicht nur der Ausblick ist noch einmal schön, auch das Essen ist exzellent.

Fazit des dritten Tages: nicht auf den Edersee freuen, sondern auf die Weidelsburg!

Der Habichtswaldsteig war ein wunderbares Abenteuer, das wir ausdrücklich empfehlen können. Wir werden sicher noch ähnliche Touren unternehmen, um hin und wieder aus dem Alltag auszubrechen.

KAISA, V

Hätte sie noch lachen können, Kaisa hätte darüber geschmunzelt, dass sie erst kürzlich die fünf Phasen der Trauer in der Theorie kennengelernt hatte. Jetzt durchlebte sie, ohne es allerdings just im Moment zu realisieren, genau diese. Im Schnelldurchlauf wohlgemerkt, denn viel Zeit blieb ihr nicht.

Zunächst war sie wie betäubt. All das konnte doch gar nicht wahr sein! Da kam sie in die spanische Höhe, trainierte, nur weil es ihr Spaß machte, drei Wochen völlig unbeschwert, nur um dann durch eines der besten Rennen ihres Lebens in einen Albtraum gerissen zu werden. Wäre sie nur einen Platz weiter hinten gelandet, sie hätte nichts von alldem mitbekommen: ihre Kameradinnen, die hinter ihr ins Ziel gekommen waren, waren abgereist, ohne sie und die anderen beiden Gewinnerinnen noch einmal zu Gesicht oder etwas vom grausigen Schauspiel mitzubekommen. Jetzt war sie unfreiwillig für ein Rennen auf Leben und Tod qualifiziert, einen Ausweg gab es nicht mehr.

Schnell war Kaisa nämlich aus ihrer Betäubung erwacht. Zornig war sie erwacht! Während ebenjener Cheftrainer, dessen Bild sich innerhalb weniger Sekunden komplett auf den Kopf gestellt hatte, ihr und ihren beiden Mitstreiterinnen in aller Seelenruhe den Ablauf der nächsten Tage erklärte, wäre sie ihm an die Kehle gesprungen, wäre sie nicht schon beim ersten Zucken von einem Ordner gepackt worden. Wie konnte er es wagen, ihren geliebten Sport so sehr zu missbrauchen und mit Menschenleben zu spielen? Genau so war es nämlich, wie er ihnen freimütig offenlegte: für jede Perversion gäbe es heutzutage durch das Internet Nachfragen und entsprechend auch Angebote. So auch für Rennen, bei denen es nicht nur darum ging, wer als erste die Ziellinie überquerte, sondern genauso darum, wer auf den letzten Plätzen landete.

Allein die taktische Herangehensweise sei dadurch eine völlig andere und deshalb mit normalen Wettkämpfen wie selbst beispielsweise bei den Olympischen Spielen überhaupt nicht zu vergleichen. Da fehle der Kick! Überhaupt gleiche doch eine Übertragung des einen Rennens einer anderen aufs Haar genau. Am Anfang werde in großer Gruppe gestartet, woraufhin es sich immer weiter ausdünne und stets die Spitzengruppe gezeigt werde, wobei die letzten Verbliebenen um den Sieg sprinteten. Für die Abgehängten interessiere sich niemand, die auch ob fehlender Motivation teilweise nur noch weiterjoggten oder gar ausstiegen. Welch Hohn ihres Talents und ihres Sports, nur den Sieg zählen zu lassen. Mit den neuen Regeln gehe es für jeden bis zum Schluss um alles, auch der Zuschauer bekäme so gleich mehrere Spannungsbögen geliefert.

Den Höhepunkt stelle dann zusätzlich die Hinrichtung der Verlierer dar, hier sei der Kreativität keine Grenzen gesetzt. Wie sehr sich Menschen am Leid anderer ergötzten, habe schon das Zeitalter der Gladiatoren nebst vieler weiterer Beispiele gezeigt. Nur lasse sich heutzutage noch mehr Geld damit verdienen.

So kurz und knapp die Ansagen des Cheftrainers waren, so schnell wurde Kaisa in die nächste Phase der Trauer katapultiert. Ihr Zorn war wie weggeblasen, sie wollte einfach nur so schnell wie möglich aus Frankreich verschwinden. Ob er Geld wolle, damit sie gehen dürfe? Doch er reagierte nicht einmal auf die Frage.

Es gab keinen Ausweg.

Über ihre angstvoll blickenden Augen lächelnd führte er seine drei Athletinnen dann in die Wettkampfregeln ein. Ganz ähnlich wie bei ihrem Abschlussrennen würde es wieder ein überschaubares Feld geben. Vier Gleichgesinnte hatte er weltweit für seine Geschäftsidee – seine Worte – gefunden, um spannende Wettkämpfe auszutragen. Auch seine Freunde, wie er sie nannte, wählten jeweils drei Läuferinnen für den Wettkampf aus. Das über die Internetstreams generierte Geld wurde nicht zu gleichen Teilen zwischen ihnen aufgeteilt, sondern entsprechend der Platzierungen ihrer Athletinnen, weshalb ihm an guten Leistungen gelegen war und er sie entsprechend in den kommenden Tagen unter seine Fittiche nehmen würde, um sie auf alle Eventualitäten vorzubereiten. Zusätzlich zu den 15 von den Trainern ausgewählten Athletinnen könnten auch Freiwillige teilnehmen, die durch stattliche Preisgelder angelockt werden, sodass die reelle Chance bestand, dass sie zumindest nicht verlieren würden.

Denn obwohl die freiwillig Startenden meist grundsätzlich in sehr guter Form waren, hatten sie in der Vergangenheit immer mit den Umständen zu kämpfen. Schließlich handelte es sich nicht um ein normales Rennen, sondern um eines, welches einen völlig aus der Bahn werfen konnte, wenn man darauf nicht eingestellt war. Bäume waren beispielsweise auf die Strecke gefallen, Stolperfallen und Tierangriffe waren keine Seltenheit. Wer mit ansehen muss, wie eine Konkurrentin verletzt wird oder gar verunglückt, könnte geschockt sein. Sie sollten stets so schnell wie möglich rennen, denn für die Exekution blieb es stets bei den letzten beiden. Die zwei Letzten werden hingerichtet, unabhängig davon, wie viele beim Rennen selbst ein Unglück erleben. Sie sollten also stets weiter um jede Platzierung kämpfen, denn sollten sie beispielsweise drei andere Läuferinnen abgehängt haben und sich in Sicherheit wiegen, zwei von diesen aber noch während des Rennens verunglücken, träfe es schließlich doch nach dem Rennen sie selbst.

Für Kaisa folgte auf diese ganze Informationsflut eine depressive Phase, weil sie all dies nicht würde abwenden können. Aus ihrem Trainingslager, auf das sie sich so sehr gefreut hatte, war ein Albtraum geworden. Hätte sie es kommen sehen können?

Doch sie hätte nichts ändern können. Und genau so, wie sie sich selbst keine Vorwürfe machte, akzeptierte sie schließlich ihre Lage mit dem Ziel, bei diesem kranken Wettkampf ihre beste Leistung abzurufen. Einfach nur, um zu überleben.

Niko hatte ihm den Link geschickt, ohne es bis zu diesem Zeitpunkt selbst bis zum Ende gesehen zu haben. Jetzt starrten sie beide wie paralysiert apathisch auf den Countdown, der dort eingeblendet wurde, wo eben noch das Bild zweier sterbender Mädchen gezeigt worden war. Trotz des Schocks hatte er Nikos Kurzwahl gewählt, der auch abgenommen aber ebenso wenig ein Wort herausgebracht hatte, wie er selbst. Das konnte doch alles nicht wahr sein!

Jetzt machte er sich erst so richtige Sorgen.

Die Frage, auf welches Ereignis hin die eingeblendeten Tage, Stunden, Minuten und Sekunden herunterzählten, stellte sich nicht. Normalerweise fieberte er gerne Rennen entgegen, auch bei großen Marathons gab es zumeist einen Countdown bis zum Startschuss. Jetzt aber ging es wohl wirklich um ein Rennen, bei dem es für Kaisa nicht um den Sieg, sondern um ihr Leben ging. Etwas mehr als zwei Tage blieben ihr noch.

„Was bedeutet das?", seine Stimme war nur ein Krächzen, durchbrach aber doch den Bann, der auf ihnen gelegen zu haben schien. „Und wie hast du diesen Stream überhaupt gefunden?", nach einem Räuspern hörte er sich jetzt schon wieder fast normal an. Ach, du süße Normalität des Alltags, wohin warst du nur verschwunden?

Nach weiteren fünf Sekunden starren Blicks schien auch Niko zu erwachen, seine Fragen hatten ungewöhnlich lange gebraucht, um sich durch dessen Nervenbahnen zu winden. „Nun, das war nicht die offensichtlichste Ecke des Internets. Legal ist das doch auf gar keinen Fall!", langsam wurde auch Nikos Stimme wieder kräftiger. Immerhin ging es um ein Thema, in dem sich kaum einer so gut auskannte wie er.

Niko begann seine Ausführungen mit der modernen Art des Geldverdienens. Dass es früher nur zwei Fernsehsender gegeben habe, nach und nach aber für die unterschiedlichen Interessenlagen zusätzliche Angebote geschaffen wurden. Durch das Internet schaue heutzutage aber kaum jemand mehr das, was von den Sendern aktuell vorgesetzt werde, sondern „on demand" aus einer Auswahl das, was interessiert oder gefällt. Je nach Nutzerprofil liefe die Finanzierung über zugeschnittene Werbung, denn dass man früher noch viel Geld für Werbung im Fernsehen, auf Plakaten oder in Zeitungen ausgegeben habe, sei herausgeworfenes Geld, heutzutage zeige man seine Inhalte nur noch der relevanten Zielgruppe.

Teilweise sei das sehr gut, Niko sei gerne bereit, sich Laufschuhwerbung anzusehen, wenn er dafür live Marathons oder andere große Rennen verfolgen könne.

Als Alternative zu diesem scheinbar kostenlosen Angebot habe sich das sogenannte Pay-TV etabliert. Für bestimmte Sender – die besonders durch Hotels bekannt geworden waren – zahle man wie für die Eintrittskarte im Kino. Ebenso durch den Einfluss des Internets seien die Inhalte nun nach und nach immer mehr auf ganz bestimmte Zielgruppen zugeschnitten worden. Manche Sender zeigen die Fußballspiele der ersten englischen Liga, andere zeigen Kochkurse für bestimmte Randgruppen, wieder andere inspirierende Abenteuerreisen und natürlich zeigen manche Sender auch Gewalt. Wofür Menschen eben bereit seien, Geld auszugeben.

Von Snuff-Videos, also der filmischen Aufzeichnung eines Mordes, habe er zumindest schon in Krimis gelesen, dort bisher allerdings immer nur zur sexuellen Erregung der Zuschauer, nicht rein zur Unterhaltung, wie es in diesem Fall wohl zu sein scheine. Den ersten Wettlauf schätze er als Teaser für das eigentliche Rennen ein, sodass die potentiellen Kunden schon ihr Geld für die virtuelle Eintrittskarte zusammenkratzen könnten. Denn seit das Video zu Ende war, konnte man es nicht erneut anschauen. Es war lediglich der bewusste Countdown eingeblendet, der erbarmungslos die Tage, Stunden, Minuten und Sekunden herunterzählte. Pünktlich zum Start durfte man dann wohl einen Batzen Geld überweisen, um erneut live dabei zu sein. Auch das Rennen mit Kaisa war mittlerweile hinter einer Paywall verschwunden. Nun gut, sie hatten es bereits gesehen und konnten sich vorstellen, warum sie noch nicht wieder zu Hause aufgetaucht war. Viele Ungewissheiten waren damit geklärt.

Nur die drängendste Frage blieb weiterhin unbeantwortet: was konnten sie tun?

Mittlerweile glaubte Kaisa sogar, dass alle, bis auf die zwei Verliererinnen, wirklich einfach gehen durften. Vorausgesetzt, ihnen passierte natürlich nichts während des Rennens. Denn wer würde ihnen schon glauben, wenn sie mit einer solchen Geschichte beispielsweise zur Polizei gingen, selbst wenn sie sich trauten, über ihre Erlebnisse zu reden. Geliebte Menschen habe jeder in seinem Umfeld, mehr hatte es als Drohung auch gar nicht gebraucht. Kaisa wollte einfach nur fort aus den Pyrenäen, einfach nur nach Hause. Um dann idealerweise alles zu vergessen.

Reisen würden sie nämlich nicht mehr. Die Organisation wechselte von Jahr zu Jahr und ausgerechnet zu Kaisas Teilnahme war der Austragungsort in Font Romeu. Mit Vollverpflegung, der angenehmen Sonne, der Aussicht und dem deutlich reduzierten Training hätten es ein paar sehr schöne Urlaubstage werden können, doch natürlich waren sie zu aufgeregt, um zu entspannen. Zum Glück war sie immerhin nicht allein, mit Elisa und Fernanda verstand sie sich gut. An Gemeinsamkeiten scheiterte es nun auch wirklich nicht.

Während Fernanda schon von klein auf immer im Leichtathletikverein trainiert und erst nach und nach ihre Liebe zu den längeren Strecken gefunden hatte, war Elisa eine Quereinsteigerin. Eigentlich kam sie vom Mountainbiken. Bergan und im Flachen hatte sie dort immer gut mithalten können, bergab war sie aber einfach zu ängstlich gewesen, sie hatte ihren Kopf nicht ausschalten können und hatte immer schon gesehen, wie sie im Graben oder an einem Baum landete. Dennoch konnte es ihr jetzt beim Laufen bergab gar nicht schnell genug gehen, für sie gab es einfach andere Geschwindigkeitsstandards. Da Kaisa von ihren Erfahrungen auf Langlaufskiern berichten konnte, mit denen es wegen der fehlenden Kanten quasi unmöglich war, in Abfahrten zu bremsen und sie deshalb an den schönsten Strecken immer mehr die Freude verloren hatte, konnten sie einige Anekdoten austauschen, die allesamt mit einer Bruchlandung endeten.

Die Tage bis zum Rennen konnten sie nichts tun, um noch besser in Form zu kommen, ausruhen war angesagt. Entsprechend gingen sie nur einmal am Tag kurz joggen und machten ein paar Lockerungsübungen, dann ging es noch zum Physio, ansonsten stand nur gut zu essen und der Dinge harren, die da kommen würden, auf dem Programm. Da halfen Geschichten, um von der aktuellen Situation abzulenken.

Während Elisa eine ähnlich weite Anreise wie Kaisa gehabt hatte, kam Fernanda wiederum von gar nicht so weit her, gerade einmal hundert Kilometer Anreise hatte sie zurückzulegen. Die Gegend würde sie in Zukunft aber tunlichst meiden, sollte sie es zurück nach Hause schaffen. Dennoch war an Flucht nicht zu denken, zum einen, weil sie außerhalb des Geländes stets begleitet wurden, zum anderen, weil sie Angst um ihre Familien hatten.

Die anderen beiden hatten gut reden, oder zumindest deutlich bessere Aussichten als Kaisa, schließlich hatten sie sich im ersten Rennen als deutlich stärker als sie herausgestellt und mussten entsprechend nur eine weitere Konkurrentin abhängen, Kaisa hingegen hatte eine noch größere Ungewissheit. Wie stark würde ihre Konkurrenz wohl sein? Hatte sie überhaupt nur den Hauch einer Chance?

Zumindest strahlte ihr in Ungnade gefallener Cheftrainer Zuversicht aus. Ihm schien wirklich daran gelegen zu sein, dass sie sich gut schlugen, und das nicht nur, weil es für ihn finanzielle Vorteile hätte. Er gab ihnen das Gefühl, sie zu mögen und mehr in ihnen zu sehen als bloße Versuchskaninchen in seinen Experimenten, mit denen er gut zu verdienen schien. Ihr Vertrauen würde er nicht mehr zurückgewinnen, dennoch legte er sich ins Zeug, um sie bestmöglich auf das anstehende Rennen vorzubereiten.

Er nämlich bewertete Kaisas Chancen als nicht allzu schlecht – oder redete ihr dies zumindest ein –, obwohl er ihr zustimmte, dass sie eher zu den schwächeren Läuferinnen zählen würde. Dennoch hatte er einige schlagende Argumente: taktisch war sie im Abschlussrennen das mit großem Abstand klügste Rennen gelaufen, diese Intuition würde ihr auch beim nächsten Rennen helfen. Weiterhin seien ihre Konkurrentinnen genauso überfordert mit der Situation wie sie drei, für die anderen käme aber zusätzlich noch der Reisestress, die Zeitumstellung und bzw. oder auch die Anpassung an die Höhenluft hinzu. Überhaupt sollten sie nicht allzu ängstlich ins Rennen gehen, die Gefahren auf der Strecke seien reduziert worden, keine der Fallen sollte tödlich sein. Wie überaus beruhigend! Außerdem, so sein Tipp, sollten sie sich möglichst immer in der Gruppe halten, so ließen sich Unfälle quasi vollständig vermeiden, weil es meist nur exponierte Läuferinnen – ganz vorne, ganz hinten oder seitlich versetzt laufend – erwischte.

Als letzten Hinweis gab er ihnen noch mit auf den Weg, dass es völlig konträr zu ihrem letzten Rennen diesmal nicht über Sand gehen würde, sondern grün die dominierende Farbe sei. Außerdem würde er ihnen die Daumen drücken.

Schon war es dann soweit, die Schonfrist war vorüber. Der vermeintlich letzte Abend von Elisa, Fernanda und Kaisa brach an. Sollten sie versuchen, möglichst viel Schlaf zu bekommen, um so ausgeruht wie möglich an der Startlinie zu stehen oder noch einmal ordentlich auf den Putz hauen, weil ihr Schicksal sowieso besiegelt war? Noch das letzte bisschen Leben genießen, das ihnen blieb?

Gerne hätte sich Kaisa zu Hause gemeldet. Nicht, um ihren Ballast loszuwerden und Sorgen zu bereiten, sondern einfach noch mal, um vertraute Stimmen zu hören und mit Ohren zu sprechen, die zwischen den Zeilen verstanden. Gerne hätte sie sich vor dem Rennen geborgen gefühlt, dann wäre alles, was dann käme, so viel leichter zu ertragen. Gleich, was sie ereilen würde.

In den ersten drei Wochen war zu Hause klar gewesen, dass keine Nachricht kommen würde. Jetzt, nach fast vier Wochen, gingen sie daheim wohl davon aus, dass sie um eine Woche verlängert hatte, obwohl das eigentlich nicht der Plan gewesen war. Vielleicht hatten sie sogar schon ein mulmiges Gefühl, von diesem Irrsinn konnten sie aber nichts wissen.

Mit Elisa und Fernanda saß sie an diesem Abend etwas länger zusammen als sonst, um gemeinsam die Aufregung in den Griff zu bekommen. Sie tranken sich sogar Mut an – stilecht mit frisch gepresstem Saft aus den regionalen, so herrlich süßen, Mandarinen –, gingen dann aber schließlich doch ins Bett. Nur an Schlaf war für Kaisa nicht zu denken. Ihre Gedanken fuhren Karussell und sponnen die unmöglichsten Szenarien für das Rennen am nächsten Vormittag. Würde sie überhaupt eine Chance haben? Würden ihre Beine sie überhaupt tragen? Und was, wenn sie gar den Start verpasste?

Nichts ist schlimmer als Ungewissheit.

Er war noch immer völlig aufgelöst, als er, weil ihm sonst nichts anderes einfiel, bei der Polizei anrief. Entsprechend wirr war zunächst seine Zusammenfassung. Doch die besonnene Art seines Gesprächspartners – Polizeiobermeister Herr Lampe, zumindest für diese Rückfrage war er geistesgegenwärtig genug, um eventuell später erneut mit ihm sprechen zu können – beruhigte ihn, sodass sich aus zunächst verwirrten Rückfragen, wie „Ihre Freundin ist Ihnen weggelaufen?" oder „Sie rufen uns an, weil Ihre Freundin ihr Studium abbrechen will?", nach und nach die ganze Wahrheit herauskristallisierte. „Sie haben ein Video gesehen, auf dem zwei junge Mädchen ermordet werden?" brachte es auf den Punkt. Die Härte der Realität traf ihn erneut mit voller Wucht, als er die Bestätigung um seine Gewissheit ergänzen musste: es würde noch weitere Morde geben!

Ob es an seiner Ausbildung oder der Menschenkenntnis lag – zumindest schien Herr Lampe ihn als Anrufer sehr ernst zu nehmen und tat seine Geschichte nicht als Hirngespinst ab. Vielleicht war sie auch einfach zu verrückt, um sich bei allen Nachfragen nicht in Widersprüche zu verstricken.

Trotz allem aktuellen Unglück schien ihm Fortuna also doch gewogen, schließlich hätte ihn der Polizist auch einfach abwimmeln können. Überhaupt schien er bei seinem Anruf einen absoluten Glücksgriff gelandet zu haben. Die ruhige Art seines Gegenübers ließ auch ihn klarer denken. So sehr auch die Erleichterung darüber, dass man ihm glaubte, einen Hoffnungsschimmer glimmen ließ, so niederschmetternd fand er sein Eingeständnis, dass er keinerlei Beweise hatte. Unter seinem Link fand der Beamte nur den vermaledeiten Countdown – er hätte sich alles auch nur ausdenken können. Eigentlich war er davon ausgegangen, dass das Video von der IP-Adresse der Polizei zumindest einmal hätte angeschaut werden können. Aber so weit, dass dies bereits geschehen war, dachte er in diesem Moment nicht.

Obwohl bisher entsprechend jegliche Beweise fehlten, konnte er doch einige Hintergründe liefern. Natürlich hatte er die Adresse des Trainingscamps, selbstverständlich würde er Tag und Nacht für Rückfragen zur Verfügung stehen.

Herr Lampe teilte ihm zum Abschluss mit, dass er seine Angelegenheit penibel aufgenommen habe, selbst aber weiter nichts tun könne, als die Meldung mit ob der zeitlichen Dringlichkeit hoher Priorität ans Dezernat für Gewaltverbrechen zu übergeben, die wiederum höchstwahrscheinlich die Bundesbehörden einschalten würden.

Mit all den verschiedenen Abteilungen, Formalien und Zuständigkeiten wurde ihm so zum Abschluss des Gesprächs doch noch die Zuversicht genommen, schließlich würden dann auch noch die internationalen Zuständigkeiten hinzukommen. Die Zeit rannte! Und das gerade schneller, als er selbst je würde rennen können.

Gerade war Kaisa ein wenig weggedämmert, da war die Nacht auch schon wieder vorbei. Mächtig donnerte es noch vor dem Morgengrauen gegen ihre Zimmertür, sie hätte nie die Chance gehabt, nicht zum Start zu erscheinen. Obwohl eine Flucht vom Gelände völlig ausgeschlossen war, hatte sie direkt vom Wecken an überall hin Begleitung. Zur Morgentoilette, zum Frühstück, zum Zähneputzen, zum Physio – immer folgte ihr ihr persönlicher, stummer Gorilla mit Sonnenbrille. Zur Beruhigung der Nerven trug das nicht gerade bei, Kaisa hatte das Gefühl, durchgängig einen Puls von 180 zu haben, dazu einen Blutdruck jenseits von Gut und Böse.

Immerhin durften sie zu dritt frühstücken und sich später auch gemeinsam einlaufen. So konnten sich Kaisa, Fernanda und Elisa gegenseitig gut zureden und auch zum Frühstück motivieren, denn Energie würde später wichtig sein. Allein hätte Kaisa sicher keinen Bissen herunterbekommen.

Schließlich ging es mit einem Kleinbus vom Gelände zum Start, nur fünfzehn Minuten über eine Schotterpiste und dann in einen Wald hinein, der wirklich außergewöhnlich grün war. Auf einer kleinen Lichtung waren dann sechs geräumige Zelte aufgebaut. Das mit der spanischen Flagge war das ihre, in dem sie ihre Sachen deponieren, sich umziehen und bereit für den Start machen konnten. Es gab sogar Getränke und Snacks!

Erst sollten sie einfach nur auf unbestimmte Zeit warten – was schier unerträglich war – dann schließlich bekamen sie die Statusmeldung, dass der Start in einer Stunde erfolgen würde.

Endlich konnten sie sich einlaufen gehen! Denn obwohl sich Kaisa bei den ersten Schritten ganz wacklig und schwach vorkam, half die Wettkampfroutine am Ende doch. Ab dem Einlaufen ist der Ablauf vor jedem Rennen gleich, dieses Muster half Kaisa, alles auszublenden und in den Wettkampfmodus zu schalten.

Bei herrlichem Wetter trabten sie ganz gemütlich auf einem Pfad in den Wald hinein und wendeten irgendwann einfach. Die Erde unter ihren Füßen federte ein wenig, sodass sie den Lauf zu jeder anderen Zeit sehr genossen hätten. Etwa 100 m vor ihnen trabten drei andere Läuferinnen, zwischendurch schossen drei andere geradezu an ihnen vorbei. Waren die wirklich so gut oder verpulverten die nur ihre kostbare Energie? Kaisa hatte die Erfahrung gemacht, dass es vor einem Start geradezu unmöglich ist, die Fitness der Konkurrenz einzuschätzen. Manche sehen unglaublich sportlich und schnell aus, brauchen dann aber zehn Minuten länger als man selbst; dann wiederum gibt es scheinbare Greise in abgelaufenen Schuhen und ausgewaschenen Baumwoll-T-Shirts, die scheinbar nicht einmal atmen müssen, geschweige denn ins Schwitzen kommen. Einmal hatte sich Kaisa am Start eines Crosslaufs gefragt, was denn die Dicke in diesem erlesenen Starterfeld zu suchen habe, bis diese sie dann fünf Kilometer später einholte und stehen ließ. Eine Anekdote, über die sie heute noch lachen konnte.

Nun, normalerweise konnte sie das. Als sich schließlich alle siebzehn Starterinnen – zwei gertenschlanke Spanierinnen, die sich hinter ihren Sonnenbrillen versteckten, hatten sich scheinbar vom ausgelobten Preisgeld locken lassen. Ob sie sich der Gefahren bewusst waren? – gehend, hüpfend, sich dehnend oder kurze Sprints einlegend in Richtung Startlinie begaben, war Kaisas Gesicht wie versteinert. Ihr Kopf war wie leergefegt, ihr Magen hatte sich verkrampft, sie hatte Gänsehaut und einen Puls von mittlerweile mindestens 200 Schlägen pro Minute. Aber es gab keinen Ausweg.

Wie schon so oft in den letzten Tagen hatte sie zum Glück noch Elisa und Fernanda, die im Gleichschritt auf sie zukamen und sie gemeinsam umarmten. Sie brauchten keine Worte, durch den Zusammenhalt und die schlichte Form der Zuneigung fühlte sich Kaisa nicht mehr ganz so sehr ausgeliefert. Ihre Lebensgeister waren wieder geweckt: sie würde sich nicht kampflos aufgeben! Endlich war auch sie bereit für den Start. Schulter an Schulter mit ihren beiden Kameradinnen stand sie auch schon dichtgedrängt und mit gefletschten Zähnen an der Startlinie.

Mit dem Startschuss entlud sich dann ihre ganze Wut auf die Situation, mit aller Kraft sprintete sie im dichten Feld über die unebene Wiese in den angrenzenden, lichten Wald hinein. Es war soweit, jetzt zählte es.

Es war gut, dass sie losgesprintet war, so schnell sie konnte, denn wäre sie angelaufen, wie beispielsweise bei einem 10-km-Straßenlauf, sie hätte den Anschluss zur Gruppe direkt verpasst und entsprechend nicht nur viel Energie darauf verwenden müssen, wieder in Kontakt zu kommen, sondern wäre außerdem am Ende des Feldes exponiert gewesen, was sie ja laut ihrem Trainer tunlichst vermeiden sollte. So lief Kaisa im vorderen Drittel, sehr schnell, wie es ihr vorkam, und dennoch mit geradezu übernatürlich geschärften Sinnen. Endlich war das ganze Adrenalin in ihrem Blutkreislauf von Nutzen, hatte sie doch so nicht nur den Boden im Blick, um nicht etwa umzuknicken und zu straucheln, sondern außerdem die Konkurrentinnen um sich herum sowie auch die Umgebung. Immer wieder scannte sie beide Wegseiten nach Auffälligkeiten ab, wobei die Bezeichnung Weg für ihren Pfad alsbald eine Übertreibung wurde.

Waren im ersten Abschnitt des Rennens auf ihrer Rennpiste noch zwei Fahrrinnen zu erkennen gewesen, liefen sie in der Folge scheinbar in einem ausgetrockneten Flussbett. Immer wieder standen Wurzeln hervor, auch größere Steine luden geradezu zum Umknicken ein. Durch die ständigen Kurven glich das Rennen im dichten Pulk einem Boxkampf. Auch Kaisa setzte ihre Ellenbogen nicht zimperlich ein, musste genauso aber selbst Knüffe und Schubser einstecken. Im Eifer des Gefechts spürte sie es nicht, aber ihr rechtes Schienbein war bereits nach einem Kilometer blutig, aufgerissen von der Schuhsohle einer Konkurrentin – sie alle hatten Dornen eingeschraubt, um besseren Halt zu haben.

In all der körperlichen Anstrengung hatte Kaisa doch stets mit der ersten Falle gerechnet. So machten ihre geschärften Sinne direkt den Baumstamm aus, der, quer in der Luft liegend, rechts und links jeweils mit einem dicken Tau irgendwo in den Baumkronen befestigt, in einer irren Geschwindigkeit von vorne auf sie zugerauscht kam. Das Bachbett gab ihnen ein wenig Schutz, ab der Hüfte waren sie aber völlig exponiert.

Es blieb nur ein Ausweg: aus dem vollen Lauf warf sie sich, wie die meisten anderen, nach vorne. Ein Hechtsprung wie ins Schwimmbecken. Schon rauschte die Luft über ihren Köpfen, knapp hinter ihr gab es einen kurzen, dumpfen Schlag. Sofort wollte Kaisa weiter, weg von was auch immer gerade getroffen worden war. Weil aber der Baumstamm logischerweise auch wieder zurückschwingen würde, krabbelte sie auf allen Vieren so schnell es ging vorwärts – fünf, zehn, zwanzig Meter – um dann noch einmal zurückzuschauen. Der Baumstamm schwang noch immer, jetzt mit weniger Schwung, glücklicherweise außerhalb ihrer Reichweite. Manche Läuferinnen hatten es ihr gleichgetan und hatten sich in Sicherheit gebracht, andere verharrten noch in Schockstarre, denn ganz hinten lag ein blutverschmierter Körper auf dem Rücken. Es war nicht zu erkennen, wen es erwischt hatte. Die Hindernisse hätten doch entschärft sein sollen?

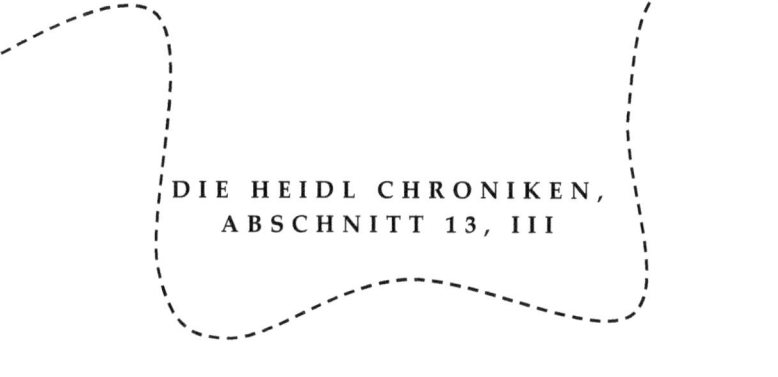

DIE HEIDL CHRONIKEN, ABSCHNITT 13, III

Es trug sich zu, im Jahre des Herrn 2015, dass aus zwei sich Liebenden eine Einheit wurde.

Zum Ende der letzten Erzählung hatten sich unser Jüngling und dessen Auserwählte dazu entschieden, eine gemeinsame Unterkunft zu beziehen. In der Folge hatte es sich gezeigt, dass dies gut war.

Seit jeher war den beiden auch klar, dass sie zueinander passten und gemeinsam besser waren als jeder nur für sich allein. So trug es sich zu, dass Markus sich getraute, nach einer exakt getakteten Abfolge von Blumen, Speisen und gemeinsamen Erinnerungen, seine Geliebte zu fragen, ob sie ihn ehelichen möge. Svenja nahm den Antrag an. Der erste Kuss des verlobten Paares schmeckte leicht salzig.

So folgte in den darauffolgenden 13 Mondeszyklen eine Zeit der Planung. Gemeinsam machten sich die beiden daran, ihr großes Vermählungsfest nach ihren Vorstellungen vorzubereiten. Es war eine schöne Zeit, in der sich auch ihrer beider Familien rege beteiligten, auf dass es schließlich eine Sause wurde, an die sie sich Zeit ihres Lebens gerne zurückerinnern würden.

Am Tag der Tage antworteten beide auf die Frage aller Fragen mit „Ja!", sodass sie nun auch vor Gott und dem Gesetz zueinander gehörten. Zu jener Zeit pflegte man bestimmte Schlüsselwörter, um sie digital bestimmten Themen zuzuordnen, ungeachtet aller Regeln die Schreibweise betreffend, zu kreieren. Folglich lautete das ihre #teamheidl. Waren sie doch nicht nur ein Paar, sondern vielmehr auch ein eingespieltes Team. Viel gehört zu einem solchen Team, auf dass es auch schwierige Zeiten überstehe. Diese Voraussetzungen waren gegeben: Liebe, Vertrauen, Respekt, Kritikfähigkeit, Offenheit, Leidenschaft und außerdem gemeinsame Pläne für die Zukunft.

Doch bevor weitere große Pläne ihre Schatten vorauswerfen konnten, unternahmen sie eine gemeinsame Reise, wie sie sie noch niemals zuvor angetreten hatten:

In einem großen, stählernen Vogel überquerten sie die Grenzen ihres Kontinents und entdeckten eine ihnen noch gänzlich unbekannte Gegend auf der großen Erdkugel: Marokko, das Land der Ruhe wie des Gewusels, des frischen Essens, des Handels wie auch der heißen Temperaturen und feinen Sands.

Dort tauchten sie ein in eine der ihren gänzlich verschiedenen Kultur, dort nächtigten sie für die Zeitdauer eines ganzen Mondzyklus in einem großen Palast, dort lernten sie neue Gesichter, Geschmäcker und Geschichten kennen. So besuchten sie Städte wie Essaouira, Taroudant und Immouzzer, wagten sich in die Nähe gefährlicher Alligatoren, gewannen das Zutrauen kleiner Katzen und sahen Ziegen auf Arganbäumen sowie sowohl das Meer als auch das Gebirge.

Mit zurück brachten sie Erinnerungen und sonnenge-
bräunte Haut.

Eine Gemeinsamkeit, die das Paar weiterhin verband, kenn-
zeichneten sie ebenso als Schlüsselwort. Dieses andere dersel-
ben Art war #laufenhilft und drückte nicht nur ihre Affinität
ihrem Sport gegenüber aus, sondern verdeutlichte außerdem
die immensen Vorteile der fußläufigen Bewegung.

So erlebten Svenja und Markus nur durch Routen zu Fuß
Abenteuer, die ihnen sonst verwehrt geblieben wären. Immer
wieder zog es sie beispielsweise in die Berge, die einige Stunden südlich ihrer Wohnstatt lagen. Dort zog es sie stets in die
Höhe – idealerweise bis hinauf auf des Berges Spitze – mal zügigen, mal gemütlichen Schrittes, fürwahr meist aber gen Stellen, die ihnen herrliche Ausblicke gewährten.

Die Alpen, indes, konnten sich aber von verschiedenen Seiten zeigen. Einmal gab es diesbezüglich natürlich das Wetter,
das sich durchaus auch garstig zeigen konnte, zum anderen
verzeihen es Anstiege nicht, wenn man die Energiereserven
nicht rechtzeitig aufzufüllen gedachte – hier sei das Erlebnis
unseres Jünglings erwähnt, bei dem er zum Ende einer sechs-
stündigen Tour mit über 3000 vertikalen Metern sehr froh über
schokoladige Kugeln war, die ihm trunkene Gefährten spen-
dierten – oder man zu schnell zu viel an Höhe gewinnt – hier
sei das Erlebnis der Maid erwähnt, als sie die Aussicht vom
Gipfel des Schlerns völlig ignorierte und es ihr erst besser ging,
als beide wieder talwärts geschritten waren. Auch Erlebnisse
wie diese trübten jedoch ihre Liebe zu den in den Himmel ra-
genden Massiven nicht. Gerechterweise sei geschrieben, dass
fürwahr die atemberaubenden Abenteuer überwogen.

Entsprechend versuchten sie bisweilen, in Zeiten, in denen
sie der Alltag an die flachere Heimat band, solche Höhenflüge

zu imitieren, wobei Feldberg, Melibokus und gar der Bayrische Wald erstürmt wurden. Auch rheinische Ufer zeigten ihre Reize. Die tollsten Panoramen blieben jedoch den richtigen Bergen vorbehalten.

Auch sonst waren sie den gängigen Gepflogenheiten zum Trotz – lebten sie doch in Zeiten des körperlichen Müßiggangs, in denen es gar als Tageswerk galt, sitzend auf flimmernde Wände zu schauen und sich nur morgens zur und abends von der transportierenden Kutsche in die heimatlichen Gemächer zu bewegen, in denen man sich wiederum meist nur in sitzender oder liegender Körperhaltung lagerte – Aktivitäten unter dem Himmelsdach sehr zugeneigt und stets offen für neue Ideen. So erfreuten sie sich beispielsweise an einer mehrtägigen fußläufigen Tour, mit ihrem Hab und Gut auf dem Rücken, und erwanderten dabei heimische Pfade, die ihnen unerwartete Hintergründe offenlegten. Ebenso versuchten sie beispielsweise, sich möglichst schnell und umfassend nur mit einer Karte ausgestattet zu orientieren und vorgegebene Posten abzulaufen. Ähnlich gestaltete sich ein Spiel mit ihren Taschengeräten, die sie stets bei sich trugen, die gleich einer Karte ebenso bestimmte Orte markierte, an denen sich Dosen finden ließen. Auch so ließen sich stets neue Orte, seien es Ruinen im Wald, verlassene Gehöfte oder gar ehemalige Erdverstecke, finden.

So sammelten sich nach und nach Erfahrungen in allen Herren Ländern an, lockten die beiden doch Jahr für Jahr, das sie gemeinsam genießen konnten, neue Orte hinaus in die große Welt. Sie lebten in glücklichen Zeiten, in denen es üblich war, dass ihre Herren sie jedes Jahr für eine Anzahl von sechs Wochen, deren Zeitpunkt sie selbst bestimmen konnten, von ihrem täglichen Broterwerb freistellten, um sich zu erholen. Sie hatten die Zeit wie auch die finanziellen Mittel um zu reisen.

Verschiedene Himmelsrichtungen weckten ihr Interesse auf vielerlei Art und Weise. So hatten sich beispielsweise alte Kameraden über den Erdball verteilt, sodass es sich Besuche zu organisieren lohnte. Ebenso fanden nah und fern fußläufige Wettbewerbe statt, bei denen sie sich messen sowie neue Gegenden kennenlernen wollten. Und schließlich gab es vielerlei Erzählungen. Ganze Bücher wurden gedruckt, um auf die Vorzüge bestimmter Gegenden hinzuweisen und Sehenswürdigkeiten vorzustellen, die sich zu besuchen lohnte. In ihrer Zeit war es bereits spielerisch leicht, Eindrücke digital zu dokumentieren, sodass man sich selbst erinnern und andere teilhaben lassen konnte. Zu zweit ging es mal an wellengesäumte Strände, mal in panoramaschwere Berglandschaften.

Gleichwohl hatten auch kurze Tagesausflüge in die unmittelbare Umgebung ihren Reiz. Fürwahr konnte man just bei einer Laufrunde über gerade einmal 30 Kilometer (ein Kilometer bezeichnete die Standardlängeneinheit und maß in etwa 1250 Schritt im zügigen Marsch) Ecken besuchen und Plätze entdecken, die dem Auge schmeichelten.

Im Zuge ihrer Reisen verschlug es sie einst ins Spanische, in die Hauptstadt der Katalonen, in ihrer Zeit bekannt als Barcelona, wo sie gemeinsam mit Freunden ein altes Kloster besuchten, im Sonnenuntergang mit vielen tausend anderen über die größten Straßen der Stadt wetzten, an der Strandpromenade flanierten und an selbiger die Füße ins Mittelmeer hielten, in der Nacht des Jahreswechsels zwölf Trauben verzehrten sowie die Wiege des Schaumweins besuchten und auch dort über kahle Bergkämme rannten. In besonderer Erinnerung blieben ferner handtellergroße, orangene Früchte, die mit ihrer Süße den Gaumen entzückten.

Ebenso verschlug es sie an die Grenze zum Slowenischen, in die Straßen und Höhen der Stadt Graz, auf die sie gemeinsam mit altem Kriegswerkzeug blickten. Dort ging es über Stock und Stein bei einem erstmals ins Leben gerufenen Laufwettbewerb über Wiesen, Wege und Baumstämme. Auch einen Gipfel bestiegen sie dort.

Überhaupt zog es sie wieder und wieder ins angrenzende Nachbarland der hohen Berge, frischen Luft, plätschernden Bäche und sonnenbeschienenen Alpenwiesen. Fast schon zuhause fühlten sie sich dort, wo die Berge winters dazu einluden, ihre Hänge auf Brettern hinabzurutschen und sommers, eben jene Hänge hinaufzustiefeln.

Wunderschöne Zeiten erlebten sie im Land der Seen, sowohl im Fränkischen, als auch im Mecklenburgischen. Beide Gegenden luden derweil nicht nur zur fußläufigen Erkundung ein, sondern vor allem auch auf Zweirädern, für die es Muskelkraft und Balance braucht (ein Gefährt, dem eine große Zukunft bevorsteht). Beide Male rutschten sie halsbrecherisch auf metallenen Schlitten ebenso metallene Rillen hinab, beide Male lernten sie wilde Tiere kennen: menschenähnliche Primaten zum einen, borstige Schweine zum anderen. Und natürlich warteten die Seen nur auf das Hineinspringen.

Ähnlich wassernah waren weitere Destinationen gelegen. So fuhren sie einst ins Niederländische, wo es zwar ähnlich der Heimat und doch gänzlich verschieden anmutete. Besonders gefiel das sich ständig im Wind bewegende, grüne, salzwassergegerbte Gras, das einigen Vierbeinern gut zu munden schien. Alte Bauten konnten bestaunt werden, die der Energie-gewinnung aus Wasser und Wind dienten. Auch einige ess-bare Leckereien lohnten das Probieren.

Ebenso verschlug es sie auf eine Nordseeinsel, deren Relief in ihrer Zeit gerne zum Verzieren von Kutschen verwendet wurde. Die Landschaft mutete ähnlich dem Niederländischen an, viel lernten sie dort über menschengemachte Änderungen der Gezeiten sowie über die Kunst, aus Kräutern Heißgetränke zu brauen. Aus der Ferne bewundern konnten sie Meeresbe-wohner, mit denen sie einige Jahre später gemeinsam schwim-men würden. Ihnen behagte das raue Klima, die Luft war so rein, wie sie nur sein konnte.

Um den Bogen zu schlagen sei in Gedanken an Gewässer eine weitere der seltenen Reisen erwähnt, bei der Maid und Jüngling einen stählernen Vogel bemühten. Hoch in den Nor-den ging es, wo im Sommer die Tage lang und die Nächte ent-sprechend kurz sind: Suomi, ein Land, das sich bis in die nörd-lichsten Teile des Erdballs erstreckt. Dort begaben sich unsere beiden Akteure auf eine Reise über verschiedene Stationen, um ihre zeit- und örtlich begrenzten Eindrücke dieses wunder-bar großen Gebiets zumindest ein wenig zu erweitern, begin-nend und endend in Helsinki; Turku, Pori und Tampere pas-sierend. Wieder waren es wunderbare Eindrücke, die sie mit zurück in die Heimat brachten: von wendigen Pfaden um-schlungene Seen, mit mächtigen Steinen bebaute Inseln, herr-schaftliche wie einfache alte Gebäude in Städten, einsame Stra-ßen befahrend und versteckte Lichtungen entdeckend, wilden Tieren und gar sonnigen Stränden begegnend. So fremd wie ihnen die Zungen waren, in denen dort gesprochen ward, so sympathisch waren die Ländereien, die sie kennenlernen durf-ten. Zurückgekehrt wussten sie bereits, dass sie zur rechten Zeit wieder gen Norden aufbrechen würden.

Da sie Gefallen daran gefunden hatten, nicht nur an einem Fleck fern der Heimat dem Müßiggang zu frönen, sondern fürwahr stets nach neuen Eindrücken suchten, kamen sie schließlich zu dem Schluss, anders reisen zu wollen.

So trug es sich zu, im Jahre des Herrn 2019, dass sie sich eine Schlafkutsche borgten, ein Vehikel also, dass sich im Stand zur sicheren Schlafstatt umfunktionieren ließ, und damit gen Süden aufbrachen. Der folgende halbe Monat des Unterwegsseins entwickelte sich fürwahr so außergewöhnlich, dass es eine reine Freude war: So verlagerten Maid und Gefährte ihre Schlafstatt regelmäßig alle ein bis zwei Sonnenaufgänge, auf dass sie in solch rasender Abfolge neue Entdeckungen machten, dass es kaum in eine Erzählung passt.

Fürwahr waren sämtliche Konditionen, für die so manch anderer in ihrer Zeit stählerne Vögel bemüht, in einer einzigen Reise inkludiert: hohe Berggipfel ebenso wie feine Sandstrände. Doch nicht nur das, auch sahen sie Seen, Städte und vielerlei Herren Länder. Sie schnupperten ins Dolce Vita, verliebten sich in herrlich gesüßte Zitronensäfte, speisten einfach wie fürstlich – vom lokalen überbackenen Brot bis zur gefrorenen Süßspeise –, unternahmen fußläufige Erkundungen von einsamen Pfaden bis hin zu den überlaufenen, kanalumspülten Straßen Venedigs.

In der Folge stand für sie fest, dass sie sich selbst eine solche Kutsche würden erobern müssen, um noch freier stets auf Tour gehen zu können, ganz wie es ihnen spontan gefiele.

Unterdessen ließen sich in der Heimat stets aufs Neue Unternehmungen in den Broterwerb des Alltags einweben. So können an unterschiedlichen Stellen wilde Tiere auf engem Raum besucht werden oder in allerlei Himmelsrichtungen ausgewiesene Wanderrouten fußläufig nachvollzogen werden.

Auch unternahmen Maid und Jüngling Ausritte mit der nächsten Generation des schienengebundenen, dampfenden Pferds, mit dem es möglich ist, sofern es einmal losgaloppiert, innerhalb kurzer Zeitdauer auf komfortable Art und Weise weitere Wegstrecken zurückzulegen.

Damit ging es beispielsweise in ein Dorf der Düssel, um dort dem Grand Départ beizuwohnen, dem Aufgalopp einer Frankreichreise, die knapp 200 wackere Mann auf ihren Zweirädern unternahmen.

Ebenso ging es beispielsweise in ein Dorf an der Seine, in dem ein hoher Turm aus stählernen Gestängen sowie weitere bewundernswerte Gebäude errichtet wurden. In der Hauptstadt der Franzosen wurde einmal mehr die sagenumwobene äquivalente Strecke von Athen nach Marathon zurückgelegt und dabei einmal im großen Bogen (als auch durch einen großen Bogen) durch beide innerstädtischen Wälder geschritten.

Derweil hatte der Jüngling, in seinem Broterwerb akademische Höhen erstrebend, wie sie nur wenigen vergönnt sind, trotz einigem Hadern und Steinen, die aus dem Weg geräumt werden mussten, zu Erfolg gefunden. Nach einer flammenden Rede wurde ihm ein Titel verliehen, den er fortan vor seinem Namen tragen durfte.

So wenig manch theoretisches Konstrukt dieser akademischen Bestrebungen Bezug zum sonstigen Leben hat, so sehr findet doch die allgemeine Art zu denken und Probleme zu lösen im Alltag Anwendung. Sowie Maid und Jüngling die Schönheit des Erdplaneten immer mehr kennenlernten und verschiedene Naturphänomene und Kulturen zu sehen bekamen, desto mehr Fragen stellten sie, um Hintergründe zu begreifen. Auf manche dieser Erkundigungen gab es schlicht keine belegbare Replik, auf andere hätte man die Antwort ob ihrer Ungeheuerlichkeit eventuell lieber nicht zu Ohren bekommen. Realitäten zu ignorieren steht aber nur selten auf der Liste der Optionen.

In der Folge änderten sie nach und nach ihre Gewohnheiten, wollten sie doch ihren Planeten vor sich und ihren Artgenossen schützen oder zumindest deren Auswirkungen reduzieren. So kamen sie hierneben nicht umhin, ihre Ernährung anzupassen. Die Jagd ward fortan kein probates Mittel der Nahrungsbeschaffung mehr, konnte man doch in ihrer Zeit kaum noch von solcher sprechen, da sich die Tiere in verachtenswerten Zuständen und nur unter Zuhilfenahme vielerlei Arzneien aufwachsen sahen. Auch die Auswahl und Aufbewahrung ihrer gehandelten Nahrungsmittel hinterfragten sie radikal.

Fürwahr erweiterten sie nach und nach die ihnen überantwortete Schülerzahl, die sie fortan nicht nur in der allgemeinkörperlichen Ertüchtigung unterstützen, sondern gleichwohl in der Kunst der schnellen Schritte anleiteten. In ihnen fanden sie Gleichgesinnte, auf dass ihre Welt, wenn auch nur in kleinen Schritten, Stück für Stück besser wurde.

So verbrachten sie eine schöne Zeit zu zweit.

ANALOGIEN

Deutschland ist ein Fußballland. Warum auch immer. Oft finde ich das Spiel, wenn sich drei Männlein den Ball zuschieben und die anderen 19 nur zuschauen, ziemlich langweilig. Es passiert so wenig. Aber es gibt ja noch die Bandenwerbung.

Andererseits finden es viele auch langweilig, einen Marathon anzuschauen. Da wiederum hänge ich am Bildschirm und verfolge jede Kilometerzeit, achte auf Unregelmäßigkeiten in den Schritten und freue mich über jede Tempoverschärfung. Außerdem gibt es verschiedene Handlungsstränge. Da gibt es die Spitze der Frauen und der Männer, die nationale Elite und eventuell die Hatz auf bestimmte Qualifikationszeiten sowie natürlich Bekannte, die an den Start gehen.

Jedes einzelne dieser Rennen würde mich fesseln. Aber das sind wohl meine persönlichen Interessen.

Gleichwohl scheint es Parallelen zu geben, zwischen dem Spiel mit dem Ball und dem Lauf auf der historischen Distanz. So auch am Vortag.

Denn gestern musste wieder ganz Deutschland vor die Glotze. Bei internationalen Meisterschaften verstehe ich das, dann finde ich Fußball auch interessanter als bei beliebigen Ligen und Cups. Insbesondere, wenn es gegen andere große Fußball-nationen geht und das Ausscheidungsspiel einen knappen Ausgang verspricht. Schön ist dabei auch die soziale Kompo-nente, denn wenn man gemeinsam mit anderen schaut, kann man sich in den langweiligen Phasen einfach unterhalten.

Dass ganz Deutschland vor dem Bildschirm sitzt, hat auch andere Vorteile: nie sind die Straßen so schön leer – beispiels-weise um einmal mitten auf der Hauptstraße zu laufen – wie bei einem K.O.-Spiel der deutschen Fußballnationalmann-schaft in einem internationalen Turnier.

Dabei ist mir so einiges aufgefallen. Lasst uns das Spiel im Re-live erleben:

Heute geht es bei der Weltmeisterschaft gegen Frankreich. Eine mit Spannung erwartete Partie. Nach der schwachen Vor-stellung im Achtelfinale und den Ausfällen durch Verletzun-gen und Krankheit ist heute eine deutliche Leistungssteige-rung nötig! Auch bei vollem Einsatz wird es wahrscheinlich knapp.

Nach der erkältungsbedingten Laufpause und den ersten beiden müden Trab-Versuchen wird es beim Dauerlauf wieder Zeit für ein besseres Laufgefühl! Jetzt ist wieder Leistung ge-fragt!

Die Spieler laufen ein, dann erklingen die Nationalhymnen. Manch einer singt mit, andere starren nur konzentriert gerade-aus. Mit dem Leistungsdruck muss man erst einmal umgehen.

Während ich mir die Schuhe binde, höre ich im Radio den aktuellen Sommerhit. Der macht so gute Laune, dass ich mit-singe. Die Stimmung ist gut, denn das Tagewerk ist vollbracht und ich komme noch einmal raus und zu meiner dringend benötigten Portion Bewegung.

Jetzt geht es endlich los! Anpfiff bei heißen Temperaturen. Die Mannschaften tasten sich zunächst ab. Niemand will hier einen frühen Fehler machen, niemand will die durch das lange Turnier begrenzten Energieressourcen frühzeitig verpulvern.

Jetzt geht es los! Loslaufen bei heißer Schwüle. Nach einem anstrengenden Bürotag wird zunächst verhalten losgetrabt. Nicht den Fehler machen und die noch kalte Muskulatur überlasten. Außerdem ist noch nicht klar, wie viel Kraft die Arbeitswoche gekostet hat.

Das war unerwartet! Wie aus dem Nichts fällt das 1:0 in der 13. Minute. Nach einer Ecke springt ein deutscher Abwehrspieler am höchsten und köpft das Runde ins Eckige. Auf dem Platz wie auch auf den Rängen und daheim vor den Bildschirmen wird laut gejubelt.

Das war unerwartet! Wie aus dem Nichts erscheint plötzlich, nach gerade einmal 13 gelaufenen Minuten, ein Reh im Wald. Mit jedem Schritt springe ich höher, um bessere Sicht zu haben. Still freue ich mich über die Eleganz dieses Naturschauspiels.

Obwohl die Franzosen eigentlich auf den Ausgleich drängen müssten, passiert lange Zeit nichts Aufregendes. Der Ball wird vom einen zum anderen geschoben.

Obwohl Rehe doch normalerweise zu mehreren unterwegs sind, sehe ich nur dieses eine, dann einige Kilometer nichts Aufregendes. Ich setze nur einen Schritt vor den anderen.

Dann plötzlich: ein Flitzer! Nackte vier Buchstaben huschen kurz durchs Bild, schon sind die Sicherheitskräfte bei und auf dem Störenfried. Während die Spieler kurz durchschnaufen wird Werbung eingespielt. Anschließend kann es weitergehen.

Dann plötzlich: ein Hund! Bellend stürzt er auf mich zu, dann wird er glücklicherweise schon zurückgepfiffen. Während ich kurz durchschnaufe, bekommt er die Leviten gelesen. Anschließend kann es weitergehen.

Nun ist Halbzeitpause. Zeit, um kurz aufs Stille Örtchen zu verschwinden.

Nun laufe ich kurz rechts ran, neben einen Baum. Zeit, um den Kaffee wegzubringen.

Nach der Pause bekommen wir ein paar schöne Spielzüge auf beiden Seiten zu sehen.

Nach der kurzen Pause bekomme ich auf offenem Feld einen schönen Sonnenuntergang zu sehen.

Wirklich Erwähnenswertes passiert aber nicht mehr. Die Franzosen haben zwar noch eine Phase, in der sie den Druck erhöhen, ein Tor will ihnen aber nicht gelingen.

Wirklich Erwähnenswertes passiert aber nicht mehr. Ich erhöhe zwischendurch zwar noch einmal den Druck und gebe Gas, die Bestzeit auf dem Segment verpasse ich aber.

Wir hatten darauf gehofft. Mit dem Abpfiff steht der Erfolg fest: Einzug ins Halbfinale! Die ganz große Fußballkunst war es noch nicht, die Mannschaft bleibt aber in der Erfolgsspur. Wir freuen uns schon auf das nächste große Spiel.

Ich hatte darauf gehofft. Mit dem Abstoppen der Uhr steht der Erfolg fest: die Form ist zurück! Für Bestzeiten reicht es zwar noch nicht, das gute Gefühl steigt aber von Lauf zu Lauf weiter an. Ich freue mich schon auf die nächste Einheit.

Wenn schon ein Dauerlauf so spannend ist wie ein Viertelfi-
nale, wie wäre es das nächste Mal also mit einer Live-Übertra-
gung aus dem Wald? Mit den richtigen Moderatoren ist das
vielleicht sogar spannender als Fußball! Meine Stimme für
mehr Leichtathletik im TV!

ZWEI JAHRE

Die Oktober der Jahre 2018 und 2019 waren bei mir ziemlich ähnlich. Jeweils trat ich meinen letzten Test vor meinem Herbstmarathon beim Offenbacher Mainuferlauf über 10 km an. Wie der Name schon sagt, verläuft der Mainuferlauf am Mainufer und ist entsprechend flach. Weil die Strecke außerdem fast ausschließlich auf Asphalt verläuft und nur wenige Kurven aufweist, kann man dort schön schnell laufen.

So kann die Form noch einmal unter Wettkampfbedingungen überprüft werden, ohne eine allzu große Belastung darzustellen, wie wenn ich beispielsweise beim Halbmarathon gestartet wäre. Denn irgendwann kommt in jeder Marathonvorbereitung der Punkt, ab dem sich die Vorfreude wandelt. Sind es zu Beginn noch viele Wochen, die es zu absolvieren gilt, ist es bald nur noch ein Trainingsblock, dann nur ein langer Lauf, schließlich ein letztes Tempotraining, das die Form noch steigern soll.

Dann kommt aber der Punkt, an dem weiteres Training der Form nicht mehr hilft. Jetzt ist Ausruhen angesagt, sind es doch nur noch zwei bis drei Wochen bis zum Marathon, und die Vorfreude wandelt sich vom Arbeitsfleiß hin zur Ruhe vor dem Sturm: jetzt ist es an der Zeit, die Früchte der langen, intensiven Trainingszeit zu ernten. Die Füße still halten, auch wenn es schwer fällt, und die Form kommen lassen. Ausruhen, um mental und physisch am Renntag voller Tatendrang zu sein.

Dieser Punkt ist für mich stets nach dem letzten langen Lauf erreicht, dann ist die wirkliche Arbeit getan. Letzte kleinere Reize stehen dann zwar noch aus, speziell auf den Mainuferlauf freue ich mich aber stets, weil dann, genau zwei Wochen vor dem Marathon, die gute Form über 10 km schon zum ersten Mal genutzt werden kann.

In beiden Jahren klappte das sehr gut und ich war mit Platzierung und mit der Zeit sehr zufrieden. Die Generalprobe für den Marathon war also geglückt. Obwohl das Wettkampfergebnis beider Läufe entsprechend ähnlich aussah, waren es jedoch vollkommen unterschiedliche Rennen:

In beiden Jahren hoffte ich nicht nur auf gute Beine für den letzten Test über 10 km, sondern außerdem auf eine Gruppe, also ähnlich schnelle Mitläufer, von denen ich mich ziehen und treiben würde lassen können. Für den Kopf macht es einen großen Unterschied, ob man nur gegen sich selbst bzw. die Uhr läuft oder andere hat, mit und gegen die man laufen kann.

Nun ist bei einem 10er die Herangehensweise doch deutlich anders als bei einem Marathon: während auf der Königsdistanz vor allem Zurückhaltung gefragt ist, muss man auf den 10 km gleich voll wach sein und Druck machen. Im Idealfall läuft man schnell los, dann sehr konstant und lässt am Ende noch einen Schlussspurt folgen.

Auch bot das Wetter in beiden Jahren einen prächtigen Rahmen für die verschiedenen Rennen am Mainufer. Die Bedingungen hätten gar besser nicht sein können. Am Morgen waren die Temperaturen schön frisch, während es am Nachmittag noch einmal ziemlich warm werden sollte. Und die Beine, für die die Entlastung nach langen Wochen stets etwas ungewohnt ist, waren in beiden Jahren nach dem Einlaufen, dem Lauf-ABC und den Steigerungsläufen voller Spannung. Ganz so, wie es sein soll. Es konnte also losgehen.

Mit einem martialischen Ruf von außen startete für mich das Rennen im Jahr 2018: „Auf geht's, Markus! Hau sie weg!". Franks Zuruf nach gerade einmal 100 gelaufenen Metern ließ mich voll und ganz auf das Rennen fokussieren. Es lief sich gut an, aber es ging zunächst auch leicht bergab an den Main hinunter. Ich wunderte mich, denn ich lief zunächst allein vornweg. War niemand da, der von Beginn an wegsprintet? Und wo waren generell die anderen? Normalerweise ist der Offenbacher Mainuferlauf immer sehr stark besetzt.

Auch im Jahr 2019 ging es direkt vom Startschuss los mit einem Sprint. 10 km sind schließlich einfach. Vollgas los und sehen, was passiert. Nicht wie im Marathon, wenn man ewig geduldig sein muss und dann das Kämpfen anfängt.

Möglichst schnell ging es nach dem anfänglichen Sprint dann natürlich aber darum, bei hoher Geschwindigkeit zu entspannen. Quasi von Beginn an war ich in diesem Jahr nicht allein, vom ersten Schritt an lief Sebastian an meiner Seite, mit dem ich mir schon öfter Duelle auf gleichem Niveau geliefert hatte. Sonst schien aber niemand mitlaufen zu wollen. Zunächst hörte ich noch laute Schritte hinter uns, die sich bald aber verabschiedeten. Auch ok, zu zweit läuft einem wenigstens niemand in die Hacken.

Ich fühlte mich gut. Von Beginn an ließ sich das Tempo sehr locker laufen. Äußerst locker. Mehr Druck wollte ich aber nicht gleich am Anfang geben, immerhin war Sebastian nur neben mir. Die erste Kilometermarkierung passierten wir nach 3'13, mehr Gas mussten wir also auch nicht geben. In der Folge lief Sebastian, der in diesem Jahr immer stärker als ich war, aber nicht vor. Am kleinen Anstieg auf den Damm hinauf war ich immer noch vorne, dann ließ ich ihn schließlich vorbei und hängte mich rein. Eine kurze Passage der Entspannung.

Die ersten beiden Kilometer waren nach 6'28 passiert. Wann war ich zuletzt einen solchen 2000er dermaßen locker gelaufen? Die Muskelspannung war weiterhin so gut, dass ich ständig Gefahr lief, Sebastian in die Hacken zu treten, weshalb ich mich eher leicht versetzt hielt. Und dann, in der nächsten Kurve, war ich schon wieder vorne. Wenn man sich abwechselt, ist es natürlich gut, aber ich schien heute derjenige mit deutlich mehr Druck in den Beinen zu sein. Ich hörte schon heftigeres Atmen.

2018 lief ich nach dem ersten Kilometer in 3:15 min zwar immer noch vorne, sah aber zumindest schon ein paar Schatten hinter mir. Etwas weiter dann, wenn es rechts vom Main weg und hoch auf den Damm geht – das einzige Schotterstück der Strecke –, nahm ich oben etwas Druck heraus, um mir zum einen anzuschauen, wer noch mitlief, als auch aus der Führungsposition zu kommen.

Das klappte sehr gut: wie im Jahr darauf folgte eine kurze Passage der Entspannung. Thorsten aus Marburg übernahm das Zepter und hielt das Tempo weiter hoch. Mit dabei waren außerdem noch Leonardo, Philipp, mit dem ich in Schwanheim die zweite Hälfte gelaufen war, und Fabian. Es war genau so, wie ich es mir gewünscht hatte: eine gute Gruppe zum Mitschwimmen, mit fairen Sportlern, die miteinander liefen und sich gegenseitig einheizten.

Die Führungsarbeit wechselte, mal ging ich wieder nach vorne, weil mir das Tempo noch sehr leicht fiel, mal Leonardo. Wir liefen sehr konstant, die Hälfte war nach 16'42 erreicht. Es wurde Zeit, anzuziehen!

Im Folgejahr 2019 war das klare Ziel, insgesamt unter 33 Minuten zu bleiben. Deshalb rechnete ich anders als sonst. Ich addierte nicht den bisherigen Schnitt (die ersten vier Kilometer stoppte ich mit 13'08) hoch zur erwarteten Endzeit, sondern vom 3'20er Schnitt nach unten. Zwölf Sekunden hatten wir schon gut gemacht, neun fehlten also noch.

Mein Trainer Axel, der mich bei dieser Vorbereitung begleitete, meinte vorher, dass sich das Tempo „ziemlich schnell" anfühlen könnte. Immerhin geht es doch deutlich schneller zur Sache als beim Fokusrennen in zwei Wochen. Das mache aber nichts, ich solle mächtig aufs Gaspedal drücken.

Das klappte nicht nur hervorragend, sondern machte auch mächtig Spaß, insbesondere in den nächsten Kurven. Man fühlt sich so wunderbar schnell, obwohl ich noch etwas Vorsicht walten ließ. Die Wege waren vom Vorabend bzw. vom Morgennebel noch feucht, ansonsten herrschten genauso perfekte Bedingungen wie im Vorjahr. Wir liefen in wunderbarer Herbstsonne.

Kurz darauf war dann leider klar, dass ich auf mich allein gestellt war. Ich spürte die Lücke hinter mir körperlich. Ich hatte aber keine Sekunde zu verschenken, also ging es alleine weiter. Die Streckenhälfte bei Kilometer 5 nahm ich in 16'28 mit, dann hieß es Konzentration auf den Fußabdruck, mit möglichst maximaler Lockerheit. Weitere 5 km schienen nicht mehr weit, können aber lang werden. Würde ich das Tempo alleine halten können?

Im Vorjahr war der Rennverlauf deutlich spannender und die Situation zu diesem Zeitpunkt noch völlig anders. Es ging nicht allein darum, das Tempo zu halten, sondern vor allem, sich gegen die anderen zu behaupten bzw. mitzuhalten.

Kurz nach der Streckenhälfte folgt eine Rechtskurve hinunter zum Main. Die erwischte ich am besten und war leicht vorne. Das galt es auszunutzen und die anderen zu fordern. Ich drückte also weiter aufs Gas! Das funktionierte: Leonardo kam wieder auf, die anderen drei mussten aber eine Lücke reißen lassen.

Auf dem „Mainkurbogen" hieß es dann, möglichst schnell zurück zum Ziel zu kommen. Teils liefen wir nebeneinander, teils zog der eine den anderen. Aber wir waren nicht schnell genug, die anderen holten wieder auf und kamen immer näher, wie ich gut am Schnaufen hören konnte. Nach sieben und acht Kilometern versuchte ich noch zweimal, mich von Leonardo zu lösen, kam aber nicht weg. Es würde ein harter letzter Kilometer werden.

Im Jahr darauf lief ich alleine gegen die Uhr. Aber ich konnte das Tempo halten: Für den sechsten Kilometer zeigte mir die Uhr 3'16, danach wieder einen Hauch langsamer. Einfach immer dem Führungsradfahrer hinterher, dessen Scheibenbremsen quietschten und mich fast schon nervten. Auch eine Fliege flog mir ins Auge. Aber solange einen solche Dinge stören ist noch einiges an Saft im Tank. Unter 33 Minuten musste doch zu schaffen sein!

An den ein oder anderen Jogger konnte ich mich noch heransaugen, dann ging es schließlich auf den letzten Kilometer. 13'11 hatte ich für die letzten vier Kilometer gestoppt. Da waren sie also genau, die neun fehlenden Sekunden: Mit einem 3'20er Schlusskilometer würden es genau 33:00 Minuten, mit 3'12 eine egalisierte persönliche Bestzeit.

Entsprechend versuchte ich natürlich, nochmal zuzulegen und alles hineinzulegen, was ich hatte. Aber einen Endspurt wie im Vorjahr bekam ich ohne Konkurrenz nicht mehr hin.

In diesem Vorjahr nämlich ging es bis ganz zum Schluss heiß her: Auf die letzten anderthalb Kilometer gingen wir nämlich zu fünft: Thorsten, Leonardo, Fabian, Philipp und ich. Thorsten machte nochmal ordentlich Druck, auch er wurde aber nicht weggelassen. Jetzt mobilisierten wir alle noch einmal, was wir hatten!

Den Ausschlag für mich gab dann wieder ein Zuruf von außen: „Auf geht's Jungs, haut rein!" – das war zwar nicht persönlich, aber doch wie ein zweiter Startschuss. Noch einmal alles geben, meine Marathonbeine gegen die jungen Wilden. Dennoch kam ich nach vorne, was natürlich beflügelt. Dann waren es nur noch 500 Meter. Augen zu und durch, alles oder nichts! Zähne zusammenbeißen und dennoch locker bleiben. Noch 200 m. Schlussspurt, aber es war keiner mehr dran. Ich hatte es geschafft, ich hatte gewonnen. Sieg!

Und auch die Zeit konnte sich sehen lassen. 33:24 min war die achtschnellste Zeit, die ich bis dato je über 10 km gelaufen war, schneller war ich zuletzt dreieinhalb Jahre zuvor gewesen. Die Form schien gut zu sein.

Und diesen schönen Sieg konnte ich im Folgejahr wiederholen. Obwohl ich auf dem Schlusskilometer versuchte, wie im Vorjahr alles zu mobilisieren, brauchte ich 3'15 für den letzten Kilometer. Ich sah 32'55 auf der Zieluhr, ausgegeben wurden am Ende 32'57. Dennoch: ich hatte es unter 33 Minuten geschafft! Nach 2012 und 2015 erst zum dritten Mal auf einer offiziell vermessenen Strecke. Und dann noch fast im Alleingang. Wieder schien die Form gut zu sein!

Vielleicht wäre es noch einen Hauch schneller gegangen, wenn es wieder eine Gruppe gegeben hätte. Dann wäre ich vielleicht seit Langem mal wieder eine persönliche Bestzeit gelaufen. Auch so gab es aber nun wirklich keinen Grund zu klagen!

Was sich in der Ergebnisliste ganz ähnlich liest, können doch so unterschiedliche Rennen sein.

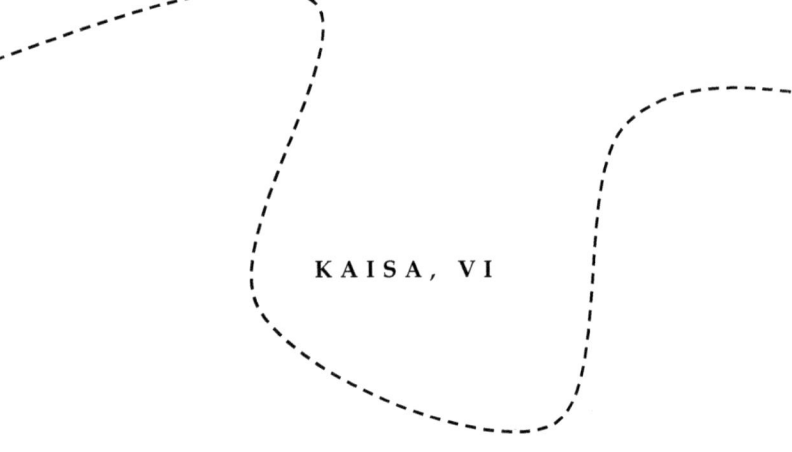

KAISA, VI

Weiter, immer weiter, mehr erlaubte sich Kaisa nicht zu denken. Mit fünf anderen stürmte sie nach diesem Unglück –
wenn man es denn überhaupt als ein solches bezeichnen
durfte – umgehend wieder das Flussbett entlang, um möglichst schnell das erste Opfer des Rennens zu vergessen sowie
den Horror so schnell wie möglich hinter sich zu haben.
Dadurch, dass Kaisas Hirn voll im Wettkampfmodus war,
konnte sie fast alles ausblenden, was sich negativ auf ihre Leistung auswirkte. Wie machten das bloß die freiwillig gemeldeten Läuferinnen, die bis zum Start noch nichts von den gefähr-
lichen Hindernissen wussten und sich entsprechend nicht auf
ähnliche Situationen hatten einstellen können?

Keine hundert Meter später wartete bereits das nächste
Hindernis, denn der Pfad endete einfach von jetzt auf gleich in
einem Dickicht. Die Absperrungen sowie gleich zwei fest in-
stallierte Kameras, die Kaisa auf den ersten Blick ausmachen
konnte, ließen aber keinen Zweifel daran, dass es mitten hin-
durch gehen sollte.

Nur ein kurzes Zögern, weil nie sicher war, was passieren konnte, dann hieß es Augen zu und durch. Den rechten Unterarm als Schutz vor dem Gesicht, mit der linken Hand versuchend, all die kleinen Äste beiseite zu schieben, stürzte sich Kaisa in die Büsche. Die anderen taten es ihr neben und hinter ihr gleich.

Das schwere Geläuf schien den Organisatoren glücklicherweise genug Hindernis zu sein, denn außer, dass Arme, Beine sowie auch Teile des Oberkörpers und Gesichts zerkratzt wurden, passierte Kaisa nichts. Dann aber entdeckte sie im Augenwinkel, als das Dickicht nach nur wenigen aber gefühlt endlosen Metern schon wieder lichter wurde, dass die Kleidung ihrer Konkurrentinnen teilweise in Mitleidenschaft gezogen worden war. Sie alle hatten einen weißen Wettkampfdress aufgezwungen bekommen, der nur aus einem knappen Oberteil und einem Höschen bestand. Eines dieser Oberteile riss gleich bei der ersten Durchquerung des Dickichts an der Seite komplett auf und legte in der Folge die halbe Brust der betroffenen Konkurrentin frei, was unangenehm sein musste, die Läuferin aber völlig unbeeindruckt ließ. Sie lief einfach weiter.

Ein letzter Baumstamm lag schließlich nur noch quer, den es zu überspringen galt, dann hatten sie es wieder auf einen Pfad geschafft, der sich angenehm laufen ließ. Im Vertrauen darauf, dass die Läuferin vor ihr nicht bremsen würde, nahm Kaisa den Sprung im vollen Lauf, sodass sie das Tempo mitnehmen konnte. Schon jetzt kam sie sich angeschlagen vor – ihr Puls raste und ihre Lungen kamen mit der Sauerstoffzufuhr nicht hinterher –, dabei hatten sie noch nicht einmal die erste Runde geschafft. Vier hatten sie zu laufen. Es war in allen Facetten ein Rennen, wie sie es noch nie gelaufen war.

Immerhin konnte sie die aktuelle, leicht abfallende Passage dafür nutzen, sich ein wenig zu erholen. Das Tempo war zwar weiterhin hoch, dennoch musste Kaisa einfach nur bei den anderen mitlaufen und es rollen lassen. Dadurch, dass sie nur in einer Sechsergruppe liefen, gab es auch kaum noch Gerangel, zumindest solange keine Richtungswechsel anstanden.

Obwohl ihr das Tempo immer noch schnell vorkam, war es wohl nicht flott genug. Erst schlossen drei, darunter auch Fernanda, dann noch zwei weitere Läuferinnen von hinten auf, was Kaisa einmal mehr das hohe Niveau des Feldes aufzeigte. Sie selbst lief beinahe wieder am Anschlag, immerhin aber weiterhin in der Spitzengruppe unter den ersten elf.

Das leichte Gefälle rührte daher, dass sie direkt auf einen Fluss zu liefen. Wieder machten die Flatterbänder deutlich, dass es geradeaus durch das Wasser gehen sollte. Dabei sah die Strömung ungewöhnlich schnell aus, gleichzeitig war der Fluss eindeutig zu breit, um ihn mit einem großen Satz zu überspringen. Wieder war dennoch eine leichtathletische Grundausbildung hilfreich – nicht nur beim Überqueren des Baumstamms als Ersatz-Hürde, auch jetzt wieder beim Weitsprung in den Fluss. Ohne groß nachzudenken beschleunigte Kaisa zu einem kurzen Zwischensprint und machte einen möglichst weiten Satz.

Das Wasser war eiskalt. So kalt, dass sie kurz in Panik geriet, ihr Drang, Luft zu schnappen, war überwältigend. Vielleicht war der Schock umso größer, weil sie in Frankreich, an der Grenze zu Spanien wärmeres Wasser erwartet hätte. Im allerletzten Moment hatte sie sich zurück an die Wasseroberfläche gekämpft und konnte endlich wieder atmen.

Sie war kaum abgetrieben und auch schon fast auf der anderen Seite, womit sie sich einmal mehr an einem Hindernis deutlich besser geschlagen hatte als die meisten ihrer Konkurrentinnen. Mit zwei anderen, darunter glücklicherweise Fernanda, stemmte sie sich auf das grasbewachsene Flussbett und versuchte direkt weiterzulaufen. Nach dem kalten Wasser waren die ersten Schritte sehr wacklig, dennoch galt es einmal mehr, jedweden Vorteil zu nutzen.

Mit Blick auf Fernanda, die sich ein aufmunterndes Lächeln abrang, wurde Kaisa schlagartig klar, warum der Fluss hatte sein müssen: die weiße Kleidung war durch die Nässe durchsichtig geworden. Kranke, widerliche Perverslinge! Zu mehr Wut reichten ihre aktuellen mentalen Kapazitäten nicht.

Weil es zum Fluss bergab gegangen war, musste es nun entsprechend wieder aufwärts gehen. Sie liefen jetzt an einem Graben entlang, der, scheinbar künstlich ausgehoben, so tief war, dass er ansonsten nicht zu überwinden war. Es hätte zwar auch eine Brücke gegeben, die sich allerdings wie in mancher norddeutschen Hafenstadt auf- und zuschwenken ließ. Weil sie gerade geöffnet war, mussten sie einen Umweg von fast 300 Metern über einen schwer zu laufenden Acker bewältigen. Und siehe da: kaum hatten sie die andere Seite erreicht, schon schloss sich die Brücke. Andere Läuferinnen, die weit abgeschlagen gewesen waren, konnten zu ihnen aufschließen und waren plötzlich deutlich vor ihrer Verfolgergruppe, also Läuferinnen, die bis zum Fluss das Feld noch angeführt hatten. Dadurch wurde das komplette Feld wieder völlig neu gemischt.

Um hier durchzukommen brauchte es wirklich Glück!

Einmal mehr hätte er schmunzeln können, wäre die Lage nur nicht so ernst gewesen. Er fühlte sich in der Zeit zurückgesetzt: wieder mit dauerhafter Sorge und stetem Unbehagen abwartend, wie eine Raubkatze im Käfig auf- und abtigernd, gelähmt vor Sorge und zu keinem klaren Gedanken fähig. Der Unterschied zu seinem damaligen ersten, schlechten Bauchgefühl war diesmal, dass es nicht nur reines Gefühl, sondern Gewissheit war.

Seitens der Polizei – sei es nun von Herrn Lampe selbst oder von einer anderen Behörde – gab es keinerlei Rückfragen. Ebenso wenig gab es eine Rückmeldung. Er hing in der Luft und konnte nichts tun. Schließlich nahm er sich ein Herz und wählte erneut den Notruf, wurde diesmal aber deutlich ruppiger behandelt. Auf Rückfrage war Herr Lampe nicht in der Leitstelle, und ob des unfreundlichen Tons fing er gar nicht erst an, seine ganze Geschichte erneut zu erzählen. Es gebe nun einmal keine Auskunft über laufende Ermittlungen, hatte man ihm zu verstehen gegeben.

Sollte er sich Niko schnappen oder sich gar allein ins Auto setzen und nach Südfrankreich brausen? Auch mit dem Flugzeug würden sie mittlerweile aber zu spät kommen. Er würde noch verrückt werden, garantiert!

Viel Zeit, um sich auf die neue Rennsituation einzustellen, blieb freilich nicht. In jetzt wieder größerer Gruppenstärke ging es zurück in den Wald. Kaisa saugte einfach das Positive aus der Situation, denn neben Fernanda war nun auch Elisa wieder in ihrer Gruppe. Keinen noch so kleinen Gedanken musste sie also um ihr Wohlergehen verschwenden. Zudem war sie immer noch in der Spitzengruppe, in der sie sich nun wieder besser verstecken konnte, also weniger exponiert war. Für den Moment war also alles in Ordnung. Unauffällig mitlaufen war weiterhin die Devise.

Ein letztes Hindernis wartete noch auf sie, worüber sie aber nach dem bereits Erlebten nur müde lächeln konnten. Im Waldstück, das sie zurück auf die Lichtung führte, auf der sie gestartet waren, schwangen plötzlich von rechts und links schwere Sandsäcke an langen Tauen hin und her. Zwei Läuferinnen wurden zwar überrascht und zu Boden geworfen, konnten sich aber umgehend wieder aufrappeln. Sie verloren nur ein paar Platzierungen, konnten aber sogar in der Gruppe bleiben. Alle anderen hatten Glück und wichen aus. Harmlos. Schon war die Lichtung erreicht und die erste Runde geschafft.

Nach der Schlussrunde würde es noch einhundert Meter weiter geradeaus gehen, jetzt mussten sie eine spitze Kehre nehmen, um wieder auf der Startgeraden in den Wald hineinzulaufen. Hatte Kaisa nach dem Startschuss noch einen Sprint hingelegt, war sie jetzt schon froh, den Anschluss halten zu können. Sie versuchte, möglichst locker zu bleiben und nicht zu tief in ihren Tunnelblick zu fallen, sondern die Augen weiterhin offen zu halten und die Umgebung zu scannen. Wer wusste schon, ob es bei den gleichen Hindernissen bleiben würde?

Ein großer, roter Fleck erinnerte an das Unglück mit dem schwingenden Baumstamm aus der ersten Runde, der diesmal scheinbar nicht kam. Wusch! Also doch, und wieder war es ganz knapp. Auch beim Zurückschwingen war der Stamm noch äußerst gefährlich und hätte fast zwei weitere Opfer gefordert, wären sie nicht noch durch Rufe gewarnt worden. So kamen sie glimpflich davon, auch sonst verlief die zweite Runde vergleichsweise unspektakulär.

Leider musste Kaisa nach Durchquerung des Dickichts die Führungsgruppe ziehen lassen. Das Tempo war einfach zu hoch, so bildete sie in der Folge mit drei anderen Läuferinnen die erste Verfolgergruppe. Fernanda und Elisa konnten weiterhin mitgehen.

Der Fluss war erneut schockierend kalt, gefühlt war die Strömung außerdem noch stärker geworden. Wieder musste Kaisa mit den anderen an der Brücke den Umweg über den Acker nehmen, immerhin blieb sie länger offen und ermöglichte nicht gleich nach ihnen die Abkürzung. Fast schon routiniert wichen sie den Sandsäcken im Wald aus. Kaisa fühlte sich mit allen Wassern gewaschen, auch weil die dritte Runde scheinbar berechenbar begann. Der gefürchtete Baumstamm befand sich bereits im Ausschwingen, er stellte keine Gefahr mehr dar. Dadurch, dass sie nicht auf allen Vieren krabbeln mussten, konnten sie in ihrer Vierergruppe Energie sparen und den Abstand nach vorne sicher verringern.

Doch gerade, als Kaisa dachte, sich berechtigte Hoffnungen auf eine ausreichende Platzierung machen zu dürfen, ging doch noch alles schief.

Als sie auf den Fluss zuliefen und sich die ersten der Spitzengruppe bereits wieder an Land stemmten, war klar, dass die Strömung wirklich immer stärker wurde. Alle Läuferinnen vor ihnen waren deutlich abgetrieben worden. Alle vier hatten sie denselben Gedanken und liefen so weit wie möglich links, um vom Wasser zurück zur Streckenmitte geschwemmt zu werden, nicht allzu weit an den rechten Rand. Doch im Gedränge passierte es: genau im Absprung bekam sie von links einen heftigen Rempler in die Seite und konnte ihre Flugbahn nicht mehr kontrollieren. Mit einem lauten Platsch landete sie viel zu weit rechts im Fluss.

Zum Glück war sie immerhin sehr weit geflogen und konnte sich mit beiden Händen am Flussrand festkrallen, sodass sie zumindest nicht ertrank. Wahrscheinlich wäre sie sonst unter Wasser gezogen worden, denn ihre Beine wurde fest umklammert. Doch wie sollte sie sich befreien? Das Flussbett war scheinbar strömungsabwärts der zu durchquerenden Stelle von Schlingpflanzen bewachsen, die sich sofort nach Kaisas Eindringen in ihr Herrschaftsgebiet um ihre Unterschenkel geschlungen hatten.

In ihrer Panik trat sie zunächst kräftig aus und hoffte, die Pflanzen mit ihren Schuhen zu durchtrennen, hatte aber keinerlei Erfolg. In ihrem erschöpft angeschlagenen Zustand erlahmten ihre Bewegungen dann trotz der Panik recht schnell, was sich als die deutlich bessere Taktik herausstellte. Ohne die schnellen Bewegungen lösten sich die Schlingpflanzen nach und nach und gaben ihre Beine frei. Sie wagte sich nicht zu bewegen, bis sie von der Strömung der Länge nach an den Flussrand gespült worden war, dann krabbelte sie ans Ufer. Für einen kurzen Moment war sie einfach nur froh, festen Boden unter den Füßen zu haben.

Leider musste sie natürlich sofort weiter, ihre Gruppe war ihr selbstredend längst enteilt, gar waren noch weitere Läuferinnen an ihr vorbeigezogen. Den Überblick über ihre Platzierung im Feld hatte sie mittlerweile komplett verloren. Sie hoffte einfach nur, nicht Letzte zu sein und hätte doch nichts weiter tun können, als so schnell wie möglich ins Ziel zu kommen. Hoffnung gab es ob der Hindernisse schließlich bis zuletzt.

Die Brücke stand trotz ihres gefühlt riesigen Abstands leider weiterhin offen. Auf der anderen Seite des Grabens sah sie ihre ehemalige Gruppe den Anstieg erklimmen. Sollte sie stehen bleiben und warten? Darauf hoffend, dass sich die Brücke innerhalb der nächsten Sekunden schließen würde? Doch sie wusste, dass dies keine Option war, schließlich war es möglich, dass sie sich bis zum Ende des Rennens nicht mehr bewegen würde.

Wenige Minuten später, zurück auf der Lichtung, mittlerweile völlig allein und ohne jegliche Übersicht über ihre Platzierung, ging es auf ihre letzte Runde. Augen zu und durch!

Wieder war der Baumstamm bereits am Ausschwingen, hinzugekommen waren spitze Pflöcke, die aus dem Boden standen. Sie hatte beim Passieren keine Probleme, konnte sich die Probleme der ersten, die zusätzlich noch auf den Baumstamm hatten achten müssen, aber leidlich vorstellen. Sie schaute lieber nicht allzu genau nach Spuren.

Durch das Dickicht kam sie deutlich zügiger, hier hatten sie schon eine Schneise geschlagen, dafür konnte sie den querliegenden Baum nicht mehr leicht überspringen, sondern musste ihre linke Hand zum Abstützen zu Hilfe nehmen.

Dann jedoch ging ein Ruck durch ihren ganzen Körper. Die scheinbar führenden Gruppen waren nicht weit vor ihr, abgeschlagen dahinter quälten sich einige Läuferinnen humpelnd vorwärts. Sie würde nicht Letzte werden, wenn sie jetzt nur mächtig auf die Tube drückte!

Mit langen Schritten rannte sie abwärts und sprang mit solcher Kraft am Flussrand ab, dass sie keinen einzigen Schwimmzug nehmen musste, sondern direkt nach dem Ufer greifen konnte. Danach kam ihr außerdem Fortuna zu Hilfe, denn just als sie erneut am Graben links abbiegen wollte, bewegte sich die Brücke und öffnete ihr die beträchtliche Abkürzung. Damit war sie wieder voll im Geschehen, glücklich hineingespült in die Spitzengruppe, die gerade angeschossen kam. Dachten die Mädels wirklich an die Siegprämie?

Obwohl sie bei diesem horrenden Tempo, das sich vermutlich bis in den Schlussspurt immer weiter steigern würde, nicht im Ansatz mithalten konnte, lief Kaisa doch wie von selbst. Nur noch durch den Wald und über die Zielgerade, sie würde es tatsächlich schaffen!

Obwohl aus den Sandsäcken mittlerweile spitze Zacken ragten, stellten sie im langsamen Schwingen keinerlei Gefahr mehr dar. Endlich kam anschließend zum vierten Mal die Lichtung in Sicht, von der sie nun auf die rettende Zielgerade einbiegen durfte. Auf der breiten Lehmstraße, über die sie vor wenigen Stunden mit den Autos gekommen waren, lief zwar auf den verbleibenden 100 Metern keine einzige Läuferin mehr – die Gruppe vor ihr lag bereits erschöpft im Ziel – dennoch hatte sie sich gegen die Verfolgergruppe behaupten können. Sie lag scheinbar gar nicht allzu schlecht platziert!

„Nie Zurückschauen!" lautet eine der eisernen Wettkampfregeln, die Kaisa nun besser befolgt hätte. Im Zurückblicken sah sie das letzte Hindernis so nämlich nicht: aus dem Boden waren auf der Zielgeraden wie aus dem Nichts mehrere Holzwände – wie Türen ohne Klinke – nach oben geklappt. Weil einige schon emporragten, ging Kaisa ganz selbstverständlich davon aus, dass auch dieses Hindernis schon komplett aktiviert war und für sie keine Gefahr mehr darstellte. Weit gefehlt: genau vor ihr klappte kurz vor dem Ende eine weitere Wand nach oben. Weil sie über die Schulter nach der Verfolgergruppe schaute, sah sie das Hindernis nicht und lief in vollem Sprint dagegen. Mit dem Kopf durch die Wand war noch nie eine gute Idee: Wie von einer Eisenfaust niedergeschlagen lag Kaisa so völlig benommen von einem auf den anderen Moment auf dem Rücken. Ausgeknockt hatte sie Schwarz vor Augen und wusste dennoch, dass sie unbedingt das Ziel erreichen musste.

Irgendwie schaffte sie es, sich auf alle Viere zu stemmen. Nachdem sie die Augen zusammengekniffen und sich wie ein nasser Hund geschüttelt hatte, kehrte zumindest auch ein Tunnelblick zurück. Ein Blick, der ihr das schlimmstmögliche Szenario offenbarte, lief doch eine um die andere Läuferin an ihr vorbei. Kam überhaupt noch jemand? Hatte diese kurze Unachtsamkeit ihr Schicksal besiegelt?

Sie nahm alle Kraft zusammen und rappelte sich auf. Mehr taumelnd als laufend schaffte sie es ins Ziel, auf den letzten Metern noch überspurtet von einer weiteren Konkurrentin. Nur eine andere Läuferin kam direkt hinter ihr ins Ziel. War sie jetzt Vorletzte?

Aber nein. Schwer atmend, auf der Seite liegend, schaute sie zurück und sah doch noch eine letzte Läuferin nach schier endlosen Sekunden aus dem Wald humpeln.

Ihre Rettung, die sie gleichzeitig verzweifeln ließ.

Ausgerechnet Fernanda!

Mittlerweile sitzend schaute Kaisa weiterhin die Zielgerade hinab, weiterhin hoffend, dass doch noch zwei Läuferinnen angelaufen kämen. Sie hielt Fernanda fest im Arm, dicke Tränen liefen ihr die Wangen hinab. Die Hoffnung schwand von Herzschlag zu Herzschlag. Wie grausam es war, dass Kaisa ohne zu zögern jede andere Läuferin gegen Fernanda eingetauscht hätte. Doch es lag nicht an ihr, das Rennen hatte mit all den Hindernissen und Zufällen entschieden. Dass ihr Fernanda grob aus den Armen gerissen und fortgetragen wurde, schien deren Schicksal zu besiegeln. Sie war zu schwach, um sich zu wehren.

Doch zu ihrer Überraschung war auch Kaisas Rolle in diesem perversen Spiel noch nicht beendet, obwohl sie als Drittletzte das Versprechen auf Unversehrtheit innehatte. Als sie verzweifelt und niedergeschlagen den Zielbereich in Richtung der Zelte verlassen wollte, wurde sie aufgehalten und der Durchgang versperrt. Von einem weiteren grobschlächtigen Typen wurde sie grob am Arm gepackt und zur Lichtung gezerrt, auf der zwei Pfähle errichtet worden waren, an welche wiederum gerade Fernanda und die andere Läuferin, die es nur kurz nach Kaisa ins Ziel geschafft hatte, gefesselt wurden. Zwei Sekunden langsamer, dann wäre sie jetzt dort gefesselt gewesen. Wie Cowboys am Marterpfahl bekamen die beiden die Hände hinter ihrem Rücken um den Pfahl gebunden. Sie hatten keine Chance sich zu bewegen, geschweige denn zu flüchten.

Kaisa wiederum wurde im Abstand von etwa zehn Metern auf einer viereckigen Matte platziert, die sie nicht verlassen durfte. Kurz flackerte eine Erinnerung an eine Baseball-Base auf, gespielt wurde hier aber sicher nicht. Ganz im Gegenteil, sie bekam einen Bogen sowie einen Köcher mit Pfeilen gereicht. Damit stellte sich die Frage, wer schlimmer dran war, sollte sie doch jetzt auch noch zur Mörderin gemacht werden.

Denn die Aufforderung war klar: mit dem Bogen auf ihre Mitstreiterinnen zu schießen. Vor den Augen ihres ehemaligen Cheftrainers sowie vier anderen schmierigen Typen, die sich nebeneinander am Rand der Lichtung aufgestellt hatten, sowie natürlich all den Kameras, die anonymisiert für allerlei weitere Irre beobachteten. Sie konnte das nicht!

Sofort nach dieser Erkenntnis bekam sie auch schon einen Schlag auf den Hinterkopf, zusätzlich wurde eine Pistolenmündung auf ihren Kopf gerichtet. Ein auffordernder Grunzlaut ihres persönlichen Wärters verstand sie als klare Aufforderung. Also griff sie nach dem ersten Pfeil in ihrem Köcher – wobei es sich um keinen x-beliebigen Holzpfeil handelte, sondern um einen tödlich eleganten Sportpfeil aus Carbon und Fiberglas, mit einer Spitze, die alles andere als freundlich aussah – und fädelte dessen Ende in die Bogenschnur ein. Direkt über ihrer linken Hand lag der Schaft des Pfeils auf dem Sims des Bogens, mit der Rechten musste sie mit aller Kraft an der Schnur ziehen, um den Bogen zu spannen.

Dann ließ sie los.

Wie noch im selben Augenblick schlug der Pfeil auch schon im linken Pfahl ein, gar nicht allzu hoch über dem Kopf der unbekannten Läuferin. Sie hatte glücklicherweise viel zu hoch gezielt und war überrascht, wie sehr sich der Pfeil durch die Flugparabel gesenkt hatte.

Wieder hatte sie sich damit allerdings unverzüglich einen Schlag auf den Kopf eingehandelt. „Kaisa, du musst." – ohne jeglichen Vorwurf hatte Fernanda sie zur Besinnung gerufen. Ganz leise eigentlich, aber noch nie hatte Kaisa Worte deutlicher gehört. Fernanda hatte ihr Schicksal akzeptiert, wollte aber zumindest noch ihre Freundin retten.

Doch Kaisas Entschluss stand fest. Sie würde nur ein weiteres Mal auf eine Person schießen. Nachdem sie sich den Kopf gerieben hatte, um den Schmerz des zweiten Schlags wegzuwischen, griff sie zum nächsten Pfeil. Jetzt war sie ganz ruhig und führte jeden Handgriff sicher und bedacht aus. Dann hob sie den Kopf und hatte alles im Blick: links von ihr, scheinheilig blickend, die fünf Trainer. Vor ihr die beiden gefesselten Verliererinnen und rechts von ihr, auch noch im Blickfeld, die Knarre ihres persönlichen Aufpassers. Sie hob den linken Arm mit dem Bogen auf Schulterhöhe, die rechte Hand zog mit aller Kraft, noch stärker als bei ihrem ersten Schuss.

Und dann, im letzten Augenblick, drehte sie sich nach links und schoss.

Sie sah noch, wie sich die Augen ihres ehemaligen Trainers, der es ja ach so gut mit ihr gemeint hatte, überrascht weiteten, dann sah sie selbst nur noch schwarz. Denn diesmal wurde sie so heftig niedergeschlagen, dass sie kurz die Besinnung verlor. Als sie zum zweiten Mal an diesem Tag langsam wieder zu sich kam, war ihre namenlose Konkurrentin bereits befreit und sie selbst an den Pfahl gefesselt. Sie hatten ihre Rollen getauscht.

Die Trainer wiederum waren verschwunden, Kaisa wusste deshalb nicht, ob und wen sie getroffen hatte. Lange würde sie darüber aber wohl nicht mehr grübeln können, ihre Ersatzschützin schien weit weniger Skrupel zu haben als sie selbst. Schon hatte diese einen Pfeil aus dem Köcher genommen und eingelegt. Die andere sah ihr direkt in die Augen und spannte den Bogen. Der Pfeil zeigte ganz genau in Kaisas Richtung.

Und dann kamen die Hubschrauber.

Wie nur selten der Fall hatte im Hintergrund alles geklickt. Die Informationen waren schnell geflossen und zufälligerweise direkt in die richtigen Hände geraten. Die internationale Zusammenarbeit: kein Problem. Die Zuständigkeiten: bereits im Vorfeld geklärt. Das Budget: für Fälle wie diesen grenzenlos.

Kaisas Notlage und der entsprechende Anruf ihres Freundes hatten die letzten Hinweise geliefert, um alle Puzzlestücke zusammenzusetzen. Dass dann auch noch ein Rennen stattfinden sollte und deshalb alle Verantwortlichen an einem Ort sein würden, beschleunigte die Freigabe zum Zugriff. Sämtliche Fluchtwege waren gesperrt, mit gleich fünf Hubschraubern wurden ausgebildete Spezialeinheiten koordiniert auf dem Gelände verteilt. Alle Beteiligten ergaben sich ohne Gegenwehr, die letzten beiden Opfer konnten verhindert werden.

So entpuppte sich Kaisas Albtraum zu einem Glücksgriff für die Polizei, die einen ganzen internationalen Ring von Snuff-Produzenten hochnehmen konnte. So viele Köpfe der Hydra im Untergrund auch immer wieder nachwachsen würden, heute hatte sie einen schweren Schlag eingesteckt. Doch würde Kaisa mit all den Bildern in ihrem Kopf klarkommen?

Zumindest war sie frei. Frei und lebendig.

DIE DREI GROßEN LAUFLÜGEN

Laufen ist ein ehrlicher Sport. Natürlich gibt es Talente, denen es leichter fällt als anderen, fünf Kilometer am Stück zu laufen und deren Potential größer ist. Nicht jeder kann einen Marathon unter zwei Stunden laufen. Dennoch besiegt derjenige, der fleißig ist, stets den Talentierten, der faul ist.

Überhaupt ist das Laufen von Grund auf ein ehrlicher Sport. In seiner Ursprungsform, derer wir noch sehr nahe sind, geht es nur darum, möglichst schnell bzw. schneller als ein anderer von einem definierten Start- zu einem Endpunkt zu kommen. Was spielerisch im Kindesalter mit verschiedenen Wettläufen beginnen kann, kann ebenso in hochprofessioneller Manier optimiert werden. Immer geht es aber darum, wer am schnellsten eine bestimmte Strecke zurücklegen kann. In der reinsten Form braucht man dafür keinerlei Ausrüstung, im Normalfall sind aber Hose, Shirt und Schuhe angenehm.

Auch braucht es im Grunde nicht einmal einen Laufpartner, es reicht eine Stoppuhr. Wer nur gegen sich selbst antritt, braucht keine Ausreden, warum ein anderer schneller war.

Eine gelaufene Strecke mit der gestoppten Zeit, das ist ehrlicher Sport. Für die gleiche Strecke ist die Zeit vergleichbar, vorgestern wie morgen und auch noch in zehn Jahren. Man sieht ganz objektiv, wie fleißig und zielgerichtet man gearbeitet hat.

Im Training sind ebenso Berge sehr ehrliche Trainingspartner, denn Berge weichen nicht zurück. Im Flachen kann man Tempo herausnehmen, um weniger knautschen zu müssen, am Berg bleibt die Anstrengung gleich, nur das Leiden verlängert sich. Ganz simpel.

Bei anderen Sportarten, die nach dem gleichen Grundsatz verfahren, also eine Strecke möglichst schnell bzw. schneller als andere zu bewältigen, spielt die Technik eine entscheidende Rolle. Beim Radfahren beispielsweise kann selbst der Weltmeister mit einem ungeeigneten Fahrrad chancenlos gegen einen Amateur mit Hightech-Equipment sein. Auch beim Schwimmen – ganz abgesehen davon, dass man zuallererst Wasser braucht – macht der entsprechende Anzug einen bedeutenden Unterschied.

Nicht so beim Laufen. In unserem Sport stehen wir alle gleichberechtigt am Start. Natürlich kann man mit den neuartigen Carbonschuhen argumentieren, dass auch das Laufen technisiert werde, der Kopf hat dabei aber weit mehr Einfluss auf die Laufleistung als die Schuhe selbst.

Gleichberechtigung, auch das macht das Laufen aus.

Neben der aktuellen körperlichen Verfassung spielt weiterhin die Selbsteinschätzung eine große Rolle. Wer über seinen Verhältnissen anläuft, hat auf der zweiten Streckenhälfte keinen Spaß – das trifft Profis wie Laufanfänger. Taktische Vorteile hat weiterhin derjenige, der die Strecke am besten lesen kann, wer also die Kurven optimal nimmt, die Anstiege für sich persönlich richtig einschätzt, abwärts Kraft spart und im rechten Moment beschleunigt. Schließlich entscheidet die mentale Einstellung und natürlich der Biss jedes Einzelnen.

Genauso ehrlich, wie uns persönlich die Strecke behandelt – schonungslos unsere Schwäche offenlegend – so unehrlich sind die Rückmeldungen von außen. Wir alle bekommen vom Streckenrand die gleichen Anfeuerungsrufe zu hören. Es sind die drei großen Lauflügen.

Die erste große Lauflüge könnte nicht offensichtlicher sein: „Du siehst gut aus!". Natürlich sehe ich gut aus, ganz sicher aber nicht im letzten Drittel eines Rennens, wenn die Gesichtszüge entgleisen, Arme und Beine immer ungelenkere und kaum noch koordinierte Bewegungen machen sowie immer mehr Körpersekrete Gesicht mitsamt weiterer Hautoberflächen beflecken.

Laufen ist ein ehrlicher, aber nicht immer appetitlicher Sport. Wobei es nebenbei bemerkt Läufern nie an Appetit mangelt.

Die zweite große Lauflüge soll gleichzeitig zum Beschleunigen motivieren: „Da geht noch was!". Aus Sicht des Sportlers kann das aber nur wortwörtlich verstanden werden, dass nämlich Gehen immer eine Option ist! Den anstrengenden Laufschritt unterbrechen – und das nicht nur bergauf, sondern durchaus auch als Rettungsanker bei zu großer Erschöpfung. Dass man wirklich noch einmal alle Energien bündeln und abschließend beschleunigen kann, ist meist nur dann der Fall, wenn man diese Lauflüge nicht vorher von außen hat hören müssen. Schließlich muss man gerade in den kritischen Situationen alle Sinne beisammenhalten.

Es bleibt die dritte und letzte prominente Lauflüge, die ganz ähnlich zur zweiten großen Lauflüge dazu anregen soll, die

Beine in die Hand zu nehmen, um noch einen bewussten Konkurrenten einzuholen und an diesem vorbeizuziehen. Die dritte große Lauflüge wäre da nämlich: „Den kriegst du noch!". Nun ist es zumeist aber so, dass sich just vor einem solchen Zuruf der besagte Konkurrent erst abgesetzt hat. Ist erst einmal die Lücke gerissen, ist es fast unmöglich, noch einmal zu kontern. Nur selten befindet man sich auf einer wirklichen Aufholjagd von jemandem, der sich, wie bereits erwähnt, übernommen hat und infolgedessen Schwierigkeiten hat, das angeschlagene Tempo zu halten. Dann aber motiviert der näherkommende Rücken, kein Zuruf von außen.

Versteht mich nicht falsch. Nichts ist schöner als begeisterte Zuschauer am Streckenrand. Das macht die Rennen erst zu dem, was sie sind. Auch beim Anfeuern aber hilft Ehrlichkeit, sonst wird dem Athleten nur offensichtlicher, was gerade besser laufen könnte.

TAKTISCHE SPIELCHEN

Crossläufe sind gut für die Kraftausdauer, Crossläufe sind gut für die Koordination, Crossläufe sind gut für die Zähigkeit. Und Crossläufe machen Spaß!

Ich laufe gerne Cross. In einem typischen Crosslauf-Rennen geht es über unterschiedliche Untergründe, also über Wiese, Acker, Waldboden, Sand, Schotter oder ähnliches. Auch geht es über Hindernisse und durch enge Kurven, die dazu zwingen, den Rhythmus immer wieder zu wechseln.

Typisch ist es außerdem für Crossläufe, dass mehrere Runden gelaufen werden. Beträgt die Gesamtdistanz beispielsweise acht Kilometer, könnten vier Runden à etwa zwei Kilometer zu laufen sein. Das eröffnet viele taktische Möglichkeiten, insbesondere, wenn es zwischen gleichstarken Konkurrent:innen zur Sache geht. Bei Crossläufen geht es nämlich nur um die Platzierung, nicht um die Zeit.

Geht es über vier Runden, kann man die ersten drei dazu nutzen, die „Gegner" zu lesen. Wo laufen sie stark, wo tun sie sich schwer – und genauso umgekehrt: wo bin ich selbst stark, wo muss ich aufpassen?

Diese Erkenntnisse braucht es dann für die letzte Runde. So weiß man, ob man es riskieren kann, es auf einen Schlussspurt ankommen zu lassen, wo man angreifen könnte und wo man aufpassen muss, um kontern zu können. Ja, auch deshalb machen Crossläufe Spaß, weil die Möglichkeiten mannigfaltig sind.

Weil es allerdings nicht möglich ist, häufiger an Crossläufen teilzunehmen, habe ich eine andere Variante ins Training integriert: Cross-Intervalle. Schon früher hat uns die Bieberer Hunderunde, auf der es zur einen Hälfte durch eine tiefe Wiese, zur anderen über einen verschlungenen Pfad ging, deutlich stärker gemacht. Deswegen geht es jetzt häufiger an den Ebertsberg und die entsprechende Runde. Der große Vorteil dort: die Strecke ist profiliert, es geht insbesondere am Ende richtig steil bergauf.

Diese neue Cross-Runde ist ziemlich abwechslungsreich und anspruchsvoll – so gefällt mir das. Sie beginnt mit einer Steigung, die in einen flachen Weg übergeht. Dann geht es links ab und wieder bergab. Nach der nächsten Linkskurve folgt ein flacher Pfad, bevor der letzte Anstieg in den letzten steilen Anstieg übergeht, der jeden definitiv aus der Komfortzone herausholt. Der technische Abstieg zwingt in der Pause dann zur aktiven Regeneration.

Hier wollte ich mit Johannes nicht nur an unserer Tempohärte arbeiten, sondern außerdem die taktische Herangehensweise für den Wettkampf proben. Bei vier Intervallen, also vier Runden, könnten wir wie im Rennen die ersten drei dazu nutzen, den „Rivalen" zu analysieren und sich jeweils die Taktik für die vierte und letzte Runde zurechtzulegen. Entsprechend würde aller Wahrscheinlichkeit nach so auch die letzte Runde die schnellste werden.

Aber es kam natürlich alles anders als geplant. Kaum hatten wir uns mit den freundlichen Waldarbeitern geeinigt, dass wir über die frisch gefällten Bäume springen durften, entdeckten wir die nächste Sperrung: auch den ersten Teil des Schlussanstiegs zierte ein rot-weißes Flatterband. Auf dem nördlichen Teil meiner Runde fand heute eine Treibjagd statt. Da sollte man wohl eher nicht laufen.

Also disponierten wir um. Aus den geplanten etwa zehn Minuten Belastungszeit wurden knackige zweieinhalb. Dafür ging es stetig bergan. Zunächst noch human den Anstieg hinauf, der normalerweise zu Beginn kommt, dann direkt übergehend in den Schlussanstieg, wenn der Pfad rechts ab und steil hinauf zum Gipfel des Ebertsbergs führt.

Dort ist man einfach nur im Hier und Jetzt. Es bleibt kein Platz für andere Gedanken als nur den nächsten Schritt auf dem laubbedeckten Pfad, auf dem man hoffentlich keine Wurzel erwischt, weil man dann nur wegrutscht und an Tempo und Energie verliert.

Nach dem ersten Intervall einigten wir uns auf zwölf Wiederholungen. Gut, dass wir nicht 15 ausmachten, denn obwohl wir nach dem ersten Durchgang noch lachen konnten, wurde es bald mächtig anstrengend.

Für das Tempo wechselten wir uns nach jedem Durchgang ab. Johannes machte meist schon zu Beginn mächtig Dampf, sodass ich teilweise eine Lücke reißen lassen musste. Dafür konnte ich auf dem kurzen flacheren Part, bevor es rechts auf den Pfad ging, immer wieder aufschließen. Auf dem Pfad hieß es dann immer nur Augen zu und durch. Denn selbst wenn man sich eine Schwäche erlaubte und mit weniger Elan hinaufrannte, wurde es aufgrund der Steigung nicht weniger anstrengend, es dauerte aber länger. Zeit für einen starken Kopf!

Nach dem ersten Intervall (2'24), bei dem noch viel Energie in den Beinen steckte, pendelten wir uns bei recht konstanten 2'28 bis 2'30 ein. Je länger wir liefen, desto weniger wurden die Gespräche in der Pause und desto mehr mussten wir uns konzentrieren, um durchgängig am Drücker zu bleiben.

Nach dem neunten Gipfelsturm schlug Johannes vor, doch nur zehn Wiederholungen zu laufen. Doch ich bestand auf den zwölf. Und das war gut, denn für Nr. 10 und 11 reichte die Energie – und ein letzter Intervall geht bekanntlich immer.

Außerdem muss der Letzte schneller sein als der Erste. Zum Abschluss war also nochmal voller Einsatz gefragt. Dafür hatte ich mir schon eine Taktik zurechtgelegt. Immerhin hatte ich nicht nur drei Runden, sondern elf Durchgänge Zeit gehabt, den „Kontrahenten" zu studieren.

Klar war, dass derjenige, der zuerst in den Pfad lief, auch zuerst oben sein würde. Ich durfte also zu Beginn keine Lücke zulassen und musste dann beschleunigen und vorbeiziehen, wenn es diesen Hauch flacher werden würde.

Also blieb ich am Drücker. Unerwarteterweise liefen wir von Beginn an nebeneinander, dann lief ich sogar vorne. Also kein übermäßiges Forcieren zum Ende der Steigung. Dennoch war es flott, die Zwischenzeit konnte ich aber nicht sehen, meine Uhr zeigte den falschen Bildschirm an.

Egal, nochmal so schnell es ging bis zum Gipfel. Das klappte. Der Letzte geht eben immer.

Auf dem Gipfel dann: außer Atem, aber glücklich. Der Letzte war nicht nur schneller, sondern wirklich der Schnellste: 2'21. Jetzt waren die Beine zwar am Ende, dennoch konnten wir uns grinsend abklatschen. Zwölf Mal hatten wir den Ebertsberg bezwungen.

So wurde es ein richtig gutes Training. Für die Beine, für die Form, für den Kopf. Ein hartes Stück Arbeit, das uns aber deutlich vorangebracht hat!

Alleine wäre es etwas anderes gewesen. Teamarbeit zählt auch im Laufsport.

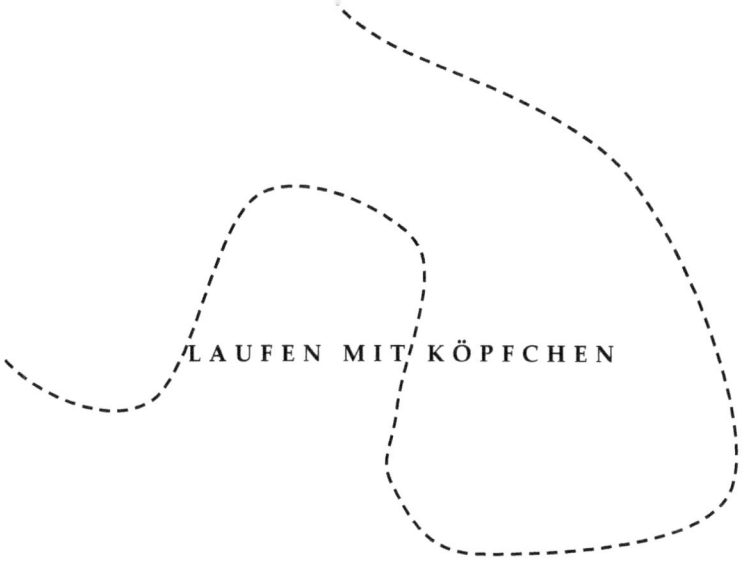

LAUFEN MIT KÖPFCHEN

Alle hatten sie sich gemeinsam warmgelaufen, ein wenig Gymnastik gemacht, sich mobilisiert und bereit gemacht, schnell zu laufen. Den Kopf wie den Körper. Ein paar kurze Worte zur Einweisung hatte es gegeben, dann hatten sich alle aufgestellt, die meisten mit der Hand an der Stoppuhr am Handgelenk. Einhergehend mit dem einfachen „Los!" wurden die Knöpfe gedrückt und die Muskeln gespannt.

Und dann jagten sie durch die Stadt.

Die Aufgabe an sich war einfach, die Umsetzung umso schwieriger: in dieser fremden Stadt galt es drei Punkte abzulaufen – den Dom, die Spitze des Aussichtsturms sowie die örtliche Poststation. Während Dom und Aussichtsturm aufgrund ihrer Höhe von weitem sichtbar und entsprechend leicht zu finden waren, musste für die Post entweder ein Passant gefragt oder dem Zufall vertraut werden. Vielleicht entdeckte man im Vorbeilaufen einen Wegweiser oder gar das Zwischenziel selbst.

So zeichneten sich schnell verschiedene Taktiken ab. Die Läuferschar teilte sich bald. Während manche zuerst in Richtung Dom liefen, schlugen sich andere zunächst zum Aussichtsturm durch. Die einen wollten von dort oben die Post erspähen, die anderen eine Orientierung für den Rückweg bekommen, denn das Ziel war gleich dem Start. Dort wurde abgerechnet.

Auch die Wahl des unmittelbaren Weges war verschieden. Dabei musste abgewogen werden, ob eine Abkürzung mit Hindernis – sei es eine Steigung, ein Zaun oder schlicht eine befahrene Straße – mehr Zeit einsparte als ein vermeintlich längerer Weg, der frei zu belaufen war. Wie tief war eigentlich der Fluss, der die beschauliche Altstadt teilte? „Laufen erfordert Köpfchen", lautete die Philosophie ihres Trainers, weshalb er sich stets für seine Trainingswettläufe weitere Herausforderungen überlegte als bloß das schnelle Laufen.

Was gab es also an diesem Tag in der Innenstadt zu schauen! Da schlenderte man ganz gemütlich durch die Fußgängerzone der beschaulichen Altstadt, eisschleckend und bummelnd, als plötzlich zwei wildgewordene, schnaufende und schwitzende Läufer in für diese Jahreszeit viel zu dünner Kleidung vorbeistoben. Nur T-Shirts und kurze Hosen hatten sie an, dabei war man an diesem sonnigen Frühlingstag noch nicht einmal vom Wintermantel auf die Übergangsjacke umgestiegen!

Waren sie auf der Flucht? Aber nein, gleich dahinter kam die nächste, dann nochmal zwei und nochmal zwei. Vielleicht ein Rennen? Auch in die andere Richtung wurde, sich gegenseitig misstrauisch beäugend, gerannt. Hin und her ging es an diesem Tag, ständig den teils ungläubig, teils empört, teils belustigt dreinschauenden Fußgängern ausweichend. Eine Läuferin hechtete gar quer zur Laufrichtung der anderen über die

Einkaufspassage, ein anderer war rasant auf einem Fahrrad unterwegs – ob er auch zu dieser Bande gehörte?

Bald schon kehrte dann wieder Ruhe ein, in die beschauliche Altstadt. Schade eigentlich, denn eine solche Einlage sieht man nicht alle Tage. Musikanten und mit Kreide zeichnende Künstler sind dagegen schon alltäglich. Vielleicht hätten sie nach ihrer eiligen Einlage mit einem Hut herumgehen sollen, so mancher hätte bestimmt für die willkommene Abwechslung eine Münze übrig gehabt.

So erzählte man sich nur noch hin und wieder in der Warteschlange beim Bäcker von diesem besonderen Frühlingsmorgen, als man hektisch nach der Post gefragt wurde oder auf der Treppe hinauf zum Aussichtsturm aus dem Weg springen musste. Doch die Erinnerungen verblassten und auch die Läuferschar ward in der Innenstadt nicht mehr gesehen.

Nur die kleine Gesa, die dachte noch öfter an die eine gertenschlanke Läuferin, die an ihr vorbeigeflogen und über das kleine Mäuerchen beim Stadtpark gesprungen war. Jetzt wollte sie auch Läuferin werden, stark, beweglich und schneller als alle anderen.

DER JUNGFRAU MARATHON

Alles begann 2011 auf der Frankfurter Marathonmesse. Seit meinem ersten Marathon 2006 war ich nicht mehr über die Königsdistanz gestartet, ich wollte „untenrum", also auf den Mittelstrecken, schneller werden. Dennoch bekommt man auf einer solchen Messe immer etwas geboten und ab und an auch einen guten Schuh zu einem fairen Preis.

In diesem Jahr hatte der Stand des Jungfrau Marathon einen größeren Aufbau als gewöhnlich: im nächsten Jahr würde es ein Jubiläum geben, mit nicht nur einem Lauf mit bis zu 4.000 Startern am Samstag, sondern einem gleichen Rennen auch am Sonntag. Entsprechend hatten sie Freistarts zu vergeben.

Der Standleiter forderte mich zu einem Balance-Spiel heraus. Ich müsse nur das Gleichgewicht auf einem Balance Board halten, während er mir zwanzig Mal einen Ball zuwarf, den ich zu fangen und zurückzuwerfen hatte. Für einen solchen Spaß bin ich schon immer gerne zu haben gewesen und stellte mich durch meine Slackline-Erfahrung recht geschickt an.

Tja, jetzt hatte ich einen Freistart für den Jungfrau-Marathon gewonnen. Zwar fand ich die Idee, einen Berg möglichst schnell hinaufzulaufen, interessant, dachte aber eigentlich nicht daran, wirklich zu starten. Ein Marathon war zum einen noch eine Strecke, die Respekt einflößte, zum anderen wollte ich eine schnelle Zeit laufen, die bei einem solchen Profil eine eher untergeordnete Bedeutung hat.

Nun war dann aber im darauffolgenden Sommer die Bahnsaison beendet und lange Läufe standen auf dem Programm, zwei Stunden keine Rarität, und Probleme hatte ich keine mit der Ausdauer. Eine Ferienwohnung wurde vom Sponsor Papa schon gebucht (im Anschluss würden wir eine Woche durch die Schweizer Alpen wandern), was blieb mir also anderes übrig, als eine sehr lange Trainingseinheit einzubauen.

Ambitionen hatte ich keine, zu präsent war noch mein mageres Abschneiden bei den hessischen Berglaufmeisterschaften. Zusätzlich wollte ich mit dieser ganz anderen Einheit sowohl für die Beine als auch für den Kopf einen neuen Reiz setzen, der mich auf dem Weg zu noch schnelleren Zeiten auf den Langstrecken hoffentlich weiterbringen würde.

Die Strecke verläuft wie folgt: Zuerst zehn flache Kilometer in Interlaken, bis Bönigen und Wilderswil, dann erste Hügel bis zur Halbzeit in Lauterbrunn. Es folgt eine flache fünf-Kilometer-Runde, bevor es richtig hoch bis Wengen bei Kilometer 30 geht. Dann kommen weitere zehn steile Kilometer bis über die Moräne, bevor die Strecke wieder etwas abwärts bis ins Ziel führt. Dort, im berühmten Dreigestirn der Alpen zwischen Eiger, Mönch und Jungfrau, sind die kompletten 42,195 Kilometer absolviert. Auf der Kleinen Scheidegg gibt es Zielverpflegung sowie eine Station der Bergbahn, die einen zurück ins Tal bringt.

Meine Taktik war entsprechend ganz klar defensiv, ich wollte möglichst viele Kräfte sparen. Bei der Startnummernabholung hatte ich mir ein Armband mit Zwischenzeiten für 4:30 h drucken lassen.

Durch die entspannte Herangehensweise konnte ich die Atmosphäre richtig genießen. Die Alphornbläser bewundern, ein Foto mit Viktor Röthlin ergattern und schließlich beim Rennen selbst über die vielen Läufer schmunzeln, die schon nach drei gelaufenen Kilometern die erste Möglichkeit nutzten, um aufs Feld abzubiegen und den Morgenkaffee wegzubringen.

Das Rennen war von Beginn an ein Traum, mit richtig guten Beinen, die wie von selbst liefen. Dazu schien noch die Sonne, was zum vollen Auskosten des Panoramas einlud. Aber die besten Blicke würden erst noch folgen, dann, wenn wir alle oben im Ziel angekommen sein würden.

Die ersten zehn Kilometer war ich nur am Bremsen und dennoch schon nach 43:30 min bei der Zwischenzeit. Ich genoss es, im Läuferstrom mitzuschwimmen und dabei die vielen Kleinigkeiten, die es nur in den Bergen zu entdecken gibt, auszumachen. Sei es die kleine Katze auf der Bergwiese mit den beeindruckenden Gipfeln im Hintergrund, seien es die überbordenden, bunt leuchtenden Blumenkästen oder die reich verzierten Holzbrücken über den Fluss. Bis Kilometer 25 (nach 1:50 h Laufzeit) war immer noch alles sehr locker, dabei überholte ich einen Läufer nach dem anderen.

Bei allen Verpflegungsstationen versuchte ich möglichst viel zu essen und zu trinken, um bis zum Ende bei Kräften zu bleiben und keine Krämpfe zu bekommen, was auch klappte. Ein anderer Läufer hatte mir am Vortag empfohlen, auch von der heißen Brühe zu trinken. Der Tipp war Gold wert, wahrscheinlich bekam ich allein durch die Salze der Bouillon keine Krämpfe. Außerdem hatte ich ja ein horrendes Startgeld von

130 CHF nicht bezahlt, worin die Verpflegung inbegriffen war. Umso mehr ich futterte, umso besser das Preis-Leistungs-Verhältnis.

Auch die Flache Runde hinten im Tal von Lauterbrunnen genoss ich in vollen Zügen. Hier konnte man Hubschrauber-Rundflüge buchen, um das Bergpanorama auch aus der Vogelperspektive zu bewundern. Noch wusste ich ja noch nicht genau, was noch folgen würde. Klar war nur, dass es irgendwann bergauf gehen würde. Völlig unbekümmert lief ich also auf die Wand zu, die sich Anstieg nannte.

Denn dann kam die Steigung, die ich glücklicherweise noch nicht genau kannte, sodass ich ohne große Gedanken einfach hineinlief. Bei steilen Stücken ging ich, bei flachen Stücken lief ich wieder. Meiner Meinung nach eine gute Taktik, war man doch meist bei steilen Stücken wandernd genauso schnell wie laufend unterwegs und dabei ausgeruhter, sodass ich auf den wenigen flachen Stücken wieder überholen konnte. Mein langer Dauerlauf war also eigentlich schon nach 1:56 h beendet, danach absolvierte ich im direkten Übergang eine ambitionierte Wanderung.

Bis ca. Kilometer 35 hatte ich richtig viel Spaß. Bei Kaiserwetter und guter Tagesform konnte ich mir keine bessere Sonntagmorgenbeschäftigung vorstellen. Danach merkte ich dann doch, dass ich nicht mehr allzu frisch war und konnte der herrlichen Aussicht nicht mehr allzu viel abgewinnen.

Kilometer 40 und 41 waren mit jeweils zwölf Minuten einfach endlos. Dort geht es die sogenannte Moräne hinauf, wo selbst die besten Bergläufer ins zügige Gehen wechseln. Dennoch teilte ich mir meine Kräfte so gut ein, dass ich den letzten Kilometer schwungvoll laufen und noch lächelnd und runden Schrittes das Ziel passieren konnte – besser als so mancher Profi, der bei der integrierten Langstrecken-Berglauf-WM wohl etwas überzog. Mit einer Endzeit von 3:53:44 h beeindruckte ich mich selbst, besonders weil ich an den Folgetagen keine Nachwirkungen spürte, Bergläufe verträgt man wohl muskulär wirklich deutlich besser. Außer natürlich, man muss auch bergab laufen.

Es war ein toller Berglauf mit herrlichem Panorama, das wir auch an den Folgetagen noch würdigen und bewundern konnten.

KAISA, FINALE

Es hätte eine ganz gemütliche Rückreise werden können. Nach drei Wochen intensiven Trainingslagers in der Höhe hätte sie gerne die Beine für einen kompletten Tag hochgelegt. Eigentlich hatte sie sich ein Zugticket gekauft und hätte liebend gern aus dem Zugfenster auf die vorbeifliegende Landschaft geschaut. Kaisa mochte es, sich aus der Ferne auszumalen, wo man überall entlanglaufen könnte. Zunächst wäre sie mit dem Bus nach Perpignan gefahren, um von dort mit dem TGV komplett durch Frankreich zu düsen, bevor es mit dem ICE direkt bis nach Hause gegangen wäre.

Nun, daraus war natürlich nichts geworden. Zum einen, weil sie offensichtlich eine Woche länger hatte bleiben müssen. Zum anderen war es doch etwas viel, was alles auf sie hereingeprasselt war. Noch am Marterpfahl war sie zusammengebrochen und erst im Krankenhaus wieder zu sich gekommen. Eine Schutzreaktion des Körpers wurde diagnostiziert, sie hatte sich äußerlich lediglich ein paar Kratzer, Schürfwunden und blaue Flecke zugezogen und entsprechend nur eine isotone Kochsalzlösung injiziert bekommen. Dadurch hatte sie sich erstaunlich schnell erholt, schließlich fehlte ihr rein physisch nichts. Ihr kam eine alte Geschichte einer befreundeten Läuferin in den Sinn, die bei einem Berglauf im Ziel einmal ohnmächtig geworden war und ebenso eine Kochsalzlösung verabreicht bekommen hatte. Im Nachhinein hatte sie Kaisa davon berichtet, dass sie sich dadurch viel schneller erholt habe als sonst. Die modernen Wunder der Medizin!

Nach zwei weiteren Tagen unter Beobachtung, an denen sie sogar jeweils kurz an die frische Luft gedurft hatte, ansonsten aber stundenlang von der Polizei für Befragungen in Beschlag genommen wurde, wurde sie entlassen: sie durfte endlich nach Hause. Zeitgleich mit Elisa und Fernanda übrigens. Während Fernanda von ihren Eltern mit zurückgenommen wurde und sich tränenreich aber wortkarg verabschiedet hatte, hatten die Versicherungen von Elisa und ihr bereits einen Transfer in die Wege geleitet – sogar in Begleitung jeweils eines Sanitäters. So war zumindest dieser ein lustiger Abschied, ihre Begleiter hatten sich mit den Rollstühlen von Kaisa und Elisa ein Rennen quer durch die Flughafenterminals geliefert.

Bis vor die eigene Haustür hatte sie sich also keinerlei Gedanken machen müssen. Sie hatte Erinnerungen nachgehangen und aus dem Fenster geschaut, hatte sich aber ebenso mit ihrem Begleiter über Belangloses unterhalten. Über die Standardbreite von Mullbinden beispielsweise oder die Entstehung von Kondensstreifen am Himmel.

Und dann war sie endlich wieder zu Hause. Nach einer gefühlten Ewigkeit zurück in einem Leben, das ihr aus der neuen Perspektive so fremd schien. Etwas gedankenverloren hatte sie noch vom Bürgersteig aus dem davonfahrenden Krankenwagen hinterher geschaut, dann wurde die Haustür aufgerissen und er stand endlich vor ihr. Leibhaftig, mit Augen, die so viel Liebe ausstrahlten.

Ohne ein Wort zu sagen hatte er sie in die Arme geschlossen. Kaisa wiederum hatte sich an ihn geklammert wie eine Ertrinkende. Beide wussten sie nicht, wie lange sie so dagestanden hatten, bis Kaisa schließlich ihre Umklammerung löste, ihm einen sanften Kuss auf die Lippen drückte, ihn dann etwas auf Abstand drückte und schlicht – fast schon emotionslos – sagte: „Wir brauchen Hunde!"

Für die Hundeerziehung, so weiß das Lehrbuch, sind klare Erwartungen nötig, welche Befehle erlernt werden sollen. Infolgedessen kann der Mensch in einer Art und Weise auf das überantwortete Tier einwirken, auf dass spezifische Aufgaben erfüllt werden. Typische Handlungen sind beispielsweise das Sitzen oder das Herbeikommen auf Zuruf. Dennoch gehen die Möglichkeiten für Aufgabenstellungen weit über solch einfach anzutrainierende Fähigkeiten hinaus. Werden die Aufgaben für den Hund immer gleich definiert, werden Gewohnheiten ausgebildet, sodass auf Hör- oder Sichtzeichen immer das gleiche, gewünschte Verhalten gezeigt wird.

Durch die Erziehung können die natürlichen Eigenschaften und Anlagen in eine bestimmte Richtung gelenkt werden, indem bestimmte Reaktionen absichtlich gefördert oder gehemmt werden. Die klassische Konditionierung funktioniert über Futter, das als Belohnung dafür sorgt, dass ein Verhalten in Zukunft häufiger gezeigt wird. Das Ausbleiben der Belohnung oder auch eine Bestrafung wiederum implizieren das Gegenteil.

Zu den natürlichen Anlagen zählt auch das Beuteverhalten. Der Schlüsselreiz ist hierbei die Bewegung, die für den Hund suggeriert, dass potenzielle Beute die Flucht ergriffen hat: die Beute flieht, der Hund verfolgt, springt an, beißt zu und reißt nieder. Dieses Beuteverhalten kann ebenso wie andere Verhaltensweisen gefördert werden. Bis hin zum Tod der Beute.

„Das meinst du jetzt nicht ernst, oder?"

Doch, sie meinte es ernst. Todernst, er sah es in ihrem Blick. Sie wollte Hunde, je größer, desto besser: geifernde, furchteinflößende, aggressive Bestien. Sehr ähnlich just jenen Vierbeinern, die vor anderthalb Wochen zwei unschuldige Läuferinnen auf heißem, französischen Sand verfolgt und niedergerissen hatten.

Glücklicherweise aber waren ihre Gedankengänge und Beweggründe gänzlich andere, als er für den Bruchteil einer Sekunde angenommen hatte. Fast hatte er den schrecklichen Gedanken gewagt, Kaisa könne in irgendeiner Art und Weise in diesem großen, abstrusen Geflecht mit verwoben sein. Zum Glück aber hatte ihn seine Menschenkenntnis nicht getrogen, seine Welt war nicht im Einsturz begriffen. Kaisa hatte nur auf ihrer Rückreise hin- und herüberlegt, wie sie zum einen ihr Trauma verarbeiten als auch ihre Saison beenden wollte. Denn natürlich hatte sie ihre eigentliche Rückkehr aus dem Trainingscamp minutiös geplant. Schließlich hatte sich das Training auch auszahlen sollen.

Manche kommen für ein Rennen möglichst kurzfristig aus der Höhe angereist, andere vertragen es besser, wenn ca. zehn Tage im Flachland dazwischen liegen. Kaisa hätte gerne die letztere Variante ausprobiert und sich zunächst eine ruhige Trainingswoche während der Eingewöhnungsphase ins neue Semester gegönnt. Zur Wochenmitte der zweiten Uni-Woche hatte sie sich dann ein Bahnrennen ausgesucht: in Heidlberg, keine 45 Autominuten von ihrer Haustür entfernt, veranstalteten die Mittelstreckler des dortigen Vereins Jahr für Jahr ihr traditionelles Saison-Abschlussrennen über 10.000 Meter. Mittwochabends im Oktober, stets mit einem ganz besonderen Flair, wenn unter Flutlicht 25 Runden gelaufen werden, während die Zuschauer selbst auf den äußeren Bahnen der Tartanbahn stehen und hautnah dabei sind. Im letzten Jahr hatten sie eine richtige Party aus dem Rennen gemacht, mit Leuchtstäben, lauter Musik und einer Konfettikanone im Ziel. Dort wäre sie gerne mitgelaufen, um sich gleich mit einer neuen Bestzeit für die harte Arbeit zu belohnen.

Und je mehr sie alle Für und Wider abgewogen hatte, desto sicherer war sie, diese Chance auch weiterhin nutzen zu wollen. Die Idee war jetzt nur, Trauma-therapie und die gute Form miteinander zu kombinieren. Denn gerade durch die isotone Kochsalzlösung, die man ihr verabreicht hatte, fühlte sie sich körperlich voll erholt und leistungsfähig, wollte sich aber dennoch, um Abstand zu gewinnen, nach dem Rennen in Heidlberg eine längere Pause gönnen. Ihre Crosslaufsaison würde sie erst später starten oder ganz absagen.

Sie stellte sich das Rennen so vor, dass sie, sobald es auf dem zähen Stück zwischen Kilometer sechs und acht hart werden würde, durch ein über Lautsprecher eingespieltes Hundegebell oder gar echte Hunde, die ihr dann gezeigt würden, im Kopf einen Schalter umlegen und weitere Reserven mobilisieren könnte. Eine gewagte Idee, aber er ließ sich überzeugen. Er würde jederzeit alles tun, um sie zu unterstützen – und jetzt gerade umso mehr.

So fuhren sie also am Mittwochnachmittag in Richtung Oberrheinebene. In der Südstadt, nicht weit vom Hauptbahnhof entfernt, erreichten sie schließlich eine liebenswürdig anheimelnde Sportstätte mit lediglich vier Rundbahnen, die durchgängig den Rasenplatz umrundeten. Schon bei ihrer Ankunft stimmte die Atmosphäre: die Stimmung im Stadion war leicht aufgekratzt, überall wurden schon Lautsprecher und Bandenwerbung aufgebaut und obendrein ging gerade die Sonne unter, um den kompletten Himmel mit einem herrlichen Abendrot zu überziehen. Trotz des Termins im Oktober waren auch die Bedingungen mit windstillen 13 °C hervorragend geeignet, um schnelle Zeiten zu laufen. Beim kurzen Seitenblick sah er Kaisa lächeln. Sie hatten also die richtige Entscheidung getroffen. Bis eben war er diesbezüglich noch nicht mit sich im Reinen gewesen.

Natürlich war Kaisa aufgeregt. Zum einen kam ihr alles so unwirklich vor. Die vielen fleißigen Helferinnen und Helfer, die gute Stimmung und nicht zuletzt die Tatsache, dass alle nur laufen würden, weil sie Lust dazu hatten. Zum anderen war sie sich früher bei Wettkämpfen immer sicher gewesen, dass eine gute Leistung möglich war. Im schlechtesten Falle hatte sie keinen guten Tag erwischt und war langsamer unterwegs als erhofft. Jetzt war der Ausgang viel ungewisser.

Dennoch freute sie sich, sich auf den Weg gemacht zu haben und jetzt im bewussten Leichtathletikstadion zu sein. Die Vorfreude aller Beteiligten war fast schon körperlich zu spüren. Dazu ihre Form, die eigentlich famos sein sollte sowie das perfekte Wetter. Es passte doch alles! Als es dann Zeit wurde, sich warmzulaufen, war auch die Routine wieder da. Dieses feste Ritual der Erwärmung, die letzte Stunde vor dem Startschuss, das Bereitwerden von Kopf und Körper, hatte ihr schon immer geholfen, sich voll auf den Wettkampf zu fokussieren und alle Aufregung zu verdrängen.

Zunächst lief sie ein wenig locker außerhalb des Stadions an Feldern entlang, grüßte dabei andere Läuferinnen und Läufer, die sich ebenso einliefen und erfreute sich daran, einfach nur im Hier und Jetzt zu sein. Wie schön es doch war, dorthin laufen zu können wo sie wollte und dass es gleich, in etwa 45 Minuten, nur gegen die Uhr gehen würde.

Zurück im Stadion folgte wie immer etwas Schwunggymnastik und einige Koordinationsübungen, sodass alle Muskeln und Sehnen bereit waren, wie geschmiert zusammenzuarbeiten und sie möglichst locker und schnell zu tragen. Schließlich legte sie ihren Wettkampfdress an und befestigte ganz gewissenhaft die Startnummer. Noch einen Schluck Wasser aus der Flasche und einen Glückskuss von ihrem Freund, dann schnappte sie sich ihren Schuhbeutel und ging zu Start und Ziel. Dort setzte sie sich in den Innenraum und packte ihre Wunderwaffen aus: Spikes mit jeweils sieben Dornen unter dem Fußballen, die allein schon optisch dafür sorgten, dass man schneller lief. Dazu natürlich noch dieses unglaubliche Laufgefühl! Nachdem die Schuhe festgeschnürt und mit einem doppelten Knoten gesichert waren, folgten noch zwei Steigerungsläufe, dann war sie bereit.

Wie aufs Stichwort wurden sie alle aufgerufen und auf dem Klemmbrett abgehakt. 22 Männer und fünf Frauen, allesamt leicht bekleidet und bereit für 25 schnelle Runden. Dicht an dicht nahmen sie Aufstellung hinter der Evolvente – der gerundeten Startlinie eingangs der Kurve –, um dann beim Kommando „Auf die Plätze!" einen schnellen Schritt nach vorne an die Linie zu machen. Drei laute Herzschläge verhallten in Kaisas Ohren, dann kam der laute Knall aus der Pistole und sämtliche 54 Beine rannten los. Einmal mehr war Kaisa ganz in ihrem Element und teilte mindestens ebenso viele Schubser und Knüffe aus, wie sie einstecken musste. Gleichzeitig strotzten ihre Beine nur so vor Kraft und trugen sie schneller als alle anderen. Da war er also, der Höheneffekt! Sie fühlte sich so unglaublich leicht und energiegeladen. Als wäre es geplant gewesen, führte sie auf der ersten Gegengeraden das komplette Feld an und zog es von Beginn an mächtig in die Länge. Wie an der Perlenschnur aufgereiht liefen bereits nach 300 Metern alle hintereinander. Und Kaisa vorneweg.

Schon war die erste Runde gelaufen, dann die zweite und die dritte. Noch fühlte Kaisa keinerlei Anstrengung und wunderte sich umso mehr, dass sie ganz vorne lief. Mit jeder Runde wurden die Zurufe und Handzeichen ihres Freundes eindringlicher, sie solle sich endlich passieren lassen und im Windschatten Kraft sparen. Doch wo waren sie, die schnellen Jungs?

Durch die Partystimmung auf der kompletten Rundbahn mit Musik, den lauten Zurufen, den Leuchtstäben, Tröten und geschwenkten Fahnen hatte sie keinerlei Gefühl für das angeschlagene Tempo. Hatte sie gleich zu Beginn komplett überzogen? Die Zwischenrufe mit der Durchgangszeit nach dem ersten Kilometer waren nicht zu ihr durchgedrungen.

Also nahm sie noch einmal Tempo heraus, auch wenn sich das viel zu langsam für ein Rennen anfühlte. Zwar wusste sie um andere Läufer hinter sich, überholt wurde sie aber immer noch nicht. Also lief sie sogar auf Bahn zwei nach außen. Dann endlich zogen drei Männer innen an ihr vorbei. Jetzt konnte sie direkt dahinter einscheren und sich an die Gruppe hängen. So liefen sie dann zu viert, Runde um Runde. Gefühlt passierte anschließend sehr lange Zeit nichts, außer dass sich die ersten beiden ab und an in der Führung abwechselten. Aber darauf hatte sich Kaisa eingestellt, die beste Beschreibung für ein 10.000-m-Rennen ist, dass man Ewigkeiten im Kreis rennt – und dann sind es noch 17 Runden!

Zumindest hatte sie sich vom Kopf her mittlerweile so weit an die Atmosphäre gewöhnt, dass sie auf die Zwischenzeiten achten konnte. Doch da passte etwas einfach nicht: Nach zehn Runden, also vier gelaufenen Kilometern, zeigte die Zieluhr eine Durchgangszeit, die weit unter der lag, mit der sie im

Sommer zu einer neuen Bestzeit über 5.000 m gelaufen war. Hatten sie sich bei den Runden verzählt?

Weil es noch locker lief, ignorierte sie einfach alle verrückten Gedanken, auch um nicht zu viel Adrenalin auszuschütten. Es hieß, einfach dranzubleiben und sich von den Jungs ziehen lassen. Noch eine Runde und noch eine. Aber sie schienen sich nicht verzählt zu haben: nach der Streckenhälfte wurde ihr von außen eine neue persönliche Bestzeit zugerufen. Was ein Hammer! Und Kaisa lief einfach weiter mit. Sie war definitiv in der körperlich besten Verfassung ihres Lebens.

Dann gingen schon die Überrundungen los. Dadurch liefen sie in ihrer Gruppe etwas unrhythmischer, denn manche Überrundeten liefen nach außen, um sie innen passieren zu lassen, andere blieben innen. Je nach Situation musste der kürzeste Weg gefunden werden, ganz unabsichtlich werden dabei die Schritte mal schneller und mal langsamer, außerdem wird der Weg beim Überholen nur für den- oder diejenige länger, der bzw. die in der Kurve überholen muss. Auch dadurch verändert sich der Rhythmus.

So war es nicht verwunderlich, dass der Läufer vor Kaisa nach einigen weiteren Runden abreißen lassen musste. Genau dann eben, wenn sich bei einem Rennen entscheidet, ob es nur eines von vielen oder vielleicht ein ganz besonderes wird. Sie hatte sich zwar darauf eingestellt, hatte dennoch aber den richtigen Moment verpasst. Sie wartete vor dem Überholen noch die Kurve ab, um möglichst wenige Extrameter laufen zu müssen, um schließlich allerdings, nach dem Passieren, eine Lücke schließen zu müssen. Ganz plötzlich wurde es auch für sie hart: das Tempo kam ihr viel schneller vor, Arme und Beine waren nicht mehr locker, außerdem bekam sie nicht mehr genügend Luft. Sie war also doch zu schnell angegangen. Die Lücke zu den beiden Führenden wurde nicht mehr kleiner, sie kam ihr immer unüberwindbarer vor.

Wie hatte sie vor dem Rennen noch denken können, dass ihr künstliches Hundegebell aus einem solchen Tief helfen würde? Alles, was sie wollte, war, dass die letzten acht Runden möglichst bald vorbei sein würden. Oder waren es gar neun, die sie noch zu laufen hatte? Jede Gerade erstreckte sich jetzt bis zum Horizont, jede Kurve war länger als die letzte. Die Zuschauer waren leiser, der Rhythmus der Musik langsamer. Und just in dem Augenblick, als sie ihrem Freund ein verzweifeltes Lächeln zuwarf, das um Verzeihung bitten sollte, hörte sie, zunächst etwas blechern, dann immer lauter, Hundegebell.

Auch das würde ihr nicht mehr helfen können. Welch törichte Idee! Sie konnte nicht mehr, sie dachte sogar ans Aussteigen.

Doch dann kamen sie.

Wie aus dem Nichts schossen sie plötzlich zwischen den Zuschauern hervor: noch größere und brutalere Bestien als zuletzt in Font Romeu. Drei Kampfhunde, die nur hinter ihr, Kaisa, der flüchtenden Beute, hinterher jagten. Kaum hatten sie gebellt, schon waren sie direkt hinter und neben ihr, jederzeit im Begriff ihr in die Waden oder den Arm zu beißen! Wenn er schon wahrhaftige Hunde statt nur ihrem Gebell organisiert hatte, warum konnte er sie nicht ordentlich anleinen und auf Abstand halten? Warum hatte man die Viecher überhaupt ins Stadion gelassen?

Verzweiflung machte sich breit, Angst griff nach ihren Eingeweiden, setzte jegliches logische Denken aus und ließ Synapsen feuern, die Adrenalin in ihre Adern pumpen ließen und sämtliche Energien freisetzten, die noch übrig waren. Sie rannte davon, so schnell es ging. Aus einem Rennen gegen die Uhr wurde eine Flucht vor Bestien, die knurrten und hechelten, eine Flucht vor den Dämonen in ihrem Inneren.

Noch war sie nicht gebissen worden, noch konnte sie rennen. Die Gerade hinunter und um die Kurve, denn ausbrechen ließen sie die drei Hunde nicht. Sie jagten im Rudel, je eine Bestie rechts und links von ihr, die dritte hatte sie im Nacken. Wie lange würde sie noch so davonlaufen können? Niemand half ihr, dabei war doch das ganze Stadion voller Menschen. Niemand rief die Hunde zurück oder versperrte ihnen den Weg!

Auch als sie ihre ehemaligen Mitstreiter ein- und überholte interessierten sich diese vermaledeiten Viecher nur für Kaisa. Eigentlich hieß es doch immer, nur der Letzte werde von den Hunden gebissen. Doch diese ganz speziellen Begleiter blieben auf Kaisas Höhe, trieben sie an ihrer ehemaligen Gruppe vorbei und jagten sie im Anschluss weiterhin um die Bahn. Auch andere Läuferinnen und Läufer, die sie überrundete, wurden einfach ignoriert. Warum schrien alle Zuschauer nur, statt sie endlich vor diesen Monstern zu beschützen? Es war wie auf einer Berg-etappe der Tour de France, so dicht standen die Leute am Rand, so frenetisch jubelten sie, so lautstark feuerten sie an.

Unbeachtet von ihren Hunden, ebenso ihre Hunde nicht beachtend.

Dann aber, nach und nach, mit jedem Schritt, der sie panisch weitertrug, so schnell es ihre Beine vermochten, dämmerte ihr, vor was sie wirklich flüchtete. Denn es war schlicht nicht logisch, dass die Hunde nur sie verfolgten. Dass sie nie zubissen, immer ihre Fluchtwege blockierten und vom Publikum nicht wahrgenommen wurden. Dass sie gar, wie Kaisa jetzt, als sie einen Hauch weniger panisch wurde, feststellte, durch feste Gegenstände wie die Zieluhr, Menschen oder Zeltplanen hindurchlaufen konnten.

Und noch während Kaisa weiterlief, noch immer mit weit aufgerissenen, vor Schreck geweiteten Augen und so schnell sie konnte, dämmerte ihr, warum ihr niemand zu Hilfe kam. Warum noch nicht einmal jemand auf den Gedanken gekommen war, dass sie Hilfe brauchen könnte. Weil ihre Dämonen nur in ihrem Kopf waren. Weil sie nur vor ihren Erinnerungen davonlief. Sie hatte ihre eigenen Geister aus Frankreich mit zurückgebracht.

Schon wurden die Abbildungen ihrer Dämonen schwächer, flackerten gar, ganz ähnlich, wie man es in manchen Filmen zu sehen bekommt. Um sich dann immer mehr zu wandeln, sodass aus den knurrenden und zähnefletschenden Bestien liebe Tiere wurden, die sie nicht mehr verfolgten und einschüchterten, sondern sie freudig begleiteten, um sie zu unterstützen und mit ihr zu spielen. Trotz ihrer Panik war sie zu der Einsicht gekommen, dass sich das Schockerlebnis der abgerichteten Hunde in ihrem Kopf verselbstständigt hatte und sie das erlebte Verhalten hochstilisiert und auf alle Artgenossen übertragen hatte. Nicht nur auf die realen, sondern auch auf die Vierbeiner in ihrer Vorstellung.

Eine ganze Runde lang gab sich Kaisa diesem wohligen Gefühl der Einsicht hin, genoss die Begleitung ihrer neu gewonnenen Freunde und ließ sie sich in Luft auslösen. Um just von der Glocke, mit der ihr die Schlussrunde angekündigt wurde, vollends in die Wirklichkeit zurückzukehren.

In nur wenigen Minuten hatte sie ihr Tief überwunden, hatte die Gesamtführung im Rennen übernommen, war so schnell gelaufen wie noch nie und hatte außerdem ihr Trauma der letzten zwei Wochen wenn nicht besiegt, so doch effektiv bearbeitet. Ein Hochgefühl, wie sie es noch nie erlebt hatte, trug sie trotz aller Erschöpfung um die letzten beiden Kurven.

Auf der Schlussgeraden dann erlaubte sie sich bereits, ihrer Freude Ausdruck zu verleihen. Den begeistern Zuschauern zeigte sie die Siegerfaust, ein Lächeln streckte sich über das ganze Gesicht von Ohr zu Ohr, dann riss sie beide Arme in die Luft, stürmte so über die Ziellinie, um direkt danach mit vollem Schwung ihrem Freund in die Arme zu springen, der sie ebenso jubilierend mehrfach um die eigene Achse drehte und dabei so wunderbar fest in den Armen hielt. Wieder einmal verstanden sie sich ganz ohne Worte, denn sie jubelten nicht nur über ihre neue, sagenhafte persönliche Bestzeit oder über den Landesrekord, den sie geknackt hatte. Sie jubelten über die Erkenntnis, vor welchen Dämonen sie sich freigelaufen hatte.

Jetzt hatte sie sich ihre Pause redlich verdient. Wobei sie bereits, nach diesem unglaublichen Rennen und dem Jubel zwar völlig erschöpft aber ebenso glücklich im Ziel liegend, Lust hätte, sich mal wieder an eine Startlinie zu stellen. Nur so zum Spaß!

HAILE UND ICH

New York, New York. Darüber sang schon Frank Sinatra. Mir war die Stadt im Sommer viel zu voll, aber das ist nur mein persönliches Empfinden, laufe ich doch am liebsten in sonnigen, grünen Wäldern, wo ich nur ab und zu Läufern, Radfahrern oder Spaziergängern begegne. Im Central Park ist man zu keiner Minute allein. Am einprägsamsten sind mir die vielen schwarzen Eichhörnchen in Erinnerung geblieben. Innerhalb meines einstündigen Dauerlaufs habe ich 48 gesehen.

Außerdem erinnere ich mich noch an die nette Freiheitsstatue, die sich mit uns hat fotografieren lassen. Fünf Dollar haben wir ihr dafür gegeben. Obwohl sie nichts gesagt hat, war sie doch sehr nett. Und das Bild ist lustiger als das mit der echten. Ansonsten erinnere ich mich nur an Menschenmassen in unterschiedlichen Straßen. Und an ein dunkles Hotel.

Im Herbst wiederum hat New York ein ganz anderes Gesicht. Es mag daran liegen, dass unverhältnismäßig viele Läuferinnen und Läufer in der Stadt sind. Am ersten Sonntag im November ist nämlich der aufregendste Tag des Jahres, wenn

42,195 km durch alle fünf Stadtteile gelaufen werden. Von Fort Wadsworth auf Staten Island geht es über Brooklyn, Queens und die Bronx bis zum Central Park in Manhatten. Um mit dem Bus zum Start zu fahren, müssen wir sehr früh aufstehen. Und sind dennoch an diesem Tag längst nicht die ersten auf den Beinen.

Bild 9: Die Strecke des New York City Marathons © 2021 MapOSMatic und Openstreetmap.org

12.000 Helfer sind es insgesamt ungefähr, die für den reibungslosen Ablauf sorgen. Dennoch sind wir Läuferinnen und Läufer an diesem Tag die Helden. Jeder mit einer Medaille um den Hals und der knisternden Wärmefolie um die Schultern wird am Nachmittag abgeklatscht und von wildfremden

Menschen beglückwünscht. Das ist ob der anspruchsvollen Strecke auch verdient. Was eine Stimmung, welch tolle Atmosphäre!

Ich habe in diesem Jahr das Privileg, ganz vorne stehen zu dürfen. Ich zähle zur Elite. So muss ich nicht stundenlang auf dem kalten und nassen Boden auf den Start warten oder an einem

der über hundert Dixi-Klos anstehen. Und als sich die Frau-
enelite oder auch die Rollis für ihren jeweiligen Start bereit machen, kann ich aus nächster Nähe zuschauen. Das lenkt mich
ein wenig von meiner Nervosität ab, heute kann ich mich nicht
so sehr in meine Aufwärmroutine zurückziehen wie sonst.
Denn gleich werde ich Schulter an Schulter neben den Besten
der Besten stehen. Schon jetzt habe ich einen Puls von 180.

Dann ist es endlich soweit. Die amerikanische National-
hymne erklingt, einige Athleten werden mit ihrer Kurzvita
vorgestellt. Haile Gebrselassie, Gebregziabher Gebremariam,
Emmanuel Mutai, Abderrahim Goumri, Meb Keflezighi,
Dathan Ritzenhein, Marílson dos Santos – sie alle sind um
mich herum. Manche ganz ruhig, manche starren fokussiert
die Verrazzano-Narrows Bridge hinauf, manche hüpfen noch
einmal auf der Stelle. Ich sauge die Atmosphäre ein, richte ein
letztes Mal meine Mütze und Armlinge, atme tief durch. Haile
schaut lächelnd zu mir rüber. Ich mag dieses Lachen.

Dann: der Startschuss! Getrieben von Unmengen von Adrenalin stürme ich los, einfach hinter den anderen her und die Verrazzano-Narrows Bridge hinauf. Ich bin wie entfesselt. So gelaufen wie jetzt gerade in New York bin ich noch nie. Mitten in
der Spitzengruppe, die zwar noch nicht allzu schnell unterwegs ist, dennoch aber deutlich schneller als ich einen Marathon beginnen sollte. Aber warum nicht einmal unvernünftig
sein? Ich genieße einfach den Moment, die regelmäßige
Schwerelosigkeit zwischen jedem Schritt und die Begleitung
der Weltspitze. Auch Haile läuft erstmal nur in der Gruppe mit
und schaut lächelnd zu mir rüber. Ich mag dieses Lachen.

Durch die Zuschauermassen habe ich nicht gemerkt, wie lange
meine irrwitzige Aktion schon dauert. Mir ist es, als schrien
alle nur für mich. Eine unbändige Energie ist in meiner Brust,

sodass ich gar nicht anders kann, als immer nur einfach weiter mitzulaufen.

Nach den ersten fünf Kilometern habe ich mir meine Flasche geschnappt. Wie im Training, nur dass es dieses Mal nicht Svenja war, die sie mir reichte, sondern ein Soldat der Army, der voll ausgestattet, sogar mit umgehängter Maschinenpistole, an der Verpflegungsstation mithalf. Danach ging es zwischen Meile vier und acht auf der 4th Avenue nur geradeaus. Und ich lief mitten im Geschehen einfach immer weiter mit. Als ich wieder einmal zu Haile schaute, sah ich schon mehr Respekt in seinen Augen. Er schaut lächelnd zu mir rüber. Ich mag dieses Lachen.

Wie in Trance laufe ich weiter. Schon jetzt ist es der Lauf meines Lebens. Während sich die Gruppe schon verkleinert hat bin ich immer noch ganz vorne mit dabei. Während wir über diese typisch amerikanischen Straßen fliegen, denke ich an mein Auslandssemester in der High School zurück, als wir – ungefähr 15 Jungs mit unserem Coach Chris – genau die gleichen Straßenschilder passierten. Nur nicht im großen New York, sondern in einer beschaulichen Kleinstadt in Ohio. Ich weiß noch, wie einmal ein Hund von einem Haus aus bellend auf uns zugestürmt kam. Der Garten hatte keinen Zaun. Während ich schon ängstlich zuckte und auf Fluchtmodus schaltete, machte sich mein Coach groß, bellte ebenso laut und stürmte für ein paar Schritte auf den Hund zu. Der wiederum drehte ab und flüchtete.

Genauso mache auch ich mich jetzt groß. Wie von selbst werde ich dadurch noch ein bisschen schneller und finde mich gar an der Spitze der Gruppe wieder. Haile zieht mit und läuft direkt neben mir, andere aber müssen abreißen lassen. Die Gruppe wird schon jetzt immer kleiner. Haile schaut lächelnd zu mir rüber. Jetzt kann ich nicht mehr zurücklächeln.

Auf der Auffahrrampe der Pulaski Bridge erreichen wir die Streckenhälfte. Im Fernsehen sehen die vielen Steigungen nie so steil aus, wie sie wirklich sind. Aber meine lange Runde um Dietzenbach herum scheint mich mit den unterschiedlichen Anstiegen genau darauf vorbereitet zu haben. Hinauf habe ich Druck in den Beinen, hinab lasse ich es laufen und brauche keine Energie.

Dann geht es nach Queens. Ich habe mich jetzt genau hinter Haile geklemmt. Ich sehe sein dünnes Leibchen im Wind flattern, erkenne kleine Schweißtropfen auf seinem Schultergürtel und analysiere den rechten Arm, der – so sagt man – durch das Tragen der Schulbücher als Kind diese ungewöhnliche Extrabewegung macht.

In meinem Kopf höre ich Simon bei der Übertragung auf Eurosport kommentieren. Eigentlich ist er immer sehr gut vorbereitet, aber ob er auch Hintergründe über mich vorbereitet hat? Nicht einmal ich selbst hätte mir träumen lassen, dass ich 25 km ganz vorne mitrenne. Immerhin kennen wir uns. Ob er erzählt, dass ich zwar große Begeisterung für den Marathon zeige und fleißig trainiere, für meinen Fleiß aber im Rennen noch nie belohnt wurde? Immer, wenn ich mir für einen Marathon Großes vorgenommen hatte, wurde ich enttäuscht. Für heute hatte ich mir nichts vorgenommen, außer das Rennen zu genießen. Vielleicht ist das das Geheimnis.

Wahrscheinlich kann er es ebenso wenig fassen wie ich, gönnt mir aber den Erfolg und drückt mir die Daumen. Ob seine Stimme schon aufgeregt schneller spricht? Läufer unterstützen sich und gönnen sich den gegenseitigen Erfolg. Ich zum Beispiel bewundere Haile. Nur gerade jetzt will ich ihm wehtun. Seine Beine sollen brennen, er soll heftig atmen. Aber er lächelt nur. Wie kann er immer noch lächeln?

Wahrscheinlich lässt er sich ebenso wie ich von den Zuschauern tragen. Gemeinsam stürmen wir die 5,5 km auf der 1st Avenue in Richtung Norden, bevor es über die Willis Avenue Bridge in die Bronx geht. Mittlerweile sind wir nur noch zu viert. Gebregziabher und Abderrahim hängen in unseren Hacken während ich weiterhin neben Haile laufe.

Als es eine Meile später über die Madison Avenue Bridge geht, startet Gebregziabher eine Attacke. Wie aus der Vogelperspektive sehe ich, wie er beschleunigt und auf die linke Straßenseite läuft. Haile zieht mit – und ich unglaublicherweise ebenso, während Abderrahim abreißen lassen muss. Zurück nach Manhatten und durch Harlem laufen wir drei jeder einzeln komplett über die breite Straße verteilt.

Mittlerweile habe ich mich komplett auf das Rennen eingelassen. Ich wundere mich nicht mehr, dass ich immer noch mithalten kann und den Lauf meines Lebens habe. Ich lasse mich ganz auf den Moment ein. Auch für den letzten Teil des Marathons jenseits von Kilometer 30 habe ich keinerlei Bedenken. Ich weiß, dass ich das Rennen ins Ziel bringen werde. Jetzt kann ich zu Haile rüberlächeln. Er schaut lächelnd zurück. Ich mag dieses Lachen.

Auf der Museumsmeile in Richtung Central Park haben wir drei uns wiedergefunden und laufen wie vorhin sehr kompakt. Und dann, ganz plötzlich, wie von jetzt auf gleich, wird Gebregziabher langsamer. Zunächst nur minimal, dann hängt er einen halben Schritt zurück. Kämpft sich wieder neben uns, um erneut zurückzufallen. Erst nur einen Schritt, dann zwei, dann langsam aber stetig immer mehr. Wir sind nur noch zu zweit! Haile schaut lächelnd zu mir rüber. Ich mag dieses Lachen.

Währenddessen waren wir zum ersten Mal im Central Park. An der Zuschauerhochburg Central Park South kann ich es wieder einmal nicht fassen, was gerade abgeht. Haile und ich! In New York, in einem echten Rennen!

Aber warum habe ich mich eigentlich nur an ihm orientiert? Vielleicht ist ja sogar noch mehr möglich. An einem Tag wie heute gibt es keine Grenzen. Und dass es, wenn man in einem Rennen ist, nicht darum geht, wer den größeren Namen oder den höheren Status hat, habe ich schon früh gelernt. Auch in Amerika, in einem meiner ersten Cross Country Rennen mit 200 anderen Highschool-Jungen.

Normalerweise war nämlich die Rangfolge klar. Erst kamen die schnellsten sieben des Varsity Teams, dann wir anderen des Reserve Teams. War ich achter des Teams in einem Rennen, war ich richtig gut. Dann gab es aber dieses eine Rennen, in dem ich zum letzten Renndrittel zu unserem Teamcaptain Adam aufschließen konnte. Vielleicht hätte ich auch weiter gehen und vorbeiziehen können, ich weiß es nicht. Denn ich versuchte es nicht, weil ich mir nicht vorstellen konnte, schneller laufen zu können als Adam.

Hinterher ärgerte ich mich. Und nahm mir vor, in Zukunft nicht mehr nur aufgrund der Persönlichkeit davor zurückzuschrecken, zu überholen. Na dann los, Haile! Ob er dann noch lächeln kann?

Am Columbus Circle geht es zurück in den Central Park. Damit ist das Finale eröffnet. Jetzt heißt es alles oder nichts. Ich nehme die Beine in die Hand und renne so schnell ich kann. Haile ist aber, als alter Meister sowohl von schnellen als auch von taktischen Rennen, mit allen Wassern gewaschen und läuft scheinbar mühelos mit. Zusätzlich verlangt uns die Strecke alles ab. Die Steigungen werden immer steiler und bergab kann ich es nicht mehr einfach nur rollen lassen, denn Haile gibt so richtig Gas. Obwohl ich längere Beine habe trommelt er eine solche Frequenz auf den Asphalt, dass ich volle Lotte sprinten muss, um auch nur annähernd an seinen Hacken bleiben zu können.

Der Streckenrand wird immer voller. In mehreren Reihen stehen sie jetzt am Rand und schreien, klatschen, schwenken Schilder. Nur nebenbei nehme ich all das wahr, konzentriere mich ganz darauf, möglichst schnell zu rennen. Ich kann dranbleiben, mehr aber auch nicht. Jetzt ist es nicht mehr weit.

Dann schließlich: die Zielgerade. Um uns herum toben sie, aber ich höre nichts. Auch meine Arme spüre ich nicht mehr. Es ist ein Wunder, dass ich nicht stolpere. Stattdessen lege ich alles in den finalen Zielspurt. Ich sprinte schneller als jemals zuvor und sehe, mit Haile neben mir, den Zielbogen näherkommen.

Und während ich dann schließlich knapp vor Haile nach dem Zielspurt meines Lebens mit der Brust das Zielbanner durchreiße, wache ich auf. Mit einem Haile-Lächeln auf den Lippen. Ich mag dieses Lachen!

ENDE.

Wobei, hört das Laufen wirklich irgendwann auf? Ein Lauf
endet, aber Läuferin und Läufer bleibt man für immer.

LITERATURVERZEICHNIS

Ahrens, S. (13. Januar 2021). *Fleischkonsum in Deutschland*. Abgerufen am 27. Januar 2021 von statista: https://de.statista.com/themen/1315/fleisch/

Albert Schweitzer Stiftung. (2021). Abgerufen am 25. Januar 2021 von Massentierhaltung: https://albert-schweitzer-stiftung.de/massentierhaltung

Apfel, P. (27. August 2018). *Der Sieben-Jahres-Mythos: Sie sind viel jünger als Sie glauben*. Abgerufen am 07. Februar 2021 von FOCUS-Online: https://www.focus.de/gesundheit/ratgeber/verdauung/alle-paar-jahre-erneuert-sich-der-koerper-der-sieben-jahres-mythos-sie-sind-viel-juenger-als-sie-glauben_id_5238290.html

Benton, T., Bieg, C., Harwatt, H., Pudasaini, R., & Wellesley, L. (03. Februar 2021). Food System Impacts on Biodiversity Loss. *Chatham House*. Abgerufen am 12. Februar 2021 von https://www.chathamhouse.org/2021/02/food-system-impacts-biodiversity-loss/summary

Brick, N. E., McElhinney, M. J., & Metcalfe, R. S. (Januar 2018). The effects of facial expression and relaxation cues on movement economy, physiological, and perceptual responses during running. *Psychology of Sport and Exercise*(34), S. 20-28. doi:10.1016/j

Bundesinstitut für Risikobewertung. (16. Juni 2006). *www.bfr.bund.de*. Abgerufen am 25. Januar 2021 von https://www.bfr.bund.de/cm/343/separatorenfleisch

_der_grad_der_veraenderung_der_muskelfaserstru
ktur_ist_fuer_die_einstufung_unerheblich.pdf

Ciraci, J. (11. Oktober 2019). *Qualzucht im Fokus: Die Milchkuh.*
Abgerufen am 27. Januar 2021 von fisch+fleisch:
https://www.fischundfleisch.com/joanaciraci/qualzu
cht-im-fokus-die-milchkuh-59992

Dehmer, D. (6. Juni 2016). *Welche Folgen hat die
Massentierhaltung?* Abgerufen am 25. Januar 2021
von Der Tagesspiegel:
https://www.tagesspiegel.de/politik/fleischfabrik-
deutschland-welche-folgen-hat-die-
massentierhaltung/13690370.html

Elmadfa, I., & Fritzsche, D. (2005). *Unsere Lebensmittel.*
Stuttgart: Eugen Ulmer KG.

EPO-Doping im Selbstversuch - "Das kann tödlich sein". (13. Juli
2007). Abgerufen am 27. Januar 2021 von FAZ:
https://www.faz.net/aktuell/sport/sportpolitik/dopin
g/epo-doping-im-selbstversuch-das-kann-toedlich-
sein-1464233.html

EUFIC. (31. Januar 2021). Abgerufen am 14. Februar 2021 von
The European Food Information Council:
https://www.eufic.org/de/

Europäisches Parlament. (18. April 2019). *CO2-Emissionen von
Autos: Zahlen und Fakten (Infografik).* Abgerufen am
27. Januar 2021 von
https://www.europarl.europa.eu/news/de/headlines/
society/20190313STO31218/co2-emissionen-von-
autos-zahlen-und-fakten-infografik

FOCUS. (2012). Die Evolution hat den Menschen zum Läufer gemacht. *FOCUS Magazin*(Nr. 14). Abgerufen am 07. Februar 2021 von https://www.focus.de/gesundheit/gesundleben/fitne ss/laufen/tid-25568/titel-gesund-und-erfolgreich-laufen-die-evolution-hat-den-menschen-zum-laeufer-gemacht_aid_741484.html

Foer, J. S. (2019). *Tiere essen.* Frankfurt am Main: FISCHER Taschenbuch.

Gesundheitsberichterstattung des Bundes. (01. Februar 2021). Abgerufen am 01. Februar 2021 von Zivilisationskrankheiten: https://www.gbe-bund.de/gbe/abrechnung.prc_abr_test_logon?p_uid =gast&p_aid=0&p_knoten=FID&p_sprache=D&p_su chstring=8645

GRAIN, Institute for Agriculture and Trade Policy, & Heinrich Böll Foundation. (7. November 2017). Emissions impossible: How big meat and dairy are heating up the planet. Abgerufen am 25. Januar 2021 von https://www.grain.org/article/entries/5825-big-meat-and-dairy-s-supersized-climate-footprint

Grimm, K. (27. Oktober 2015). *So extrem ist Massentierhaltung - in Echtzeit.* Abgerufen am 27. Januar 2021 von stern: https://www.stern.de/wirtschaft/news/fleisch--massentierhaltung-in-echtzeit---zu-viel-von-allem-6522504.html

Harari, Y. N. (2013). *Eine kurze Geschichte der Menschheit.* München: Pantheon Verlag.

Heidl, M. (29. August 2015). *Die lohnende Pause*. Abgerufen am 14. Februar 2021 von Laufen hilft! Laufberichte und -geschichten von Svenja & Markus Heidl: http://laufenhilft.de/2015/08/29/die-lohnende-pause/

Heidl, M. (2. Mai 2015). *VO2max*. Abgerufen am 14. Februar 2021 von Laufen hilft! Laufberichte und -geschichten von Svenja & Markus Heidl: http://laufenhilft.de/2015/05/02/vo2max/

Heidl, M. (9. Oktober 2015). *Von den Besten lernen: Marathon-Interview mit Arne Gabius*. Abgerufen am 26. Januar 2021 von Laufen hilft! Laufberichte und -geschichten von Svenja & Markus Heidl: http://laufenhilft.de/2015/10/09/von-den-besten-lernen-marathon-interview-mit-arne-gabius/

Hölzel, B., Carmody, J., Vangel, M., Congleton, C., Yerramsetti, S., Gard, T., & Lazar, S. (30. Jan 2011). Mindfulness practice leads to increases in regional brain gray matter density. *Psychiatry Res. 191(1)*, S. 36-43. doi:10.1016/j.pscychresns.2010.08.006.

Istel, K. (2014). *Nicht artgerecht und zukunftsfähig - Massentierhaltung schadet Tieren und Natur*. Abgerufen am 27. Januar 2021 von NABU: https://www.nabu.de/umwelt-und-ressourcen/oekologisch-leben/essen-und-trinken/bio-fair-regional/labels/15604.html

Jurek, S., & Friedman, S. (2014). *Eat & Run: Mein ungewöhnlicher Weg als veganer Ultramarathon-Läufer an die Weltspitze*. Südwest Verlag.

Keleman, A. (2021). *Das sagen die Stars*. Abgerufen am 28. Februar 2021 von Superstar Vormel: https://www.aleksandra-keleman.de/sportler

Kerkeling, H. (2009). *Ich bin dann mal weg: Meine Reise auf dem Jakobsweg*. Piper Taschenbuch.

Knoll, S. (08. August 2016). *Schwimmerin Jefimowa: Stolz, routiniert, ausgepfiffen*. Abgerufen am 28. Januar 2021 von Spiegel Sport: https://www.spiegel.de/sport/sonst/rio-2016-julija-jefimowa-stolz-routiniert-ausgepfiffen-a-1106552.html

Magness, S. (2014). *The Science Of Running - How To Find Your Limit And Train To Maximize Your Performance*. Origin Press.

Mößbauer, R. (26. Februar 2019). *Verkehrsexperte Hermann Knoflacher: "Der Autofahrer ist absolut asozial"*. Abgerufen am 27. Januar 2021 von manager magazin: https://www.manager-magazin.de/lifestyle/auto/hermann-knoflacher-warum-das-auto-die-welt-furchtbar-macht-a-1254305.html

Nassir, R. (22. Januar 2021). *How To Become The Ultimate Vegan Triathlete Nutrition Tips Revealed*. Abgerufen am 26. Januar 2021 von VEGANLIFTZ: https://veganliftz.com/vegan-triathlete/

ocean care. (2014). Abgerufen am 25. Januar 2021 von Waljagd auf den Färöer Inseln: https://www.oceancare.org/de/unsere-

arbeit/tierschutz/delphine/grindwal-treibjagd-
faeroeer/

Peta. (Juni 2006). Abgerufen am 27. Januar 2021 von Fleisch
kostet Leben: https://www.peta.de/themen/fleisch-
kostet-leben/

Peta. (Mai 2017). Abgerufen am 25. Januar 2021 von 9 Gründe,
warum Umweltzerstörung durch Tierprodukte
entsteht: https://www.peta.de/themen/Umwelt/

Peta. (Oktober 2018). Abgerufen am 27. Januar 2021 von Für
alle, die „kein Fleisch aus Massentierhaltung" mehr
essen: https://www.peta.de/neuigkeiten/kein-fleisch-
aus-massentierhaltung/

Randelhoff, M. (30. Dezember 2020). *[Fakt der Woche] Die
wahren Kosten eines Kilometers Autofahrt.* Abgerufen
am 27. Januar 2021 von ZUKUNFT MOBILITÄT:
https://www.zukunft-
mobilitaet.net/2487/analyse/die-wahren-kosten-
eines-kilometers-autofahrt/

Rätz, J. B. (2016). *So wird die Wurst billig.* (ARD ǀ Das Erste,
Herausgeber) Abgerufen am 25. 01 2021 von
Vorsicht, Verbraucherfalle!:
https://www.daserste.de/information/ratgeber-
service/vorsicht-verbraucherfalle/sendung/billig-
wurst-100.html

Rittenau, N. (2018). Vegan-Klischee ade! Mainz: Ventil
Verlag.

Schlütter, J. (12. Januar 2016). *Aus dem Stall ins Krankenhaus.*
Abgerufen am 25. Januar 2021 von Der Tagesspiegel:

https://www.tagesspiegel.de/wissen/uebertragbare-antibiotika-resistenz-aus-dem-stall-ins-krankenhaus/12822738.html

Siekevitz, P. (Juli 1957). Powerhouse of the Cell. *SCIENTIFIC AMERICAN, 197*(1), S. 131-140. doi:10.1038/scientificamerican0757-131

Umwelt Bundesamt. (24. Februar 2020). *Konsum und Umwelt: Zentrale Handlungsfelder*. Abgerufen am 25. Januar 2021 von https://www.umweltbundesamt.de/themen/wirtschaft-konsum/konsum-umwelt-zentrale-handlungsfelder#umweltrelevanz-und-prioritare-bedarfsfelder

Volkmann, I. (28. Juli 2017). *Ob Tour de France, American Football oder Handball: immer mehr Sportler sind vegan.* Abgerufen am 26. Januar 2021 von Stuttgarter Zeitung: https://www.stuttgarter-zeitung.de/inhalt.im-fokus-vegane-spitzensportler-wie-passen-pflanzenkost-und-spitzensport-zusammen-page3.763f9838-22f8-4e12-82f3-4bd56c5bb59a.html

Wallrodt, L. (28. März 2015). *Hier brüllt der stärkste Veganer der Welt*. Abgerufen am 27. Januar 2021 von Welt: https://www.welt.de/sport/fitness/article138788688/Hier-bruellt-der-staerkste-Veganer-der-Welt.html

Wilson, T. D., Reinhard, D. A., Westgate, E. C., Gilbert, D. T., Ellerbeck, N., Hahn, C., . . . Shaked, A. (04. Jul 2014). Just think: The challenges of the disengaged mind. *Science, Vol. 345, Issue 6192*, S. 75-77. doi:10.1126/science.1250830

Wolter, M. (27. August 2013). *Ökologische Aspekte der Massentierhaltung auf globaler und überregionaler Ebene.* (WWF Deutschland, Hrsg.) Abgerufen am 25. Januar 2021 von https://www.bfn.de/fileadmin/MDB/documents/ina/vortraege/2013/2013-nachhaltige-LebensstileIII_Wolter.pdf

World Health Organization. (2010). *Global recommendations on physical activity for health.* Abgerufen am 14. Februar 2021 von www.who.int: https://apps.who.int/iris/bitstream/handle/10665/44399/9789241599979_eng.pdf;jsessionid=2A39AD2DBA525DBD140308481744E24D?sequence=1

ANHANG: 15 LAUFREGELN

Laufregeln gibt es viele. Einschlägige Suchmaschinen finden im Netz so einiges, was als Vorgabe für das Laufen formuliert wurde. Manche beschäftigen sich damit, ob man zu einer langen Hose ein kurzärmeliges Oberteil anziehen darf oder ab wann ein Lauf als „Longrun" zählt. Andere Vorschriften scheinen besonders edel zu sein, werden sie doch sogar als Goldene Laufregeln bezeichnet. Dennoch fehlt mir immer etwas, geht es doch im Grunde nicht darum, Neulinge einzugrenzen oder Ambitionierte zu maßregeln – es geht um das Laufen an sich.

Meiner Meinung nach sollen Laufregeln nicht regulieren, maßregeln und beherrschen, sondern anleiten und fördern, um dadurch maximalen Laufspaß zu entfalten. Mir ist es egal, wie jemand angezogen ist oder wie schnell und wie weit gelaufen wird – vor allem geht es um die reine Freude an der Bewegung!

Insbesondere das Laufen macht erst so richtig Spaß, wenn man ein gewisses Level an Fitness erreicht hat. Deshalb helfen gewisse Leitlinien, es am Anfang weder zu übertreiben, um

Verletzungen vorzubeugen, noch allzu schnell wegen mangelnder Motivation aufzugeben. Die vorliegenden Laufregeln sollen als Basis dienen, um darauf aufbauend den eigenen Horizont zu erweitern. Gleichzeitig gelten gewisse Grundregeln nicht nur zu Beginn, sondern ein Leben lang für alle Läuferinnen und Läufer. Ehrlich gesagt gelten sie sogar nicht nur für unsere Laufgemeinschaft, sondern über Sportarten hinweg bis für die Gesellschaft als Ganzes.

Denn, wenn alle liefen, davon bin ich überzeugt, wären wir als Menschheit netter zueinander, wären wir als Gesellschaft ausgeglichener und würden wir uns außerdem mehr um unsere Umwelt sorgen und kümmern.

Doch genug der langen Worte. Hier kommen meine 15 Laufregeln, die sich auch in den unterschiedlichen Kapiteln widerspiegeln:

#1: Der Mensch ist zum Laufen gemacht

Unseren aufrechten Gang haben wir für die Hetzjagd entwickelt, Beute also nicht im Sprint zu erlegen, sondern so lange zu verfolgen, dass ihr aufgrund der vielen kurzen Antritte irgendwann die Energie ausgeht. Dann triumphiert die „zäh durchgehaltene Durchschnittsgeschwindigkeit" [1] über die kurzzeitige Höchstgeschwindigkeit. Dafür sind wir gemacht.

Das Langstreckenlaufen liegt also in unseren Genen. Mit den richtigen Schuhen, mit einem behutsamen Aufbau der Form (*siehe auch: #4*) sowie der stetigen Arbeit an Schwachstellen kann jeder gesunde Mensch zu einer Läuferin oder einem Läufer werden. Gleichwohl gilt die Regel in umgekehrter Weise: im vernünftigen Rahmen macht Laufen gesund. Fit für den Alltag, ausgeglichen im Gemüt wie auf der Waage.

Siehe auch: „Warum wir laufen"

---

[1] (FOCUS, 2012)

#2: Das Laufen ist wie das Leben

Man muss es gar nicht abstrahieren, auch so merkt man schnell, wie sehr das Laufen das Leben an sich widerspiegelt. Denn manchmal läuft es wie von selbst, manchmal muss man sich aber jeden kleinen Fortschritt mühsam erarbeiten. Manchmal hat man Glück und manchmal hat man Pech. Mal scheint die Zeit zu verfliegen und mal scheint sie sich wie Kaugummi zu ziehen.

Beim Laufen bekommt man wie im Leben bestimmte Grundvoraussetzungen mit auf den Weg. Uns allen sind gewisse Talente in die Wiege gelegt, an anderen Stellen müssen wir an Schwachstellen arbeiten. Und je nach Herkunft starten wir mit unterschiedlichen Voraussetzungen. Ähnliche Grundlagen gibt uns die eigene Vorgeschichte mit auf den Weg. Wer raucht oder Übergewicht mitbringt, hat es schwerer.

Das Laufen lehrt uns im Leben wie im Sport neben Durchhaltevermögen auch Disziplin, Biss, Fokus, Ruhe und Konzentration.

Auch kann man im Rückblick aus Fehlern immer etwas lernen, sei es nun ein vermeintlich schlechtes Rennen oder eine misslungene Prüfung. Über kurz oder lang zahlen sich dabei immer Fleiß und Ehrlichkeit aus, denn im Leben wie beim Laufen zählt eine einzige, aufsehenerregende Tat weniger, als ein steter Tropfen (*siehe auch: #3*). Eine einzelne große Spende ist nichts im Vergleich zu stetigen kleinen guten Taten – genau wie im Training, weil eine besonders schnelle Einheit nicht die vielen Grundlageneinheiten ersetzen kann. Bleib also fair, dir selbst wie auch anderen gegenüber.

Siehe auch: „Olympia ohne Fair Play: Was nicht verloren gehen darf"

#3: Kurz zu laufen ist besser als gar nicht zu laufen

„Consistency is key" fasst die dritte Laufregel perfekt zusammen. Es gibt kein magisches Training, das durch die einmalige Ausführung schneller macht, keine Zauberformel, die per se das Durchhaltevermögen steigert. Vielmehr sind es die vielen, kreativ gestalteten und aufeinander abgestimmten Läufe, die im Gesamtpaket die Form ausmachen. Die große, harte, social-media-vorzeigbare Hammer-einheit ist dann nur der Gipfel des Eisbergs, die das Selbstbewusstsein durchaus steigern, nicht aber alleinverantwortlich für das gute Wettkampfergebnis sein kann.

Dennoch scheitern wir meist daran, dass wir uns nicht aufraffen können. Dass die Couch zu gemütlich ist und wir lieber sitzen oder liegen bleiben, statt uns umzuziehen und hinauszugehen. Auch ich tue mir häufig am schwersten dann loszukommen, wenn nur ein Dauerlauf auf dem Plan steht, der gefühlt weniger bewirkt als eine harte Tempoeinheit. Wenn ich mir dann aber wieder das komplexe Zusammenspiel aller Einheiten vor Augen führe, erinnere ich mich daran, dass der erste Schritt zählt. Ist man erst einmal fünf Minuten unterwegs, hat man meist Spaß. Und hinterher ist man immer froh, gelaufen zu sein.

Siehe auch: „Warum wir laufen"

#4: Häufigkeit vor Dauer

Erfahrungsgemäß treten die meisten Laufverletzungen (*siehe auch: #5*) deshalb auf, weil wir zu schnell zu viel wollen. Der wöchentliche Laufumfang sollte entsprechend nur langsam gesteigert werden. Einher geht die vielleicht grundlegendste Laufregel überhaupt, dass zunächst die Häufigkeit (drei Mal statt zwei Mal pro Woche), dann die Dauer (30 Minuten statt 20 Minuten) und schließlich erst die Intensität (schnelleres Tempo) erhöht werden sollte.

Immer mal wieder liest man von der Empfehlung, dass sich Erwachsene mindestens 75 Minuten pro Woche mit „intensiver aerober körperlicher Aktivität" (also z. B. Laufen) bewegen sollten[1]. Ein längerer Lauf am Wochenende reicht also theoretisch schon, um die Empfehlungen der WHO zu erfüllen. Nach Regel Nr. 4 machen drei Mal 25 Minuten Laufen pro Woche aber deutlich mehr Sinn als ein einziger Lauf über 75 Minuten. Dies begründet sich neben der geringeren Belastung für das Muskel-Skelett-System vor allem darin, dass bei jeder Trainingseinheit Hormone ausgeschüttet werden[2]. Jeder Lauf regt die Bildung von Mitochondrien an, die vereinfacht ausgedrückt als „Kraftwerke"[3] der Zellen fundamental zu unserer verfügbaren Energie und Leistungsfähigkeit beitragen.

Ebenso spielt eine Rolle, dass Aufrechterhalten einfacher ist als ein Neuaufbau. Zum einen heißt das, dass die Einheiten, die uns auf ein neues Level der Leistungsfähigkeit gehoben haben, in reduzierter Art und Weise ausreichen, um diesen neuen Standard zu halten, zum anderen bedeutet auch dieser Grundsatz wieder, dass wir grundsätzlich sehr vielseitig trainieren sollten, um beispielsweise schnelleres Lauftempo nicht von Grund auf etablieren zu müssen (*siehe auch: #8*). Es würde schon helfen, wenn wir nach lockeren Joggingrunden ein paar Steigerungsläufe anschließen würden.

Die Ausnahme der Regel, lieber öfter und dafür kürzer zu laufen: Ist man auf einem sehr hohen läuferischen Niveau angekommen und zieht es in Betracht, zwei Mal am Tag zu laufen, könnte die Regel „Häufigkeit vor Dauer" außer Kraft gesetzt werden, je nachdem, welches Trainingsziel erreicht werden soll. Für die Grundlagenausdauer braucht es nämlich längere

---

[1] (World Health Organization, 2010)
[2] (Magness, 2014)
[3] (Siekevitz, 1957)

Läufe, sodass die vorgesehene Distanz nicht auf zwei Läufe aufgeteilt werden sollte, während für die Regeneration zwei kürzere Läufe besser sind, weil doppelt Hormone ausgeschüttet werden und auch die Glykogenspeicher zwei Mal gefüllt werden.

#5: Krankheit oder Verletzung bedeuten Laufverbot

Die vielleicht wichtigste Regel überhaupt ist die, dass jegliche Form von Krankheit mit einem Sportverbot einhergeht. Zu groß ist die Gefahr von Langzeitschäden, sei es nun eine Herzmuskelentzündung oder sonstiger Schaden, der im kranken Körper entsteht. Außerdem gibt die nötige Ruhe dem Körper die Kraft, schneller wieder gesund zu werden. Wer sich mit vermeintlich geringen Symptomen ins Training schleppt, ist nicht nur länger krank, sondern trainiert in Summe auch deutlich weniger effektiv, als wenn der Infekt sofort auskuriert wird.

Das gleiche gilt auch für Wettkämpfe, selbst wenn es um das wichtigste Rennen des Jahres geht. Krank kann man zum einen nicht die beste Leistung abrufen, zum anderen riskiert man nur deshalb lebenslange Einschränkungen.

Auch Schmerzmittel fallen unter Regel Nr. 5, die wiederum nicht nur der Selbsteinschätzung schaden, sondern für mich grundsätzlich nicht in den Sport gehören. Schmerzen sind eine Rückmeldung unseres Körpers, die wichtig für uns ist.

Bei Verletzungen – die orthopädischer Art im Laufsport leider keine Seltenheit sind – gilt im Grunde das gleiche: sie sollten (so schnell es geht) ausgeheilt werden, bevor es wieder auf die Laufstrecke geht. Ein zu früher Neustart verlängert nur die Beschwerden und limitiert sowohl die Leistungsfähigkeit als auch den Spaß am Laufen.

Erfahrungsgemäß ist Kühlung bei akutem Auftreten einer Verletzung nie ein Fehler, im Zweifel sollte aber stets ärztlicher

Rat eingeholt werden. Überhaupt ist es – gleich ob Krankheit oder Verletzung – stets ratsam, auf seine Mitmenschen zu hören. Wer selbst voll fokussiert und motiviert nur das nächste Training im Sinn hat, ist bezüglich der besten Heilungschancen oft schlicht nicht zurechnungsfähig. Gleichwohl ist nicht bei allen Verletzungen Ruhe gut, manchmal braucht es für die Regeneration Bewegung. Es hilft, wie gesagt, der Rat von Experten.

Als kleiner Trost bleibt die Bemerkung, dass nicht laufen zu können besser ist als nicht laufen zu wollen.

Siehe auch: „Keine Macht den Drogen"

#6: Jeder ist anders

Im Laufen gibt es immer jemanden, der oder die schneller ist. Das gilt bei einem Volkslauf wie für einen Weltrekordhalter. Aber nur, weil jemand anderes an einem bestimmten Tag über eine bestimmte Strecke schneller als man selbst ist, bedeutet das im Umkehrschluss nicht, dass dessen Training besser ist als das eigene. Gerade bei Volksläufen wird typischerweise maßlos untertrieben, sodass es vorkommen kann, dass selbst von den Erstplatzierten behauptet wird, nur einmal pro Woche ganz kurz zu laufen (*siehe auch: #4*). Natürlich sollten wir, weil unsere Zeit endlich ist, mit vermeintlich wenig Training gute Resultate erzielen. Wenn jemand aus dem einst gleichen Leistungsbereich irgendwann stets schneller ist, sollte man durchaus sein Training überdenken (*siehe auch: #8*), dieses aber nicht komplett übernehmen. Denn jeder ist anders! Was für den einen funktioniert, muss für die andere längst nicht sinnvoll sein. Manche brauchen mehr Umfang, andere weniger. Manche brauchen häufig harte Intervalle, andere nur selten. Bei manchen schlägt Alternativtraining sehr gut an, bei anderen kaum. Dem individuell perfekt passenden Training muss man sich normalerweise nach und nach annähern.

Genau wie bei den bereits erwähnten Regeln gilt auch hier die Devise, dass am besten sämtliche Tempobereiche ausgenutzt werden. Extreme Sichtweisen sind nur äußerst selten gut, ob es nun um Lauftraining, Politik oder Religion geht.

#7: Laufen verbindet

Obwohl wir, wie in Regel Nr. 6 dargestellt, alle Individuen sind – jede und jeder so einzigartig und verschieden –, sind wir dennoch alle gleich. Wir alle sind Läuferinnen und Läufer, ohne Unterschied ob Frau oder Mann, ob arm oder reich, ob schwarz oder weiß, ob jung oder alt, ob schnell oder langsam. Wir alle kämpfen gegen den inneren Schweinehund, wir alle hassen Verletzungen (*siehe auch: #5*), wir alle lieben die frische Luft und Sonnenstrahlen auf unserer Haut. Das Laufen schafft eine große Gemeinsamkeit, die uns trotz aller gesellschaftlichen Vorurteile eint und verbindet. Denn im Regen werden wir alle nass, Steigungen haben für uns alle die gleichen Höhenmeter und ein Marathon ist für jeden 42,195 km lang. Probiert es aus: jeder Lauf macht mit anderen noch mehr Spaß als alleine – wobei natürlich auch die Einsamkeit des Langstreckenlaufens immer wieder ihren Reiz hat. Die gegenseitige Motivation kann aber zu ungeahnten Leistungssprüngen verhelfen.

Siehe auch: „Taktische Spielchen"

#8: Variation im Training

Das Laufen ist wie das Leben, das hatten wir schon (*siehe auch: #2*). Während es auch im Leben ab und an stressige Phasen gibt, die uns deutlich weiterbringen, braucht es im Kontrast dazu Ruhepausen, in denen wir uns erholen. So auch beim Laufen. Mal erholen wir uns bei langsamer Geschwindigkeit, mal ziehen wir das Tempo an. Nicht nur für den Spaß, auch als neue Reize für eine bessere Leistungsfähigkeit. Die

Grundlage ist der Dauerlauf, worauf dann andere Geschwindigkeitsbereiche aufbauen. Am besten werden alle Lauftempi abgedeckt, von langsamem Joggen bis hin zum Sprint. Dafür sollte man sich allerdings ordentlich aufwärmen, um nicht #5 anwenden zu müssen. Das absolute Wundermittel für Variation, Laufstil und Körpergefühl sind kurze Steigerungsläufe nach dem Dauerlauf.

Genauso, wie es Sinn macht, das Lauftempo zu variieren, sind auch unterschiedliche Paar Laufschuhe sinnvoll. Das unterschiedliche Fußbett schafft nicht nur Variation in der Belastung der Fußmuskulatur, sondern kann auch Überlastungserscheinungen vorbeugen.

Siehe auch: „Die innere (Un)Ruhe"

#9: Laufen ist einfach

Laufen ist im Grunde einfach. Rechtes Bein, linkes Bein, rechtes Bein, linkes Bein – und wieder von vorne. Zehn Mal, hundert Mal, tausend Mal. Einfach die Laufschuhe an die Füße, schon kann es losgehen (*siehe auch: #1 und #3*).

Ebenso einfach ist das Krafttraining fürs Laufen. Berge sind nämlich das beste Fitnessstudio, wenn es um spezifische Kräftigung und die Verbesserung des Laufstils geht. Hinzu kommen lediglich ein paar allgemeine Stabilitätsübungen.

Genauso einfach wie Laufen im Grunde ist, so schwer ist es allerdings auch. Dabei ist nicht einmal die taktische Finesse in Rennen gemeint, sondern vielmehr die durchgängige Motivation. Wer aber durchgängig dranbleibt und sich realistische Ziele setzt, wird viel Spaß am Laufen haben.

Überhaupt ist Laufen so einfach, dass nur wenige Dinge wirklich wichtig sind. 99 % der Leistung machen das Training (*siehe auch: #6*), ausreichend Schlaf und eine ausgewogene Ernährung aus. Alles andere, seien es die neuesten Schuhe, die aufblasbaren Regenerationskissen, die perfekt sitzenden Kompressionssocken oder gar sagenumwobene Magnetarmbänder, kann nicht mehr ausmachen als das verbleibende Extraprozent. Bevor man also versucht, sich Leistung zu kaufen, sollte man sich zuerst fragen, ob man nicht besser eine halbe Stunde früher zu Bett geht oder die Intervalle etwas konzentrierter läuft.

Siehe auch: „Ökonomie"

Siehe auch: „Taktische Spielchen"

Siehe auch: „Die Initiative gegen mickrige Muskeln"

Siehe auch: „Aktivisten, Tina"

#10: Die Pause macht den Unterschied

Es gibt zweierlei Arten von Pausen, die beide aber großen Einfluss haben. Zum einen gibt es die Pause zwischen den Einheiten, zum anderen während der Einheiten. Eine Laufeinheit stellt einen Reiz dar, woraufhin sich unser Körper anpasst. Für diesen Anpassungsprozess braucht es Zeit. Wer zu früh den nächsten zu intensiven Reiz setzt, hindert die optimale Anpassung; wer zu lange wartet, startet eventuell wieder von der gleichen Ausgangssituation. Die Pause zwischen den Läufen macht also den Unterschied.

Genauso wie mit Blick auf die wöchentliche Abfolge der Trainingseinheiten macht die Pause auch innerhalb einer Einheit den Unterschied. Trotz gleicher Intervalle (z. B. 5 x 400 m) kann es ein ganz anderes Training sein[1] (30 Sekunden Trabpause im Vergleich zu vier Minuten Gehen). Die Laufgeschwindigkeit und der Trainingseffekt werden unterschiedlich sein.

---

[1] (Heidl, Die lohnende Pause, 2015)

#11: **Ein Lauf ist dann besonders gut, wenn du mit dir selbst zufrieden bist**

Trotz aller Werte (*siehe auch: #14*), Trainingspläne und Vorbereitungen ist es doch immer die Tagesform (sowohl mental wie auch physisch), die einen guten Lauf von einem außergewöhnlichen unterscheidet. Nie weiß man im Vorfeld genau, wie man sich wann fühlen wird. Natürlich gibt es einige Tricks, um beispielsweise für ein Rennen bestmöglich vorbereitet zu sein, dennoch geht es an ganz bestimmten Tagen ein Quäntchen einfacher als sonst. Dann ist die Zeit, um die nächste persönliche Schallmauer zu durchbrechen.

Allzu oft ist es leider aber auch anders. An Tagen, an denen die Beine nicht so recht wollen und sich der Kopf schwer tut, Gründe zum Weiterlaufen zu finden, ist im Umkehrschluss aber keinesfalls die Zeit, um den Kopf in den Sand zu stecken und abzubrechen. Aller objektiven Kriterien zum Trotz kann es auch dann noch ein guter Lauf werden. Bevor es um bereits erreichte Bestzeiten, eine Platzierung oder den Vergleich zur Konkurrenz geht, stellt sich die Frage, ob man mit der eigenen Einstellung zufrieden war. Wenn ja, war es ein guter Lauf!

Natürlich kommt es auch immer auf die Perspektive an. Zum einen ist grundsätzlich jeder Lauf ein guter Lauf (*siehe auch: #3*), zum anderen kann ein Lauf auch dann gut sein, wenn man zunächst nicht zufrieden ist. Im Rückblick findet man meist mehr Gründe, zufrieden mit sich selbst zu sein als direkt nach dem Abstoppen der Uhr.

Siehe auch: „Ich bin ein Ultra"
Siehe auch: „Die leckersten Orangen der Welt"
Siehe auch: „Zwei Jahre"
Siehe auch: „Taktische Spielchen"
Siehe auch: „Der Jungfrau Marathon"

#12: Du bist, was du isst

Diese Regel ist sehr einfach und einleuchtend: nur das, was wir aufnehmen, kann auch von unserem Organismus verwertet werden. Wenn man bedenkt, dass sich ein Großteil unseres Körpers (Ausnahmen sind beispielsweise Hirn und Herz) nach etwa zehn Jahren komplett erneuert hat[1] – aus Stoffen, die wir aus der Nahrung gewinnen – stellt sich entsprechend die simple Frage, aus was wir gemacht sein wollen.

Neben den Bausteinen, aus denen unser Körper gebaut wird, ist unsere Nahrung außerdem der Treibstoff, aus dem wir unsere Energie ziehen. Mit der Ernährung sollte sich insofern jede und jeder einmal intensiv auseinandersetzen.

Siehe auch: „Aktivisten, Tina"

#13: Ein Lächeln macht das Laufen (wie auch das Leben) leichter

Ein Lächeln ist genauso kostenlos wie die frische Luft beim Laufen. Dennoch kann ein einfaches Lächeln als Ausdruck der Freude der erste Schritt der Kommunikation sein. Und nicht nur das: die Forscher Brick, McElhinney und Metcalfe[2] haben wissenschaftlich belegt, dass Lächeln das Laufen leichter macht, weil sowohl die Laufökonomie besser als auch die gefühlte Anstrengung weniger wird. Wieder einmal ist es wie im Leben (*siehe auch: #2*): Lächeln, entspannen – und schon ist alles leichter.

---

[1] (Apfel, 2018)

[2] (Brick, McElhinney, & Metcalfe, 2018)

Auch hilft ein Lächeln, sich selbst wie auch das Hobby Laufen nicht allzu ernst zu nehmen. Was nicht sein soll, kann man nicht erzwingen (*siehe auch: #11*). Immerhin geht es neben Spaß und Gesundheit nur um Zeiten und Platzierungen. Locker bleiben!

Siehe auch: „Haile und ich"
Siehe auch: „Ökonomie"
Siehe auch: „Kaisa, III"
Siehe auch: „Die besten Laufzitate"

#14: Werte sind egal

Die modernen Laufuhren sind Fluch und Segen zugleich. Denn auf der einen Seite ist es klasse, immer zu wissen, wie schnell und wie weit man in etwa unterwegs ist oder dass sie uns selbst aus dem dichtesten Unterholz zurück zum Start lotsen können. Auch braucht es keine Karte mehr, um abenteuerliche Routen abzulaufen.

Dennoch sind sie auch ein Fluch, denn auf der anderen Seite liefern uns die Uhren jederzeit halbwegs vernünftige Daten, sodass das eigene Körpergefühl immer mehr verloren geht. Läuferinnen und Läufer, die ohne Blick auf die Uhr ein bestimmtes Lauftempo treffen können, werden immer seltener. Schlimmer aber noch finde ich persönlich die Tatsache, dass das eigene Training immer mehr auf die Werte der Uhr ausgerichtet wird.

Die Messungen sind viel zu sehr von Fehlern behaftet, um wirklich aussagekräftige Werte zu liefern, beispielsweise korreliert die VO_2max nicht unbedingt mit der aktuellen Laufform[1]. Entsprechend müssen wir uns doch fragen, wofür wir eigentlich trainieren. Laufen wir, um einen fiktiven Wert zu optimieren oder trainieren wir, um fitter zu sein? Im Endeffekt

---

[1] (Heidl, VO2max, 2015)

ist die Form doch dann besser, wenn wir schlicht länger laufen können oder wenn wir eine bestimmte Streckenlänge in einer kürzeren Zeitdauer zurücklegen können und nicht, wenn ein Wert auf der Uhr höher ist.

Siehe auch: „Schnellste bekannte Zeiten"

#15: Laufen hilft!

Schlussendlich bleibt es dabei. Denn Laufen hilft, ganz gleich bei was. Bei Trübsinn zum Beispiel. Oder bei Langeweile. Bei Übergewicht und Liebeskummer. Bei Trägheit, Faulheit, zu wenig Durchhaltevermögen. Wenn einem kalt ist oder wenn man Sorgen hat. Laufen hilft immer, auch beim Nachdenken. Die besten Einfälle kommen mir immer beim Laufen.